강한 채로 회귀

강한 채로 회귀 4

홍성은 퓨전 판타지 장편소설

초판 1쇄 찍은 날 § 2023년 12월 18일
초판 1쇄 펴낸 날 § 2023년 12월 26일

지은이 § 홍성은
펴낸이 § 서경석

총괄팀장 § 황창선
편집책임 § 김우진
디자인 § 스튜디오 이너스

펴낸곳 § 도서출판 청어람
등록번호 § 제387-1999-000006호
등록일자 § 1999. 5. 31
어람번호 § 제1-3220호

본사 § 경기도 부천시 부일로 483번길 40 서경B/D 3F (우) 14640
편집부 § 서울특별시 구로구 디지털로 272 한신IT타워 404호 (우) 08389
전화 § 02-6956-0531   팩스 § 02-6956-0532
http://www.chungeoram.com
E—mail § chungeorambook@daum.ne

ISBN 979-11-04-92502-3 04810
ISBN 979-11-04-92495-8 (세트)

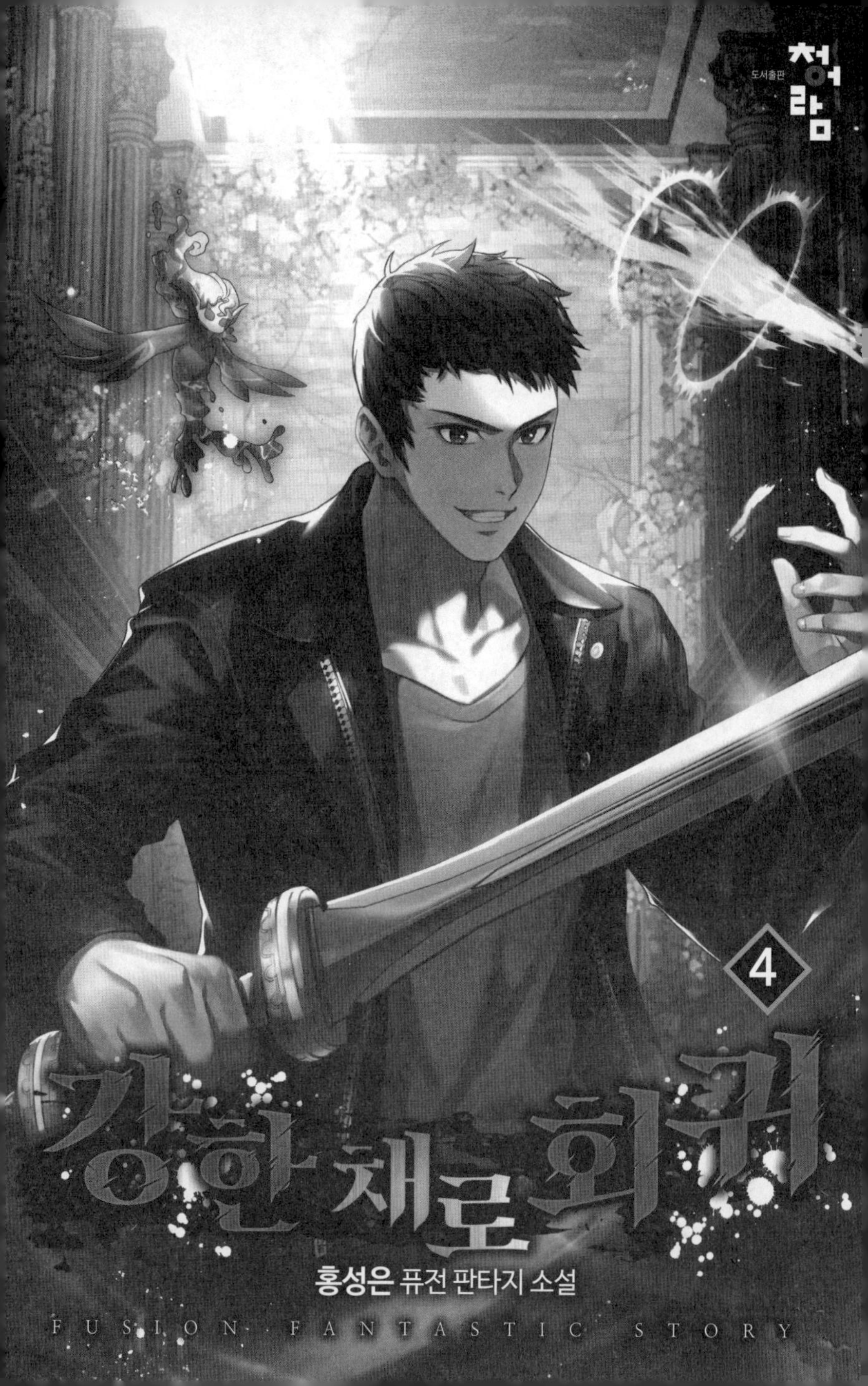
도서출판 청어람
4
강한 채로 회귀
홍성은 퓨전 판타지 소설
FUSION FANTASTIC STORY

강한 채로 회귀

목차

1장   제30층 (2) ·· 7

2장   제31층 ·· 45

3장   제32층 ·· 157

4장   제33층 ·· 199

5장   제34층 ·· 215

6장   제35층 ·· 231

7장   제36층 (1) ·· 261

1장
—

제30층 (2)

상대는 회귀자이며 자력으로 30층에 도달한 베테랑 모험가이자, 나와는 다른 미궁 소속이라고는 하나 한 미궁의 최강을 이름했던 인물이다.

쉬이 쓰러뜨릴 수 있을 거라곤 처음부터 생각하지 않았다.

그러나 내 예상은 완전히 틀려먹었다.

"제발 살려 주십시오! 제가 이렇게 사정하지 않습니까!"

[신비한 폭발] 한 발 얻어맞고 바로 빈사 상태가 되어 버린 놈은 그 즉시 내게 무릎 꿇고 빌기 시작했다.

"알았다."

나는 고개를 끄덕였다. 그리고 놈의 목을 베었다.

이미 [신비한 폭발]로 인해 [인간의 끈기]가 발동되었던 녀석은 다음 일격으로 목숨을 잃을 수밖에 없게 되었다.

─사, 살려 준다며!

[죽은 자와의 대화]를 통해 불러낸 오혁우는 내게 이렇게 항의했다.

"? 내가 언제?"

나로서는 고개를 갸웃거릴 수밖에 없는 항의였다.

─아, 알았다고……

"그래, 맞아. 알았다고만 했지, 살려 준다고는 안 했잖아."

녀석은 어이가 없었는지 입을 쩍 벌린 채 아무 말도 하지 못했다.

"흐음, 민수야."

나는 오랜만에 [영혼 깃든 흑요석 단도]를 꺼내 김민수를 불러냈다.

경악한 오혁우의 동공이 커지는 게 재미있었다.

─민, 민수? 어, 아니겠지?

[비밀 교환]에 대해서도 알고 있는 오혁우가 김민수를 모를 리가 없긴 하지.

─예, 집주인님.

오혁우가 그러든 말든 김민수는 내게 충실했다.

"잠깐만 나와 있어 봐라."

─…알겠습니다.

김민수가 단도에서 나와 아이템 이름이 [제령된 흑요석 단도]로 바뀐 걸 확인한 나는 바로 [동전★★★]으로 팔아 버린 후, 다시 두 자루를 샀다.

템 복사 좋아! 너무 좋아!

속으로는 좋아 죽을 것 같았지만, 다른 사람들—정확히는 영혼들—이 보고 있었으므로 나는 최대한 표정을 딱딱하게 굳혔다.

어쨌든 이렇게 단도가 두 자루가 됐다.

—너, 설마… 그 김민수를 죽인 거냐!

—아닙니다만.

—향후의 라이벌을 미리 죽여버린 거구나!

—아니라잖습니까?

내가 템복사를 하는 동안, 두 영혼은 자기들끼리 따로 떠들고 있었다.

"자, 민수는 이리 오고."

일단 나는 원본 [단도]에 김민수를 배정하고, 복사된 [단도]에 오혁우를 배치했다.

이거 제대로 될지 모르겠네.

—내가 네 뜻대로 움직일 거라고 생각하면… 뭐야, 이 단도! 무지 살기 좋잖아?!

"마음에 든다니 다행이로군."

복사된 [단도]도 제대로 작동하는 모양이다.

뭐, 알고 있었지만 말이다.

나는 오혁우가 복사된 [단도]를 인벤토리에 집어넣었다.

"잠시 자고 있으라고."

이제부터 보일 광경이 조금 매콤한지라, 그냥 안 보여주는 게 나을 것 같았다.

그렇게 오혁우를 배제한 나는 김민수가 든 원본 [단도]를 오혁우의 시체에 푹 꽂았다.

―잘 먹겠습니다.

일상적이고 평범한 인사말임에도 불구하고, [단도] 속으로 빨려 들어가는 오혁우의 시체를 보고 있으려니 섬뜩하게 느껴지는 구석이 없지는 않았다.

―새 능력을 얻었습니다.

김민수가 마치 상태 메시지처럼 말했다.

녀석 나름의 농담인 걸까?

나는 울돌목처럼 넓은 아량을 베풀어 한 번 웃어 주기로 했다.

"핫, 핫, 하."

주변에는 바람 소리밖에 안 들렸다.

―집주인님?

"뭔데?"

―이 녀석의 능력은 [뒤 잡기++]입니다.

[뒤 잡기++]: 지정한 대상의 배후로 순간이동 한다. 사용과 동시에 3초간 [은신] 효과를 얻으며, 은신 중 공격할 경우 [기습] 효과를 받을 수 있다. 재사용 대기 시간: 1분.

오혁우도 베테랑 모험가인 만큼, 고유 능력을 두 단계나 업그레이드해 놨나 보다.

내게 덤벼들 때 처음 쓴 능력이기도 할 것이다. 당해 보니 좋긴 좋더라.

하지만 이제는 제 것이죠. 제 마음대로 할 수 있는 겁니다.

"후훗."

나는 웃었다. 아니, 내가 웃은 게 아니라 웃음이 저절로 나왔다.

─그런데 저 남자는 왜 회수하셨습니까?

"아, 회귀 지식이 유용할 것 같아서."

나도 회귀자긴 하다만, 오혁우는 내가 모르는 걸 알고 있을 수도 있다.

아닐 수도 있지만, 그게 확실해졌을 때 놓아 보내면 그만일 뿐이다.

─저 남자가 회귀자였습니까?

김민수는 이상한 구석에서 놀랐다.

그러고 보니 오혁우 죽일 때 김민수는 자고 있었지?

모르는 게 당연했다.

─하지만 살해당한 원한이 있으니 쉽게 입을 벌리지 않을 것 같습니다만.

"그건 괜찮아."

[비밀 교환++]이 있으니까.

나는 이 말을 하지는 않았다.

─그러시군요.

김민수도 더 캐묻지 않았다.

혹시 이미 눈치챈 거 아냐?

                    *   *   *

[김민수 단도]도 마저 인벤토리에 수납한 나는 원래 목적이었던 [톱]을 집어 들었다.

[비겁하고 비열한 살인마가 당신을 바라봅니다.]

그러자 늘 그랬듯 성검의 주인이 나타났다.

그리고 아니나 다를까.

[비겁하고 비열한 살인마가 당신에게 검을 허락합니다.]

조건을 맞춘 만큼, 당연히 성검의 사용을 허락받았다.

다행이네!

그런데 이게 끝이 아니었다.

[비겁하고 비열한 살인마가 당신의 존재에 흡족해합니다.]

예?

[비겁하고 비열한 살인마가 당신을 축복합니다.]

—[불변의 정신++]이 [살인 충동]에 저항합니다.

—저항 성공!

[비겁하고 비열한 살인마가 당신을 축복합니다.]

—[불변의 정신++]이 [살인 충동]에 저항합니다.

—저항 성공!

[비겁하고 비열한 살인마가 당신을 축복합니다.]

—[불변의 정신++]이 [살인 충동]에 저항합니다.

—저항 성공!

아, 이게 뭐야? 왜 이래?

[피투성이 피바라기가 그 정도면 됐다고 합니다.]

[비겁하고 비열한 살인마가 놀라 채널을 끊고 떠나갑니다.]

"어, [피바라기]님?"

나는 [피투성이 피바라기] 성좌를 불러 봤지만, 대답은 돌아오지 않았다.

오늘도 쿨하게 사라지시는군.

아무튼 축복을 세 번이나 받은 덕에, 성검에 +++가 붙었다.

[비겁하고 비열한 살인마의 톱+++]: 인간 대상 피해 +100%, 살해한 인간 하나당 전투력 +1%(현재 127%), 살인 충동+. 하루에 한 번, [살인마의 아늑한 통나무 오두막]을 소환할 수 있다.

[살인마의 아늑한 통나무 오두막]: 침대 딸린 두 개의 방과 벽난로가 타오르는 아늑한 거실, 그리고 식탁이 놓인 주방으로 이뤄진 통나무 오두막. 오두막의 입구를 통과하면 [졸음], 소파에 앉히면 [멍해짐], 식탁에서 음식을 먹으면 [둔화], 침대에 누이면 [강제 수면]이 걸린다. 상태이상 부여 옵션은 비활성화가 가능하다.

"…이상한 옵션이 달려 있네."

오두막에 사람을 재우고 죽이라는 뜻인가?

굳이 사람을 초대해 아늑하게 재운다는 점에서, 왜 성좌를 수식하는 말에 비겁과 비열이 붙었는지 잘 알 수 있었다.

하지만 나한테는 그저 이동용 숙소일 뿐이지.

이것보다는 전투용 옵션이 더 중요했다.

"…그런데 이걸 과연 쓸 일이 있을까?"

왼손에 [뼈★], 오른손에 [전쟁검★★]을 들어야 하는 내게 남은 손이 없었다.

[톱+++]의 전투력 보너스가 [전쟁검★★]보다 높은 것도 아니고.

뭐, 사람을 상대할 때는 [전쟁검★★] 대신 [톱+++]을 들어도 되긴 하겠네.

어지간한 상대가 아니면 내 공격력이 차고 넘쳐서 굳이 피해 +100%가 필요할까 싶긴 하지만, 세상엔 항상 만약이라는 게 있는 법이니까.

나는 픽 한 번 웃고는 [톱+++]을 인벤토리 안에 집어넣었다.

"자, 다음 가자."

아직 할 일이 많았다.

*　　　　　*　　　　　*

나는 30층을 돌아다니며 위험한 성검과 성상을 회수하기 시작했다.

[음습하고 기괴한 인형사의 반지]부터 시작해서 [이상형을 조각하는 조각가의 조각칼]까지.

그 과정 중에 다양한 성좌와 만났지만, 계약을 종용하거나 성검을 허락하는 성좌는 아무도 없었다.

저주를 내리거나 내게 해를 입히려는 성좌도 없었던 건 다행이지만, 사람 마음이란 게 신묘해서 이상하게 손해 본 기분이 들었다.

이렇게 성검을 많이 모았는데, 새로 쓸 수 있는 성검이라곤 [톱+++] 하나뿐이라니.

이게 다 [비의 계승자] 때문이다.

나는 굳이 이 자리에 없는 성좌를 욕했다.

사실은 [피투성이 피바라기]가 뭔가 수작을 부려놨을 가능성이 컸지만, 나를 지켜보고 있을 가능성 또한 큰 성좌를 욕하는 간 큰 짓을 할 순 없었으니까.

어쨌든 이로써 사람에게 해를 입히거나 입혀야만 힘을 발휘할 수 있는 성검은 적어도 내가 아는 한 모두 내 인벤토리 안에 봉인되었다.

어느 정도 위험을 제거했으니, 이제 다음 일을 해야겠지.

[이철호]: 어르신, 사람들을 모아 주십시오.

[유상태]: 알겠습니다, 선생님!

*   *   *

사람들을 모아 놓은 광장.

"자, 그럼!"

우리 미궁은 물론이고 다른 미궁에서 온 모험가까지 한데 모인 그곳에서, 나는 이렇게 선언했다.

"상담소를 열도록 하겠습니다."

11층, 20층에 이어 30층의 상담소.

당연히 목적은 있다.

아직 숫자가 많진 않겠지만 고유 능력을 두 번 강화시킨 우리 미궁의 모험가에 더해, 이번에는 다른 미궁의 모험가도 리스트에 오르게 될 것이다.

이러한 내 속내를 알아차린 건지, 아니면 그저 본능적으로 거부감을 느낀 건지 다른 미궁의 모험가였던 이들의 상담 참여율은 비교적 낮았다.

내 전투력과 정보력을 이미 체험해 봤던 우리 미궁의 모험가와 달리, 그들에겐 그저 소문만이 들렸을 따름이니 나를 못 믿는 것도 어쩔 수 없지.

하지만 괜찮다.

상담을 받지 않은 이들에겐 [비밀 교환++]을 쓰면 될 일이니.

                    *   *   *

다른 미궁 인원들과 상담 결과.

회귀 전과는 다른 고유 능력을 들고 온 이들이 많은 것은 물론, 애초에 생존자의 구성부터가 많이 달라졌다는 게 밝혀졌다.

아무래도 초기화 후 고유 능력 무작위 재배포는 다른 미궁에서도 똑같이 일어난 듯했다.

그렇다면 초기화 타이밍도 다들 같은 것일까?

그럴 가능성이 컸다.

적어도 우리와 이 30층을 공유하는 미궁이라면, 김민수의 죽음이라는 이벤트는 공유했을 테니 말이다.

…뭐, 이런 걸 알아낸다고 당장 뭐가 바뀌는 건 아니다.

하지만 그래도 정보를 취합하다 보면 뭐가 나올지도 모르니 그만둘 순 없다.

"후……."

정리한 내용을 개인 노트에 기록한 나는 한숨을 내쉬었다.

"그럼 이제 교차 검증을 해 볼까?"

나는 [오혁우 단도]를 꺼내 들었다.

—무슨 낯짝으로 나를 다시 불러낸 거지? 나는 네게 도움이 될 일이라곤 단 하나도 하지 않겠다!

오혁우는 마치 내게 목숨을 구걸한 적이 한 번도 없었던 것처럼 당당하게 말했다.

"그럼 단도 압수한다."

사실 협박이라기보다는 진심에서 우러난 발언이었건만, 오혁우는 재미있을 정도로 쉽게 태도를 바꿨다.

―무엇이든 물어보십시오, 주인님!

김민수도 그렇고, 대체 단도 안이 얼마나 편하길래 저러지?

그렇다고 시험 삼아 [단도] 안에 들어가 볼 생각은 없지만, 궁금하긴 하다.

나는 내가 떠올린 가설을 말하고, 오혁우에게 교차 검증을 요구했다.

―말씀하신 내용이 맞습니다, 주인님. 저도 고유 능력을 다시 받았으니까요.

그러고 보니 이건 이미 알고 있던 내용이었다.

오혁우는 회귀 전에 [기억 능력], 그리고 이번에는 [뒤 잡기]를 받았으니까.

―뭐, 저는 40층에서 김민수에 의해 살해당한 터라 초기화 시점까지는 모르겠습니다만.

결론. 오혁우는 별 도움이 안 됐다.

김민수한테 살해당했다는 건 좀 흥미로운 정보긴 했지만, 그저 흥미로울 뿐 별 도움이 안 된다는 점에 있어선 마찬가지였다.

이거 그냥 치워 버릴까?

―저, 주인님께서 이 단도를 들고 있으시다면 제 능력, [뒤 잡기++]를 쓰시는 것도 가능합니다!

내 충동적인 발상을 눈치채기라도 한 건지, 오혁우가 급하게 말했다.

"음, 어. 그렇군."

사실 네 시체를 김민수한테 먹여서, 이제 너 없어도 그거 쓸 수 있다는 걸 어떻게 말하지?

뭐, 굳이 말할 필요는 없겠지.

"알았다."

나는 [오혁우 단도]를 도로 인벤토리에 던져 넣었다.

"아, 그러고 보니 [뒤 잡기++]에는 쿨 타임이 있긴 했지."

두 번 연속으로 쓰려면 [오혁우 단도]를 꺼내 쓸 기회가 아예 없진 않겠다.

"흠."

뭐, 남겨 둬도 되긴 할 것이다.

나는 [오혁우 단도]의 분쇄를 잠시 뒤로 미뤘다.

* * *

모험가들은 내 상담을 받은 후 대부분 집결지를 떠났다.

성검을 가지러 간 사람이 있는가 하면, 성좌와 계약할 사람도 있고, 새로운 직업을 얻으러 간 사람도 있다.

하지만 그 어느 것에도 해당하지 않는 나는 [톱+++]의 능력으로 만든 [오두막]에서 혼자 뒹굴거리게 됐다.

아니, 진짜로 뒹굴거리기만 한 건 아니다.

29층 9번 방에서 얻은 전리품을 이대로 그냥 놀려 둘 수는 없으니까.

[동전★★★]의 형태로 환전해 뒀던 [웜 신]의 체액을 인출해, 다양한 실험을 통해 [연금술]을 단련했다.

그 보람이 있어, [연금술]의 랭크를 하나 끌어올리고 [신비] 능력치를 10이나 올릴 수 있었다.

"[연금술]도 어느새 8랭크인가."

체액 인출에 [동전★★★]을 다 써 버리는 바람에 다른 기술을 단련하려면 [행운] 능력치가 다시 차오르길 기다려야 한다.

인벤토리 안에 든 물건들을 좀 더 환전해 볼까? 하는 생각이 들기는 했다.

예를 들어서… 금강으로 이뤄진 [태초의 신전 기사]의 시체 따위를 환전하면 꽤 가격을 잘 쳐줄 거 같긴 하다.

하지만 장고 끝에 역시 굳이 그럴 필요까지는 없다는 결론에 도달했다.

그냥 기다리기만 하면 어차피 행운이 차오르기도 하는 데다, 지금 갖고 있는 재료로는 어차피 [연금술] 랭크를 올리기도 힘들기 때문이다.

그래서 실험 재료를 모두 소모해 버린 지금은 침대에 누워 뒹굴거리는 것밖에 할 일이 남아 있지 않게 되어 버렸다.

"이 오두막은 참말로 대단하구만유."

오두막에 들어온 유상태가 갑자기 되지도 않는 사투리를 썼다.

하지만 이 오두막이 대단한 건 사실이었기에, 나는 그냥 고개를 끄덕이고 말았다.

오두막에 들어오는 순간 [졸음]이 걸리고, 거실의 소파에 앉으면 [멍해짐]이 걸린다. 식탁에 앉아 음식을 먹으면 [둔화]가 걸리고, 손님방의 침대에 누우면 [강제 수면]에 걸려 버린다.

그야말로 상태 이상의 온퍼레이드다.

[모발 부적++]이라는 경이로운 고유 능력을 지닌 유상태에게 있어선 문자 그대로 보물 창고나 다름없었다.

"들어와서 머리카락을 몇 가닥 뽑았는지 모릅니다. 이러다가 다시 대머리가 돼 버리고 말겠어요!"

그렇게 농담을 친 유상태는 스스로의 농담에 풀이 죽어 시무룩한 표정을 짓고 말았다.

[모발 부적++]으로 언제든 탈모를 제거할 수 있게 됐음에도 불구하고, 과거 10층에서 입었던 마음의 상처가 여태까지도 다 낫지 않았던 모양이다.

지나가듯 언급했지만, 유상태도 당연히 고유 능력 2차 강화에 성공했다.

[모발 부적++]: 목표 대상의 머리털을 하나 뽑는다. 목표 상태 이상을 모두 제거한다. 목표 대상에게 해당 머리털을 꽂아 넣음으로써 해당 상태 이상을 발생시킨다.

원래 [모발 부적]은 머리털 하나에 상태 이상을 하나씩만 제거할 수 있었지만, ++가 붙으며 한 번에 여러 상태 이상을 제거할 수 있게 됐다.

이것 자체는 별것 아니지만, 다중 상태 이상을 머리카락 하나에 집중시켜 적에게 동시에 발생시킬 수 있다는 게 백미였다.

더불어 설명에는 나와 있지 않지만, 능력의 사거리가 10m로 지정되었다.

강화 전에는 유상태가 머리카락을 직접 뽑아야 해서 상태 이상 발생에 근접 전투를 강제당했지만, 이제는 지정 대상이 사거리 안에만 존재한다면 머리카락을 뽑는 것도 꽂는 것도 자유자재였다.

아예 전투 역할이 근접 전사에서 원거리 디버퍼로 뒤바뀌는 큰 변경점이었다.

이제 유상태에게 남은 과제는 전투에 바로 써먹을 만한 상태 이상 세트 메뉴가 가득 담긴 머리카락을 대량 생산 하는 것뿐.

아까부터 오두막 밖에 나갔다가 다시 들어와서 소파에 한 번 앉고, 식탁에서 음식 한 점 먹은 후 머리카락 한 올을 뽑는 걸 반복하고 있는 이유가 그것이었다.

[강제 수면]을 거르는 걸 본인도 아까워 하긴 했지만, 자버리면 머리카락을 뽑을 수 없으니 별 수 없었다.

내가 대신 걸려주는 수도 있기야 있었지만, [톱+++]의 소유자인 나는 이 모든 상태 이상에 아예 면역이었다.

"다녀왔습니다."

그때, 이수아가 오두막 안으로 자연스레 들어와 한때는 어디서 많이 듣던 인사말을 건넸다.

"학교 갔다가 집에 온 것처럼 말하지 말아 줄래?"

"학교는 가 본 적도 없는데요? 그냥 말해 보고 싶었던 것뿐이에요."

그러고 보니 이수아도 멸망 후 세대였지.

"아… 미안?"

말하고 보니 별로 미안하지 않았다.

멸망을 겪은 건 나도 마찬가지인데 왜 미안해 해야하지?

그러나 이수아는 내가 억울해하기도 전에 재빨리 내 사과부터 받았다.

"괜찮아요. 와, 근데 여기 들어오자마자 진짜 졸리네요."

게다가 은근슬쩍 화제를 돌리기까지.

이런 강적이 또 없다.

"자, 수아 양. 여기 앉으시게."

유상태가 소파 옆자리를 손바닥으로 팡팡 치며 욕망 가득한 목소리로 말했다.

물론 그가 품은 욕망이란 드디어 [강제 수면]이 추가된 머리카락을 뽑을 수 있게 됐다는 것이었지만, 듣는 입장에선 별로 달갑지 않은 듯했다.

"왜, 왜요?"

유상태의 열기 띤 설명을 들은 이수아는 어째선지 내 눈치를 보더니, 답지 않게 소심한 목소리로 이렇게 대답했다.

"…다섯 번만 해요."

"열 번!"

"다섯 번."

"어차피 다시 날 거잖아!"

주어가 생략된 유상태의 발언에, 이수아는 할 말을 잃고 말았다.

"…아저씨는 가끔 진짜 비겁해요."

"머리가 잘 나는 게 진짜 비겁한 거 아닐까?"

"아니, 좀. …어휴, 알았어요. 열 번."

뭐, 당연하다면 당연할 수 있겠지만 이수아의 [따스한 손길]도 ++를 달았다.

[따스한 손길++]: 능력이 걸린 대상의 범위 내 모든 아군의 상처를 치유하고 생명력을 넘쳐흐르게 해 모든 신체 능력을 향상, 회복 능력을 활성화, 가벼운 신체적 상태 이상을 즉시 무효화, 심각한 신체적 상태 이상의 효과를 천천히 경감시키는 특수 영역을 펼친다.

30m 반경의 광역 치유기가 된 데다 조건부이긴 하지만 상태 이상 자체를 틀어막아 버리는 강력한 정화 능력까지 겸비하게 됐다.

여기에 생명력 재생 효과는 효과 범위를 벗어나도 이전처럼 적용되기 때문에 나빠진 점은 하나도 없고 그냥 좋아지기만 했다.

전투에서의 역할은 그대로지만, 일일이 대상을 지정할 필요가 없어졌으므로 활을 들거나 마법을 쓰는 등의 행동이 가능해졌다.

후, 잘 컸다. 얠 누가 키웠지?

나다. 내가 키웠다.

나는 [강제 수면]에 걸려 푹 자버린 이수아를 내려다보며, 자랑스럽게 가슴을 폈다.

"뽑겠습니다."

유상태는 이수아의 머리카락을 뽑았다.

"아얏! 아, 아프잖아요!"

머리카락을 뽑히는 순간, [강제 수면]이 깨진 이수아가 신경질을 내며 몸을 일으켰다.

"하하, 다시 나가. 하하."

"아, 괜히 한다고 했어!"

신경질을 부리며 나가는 이수아의 뒷모습을 보고 있으려니, 어쩐지 이상하게 조금 전까지 내 가슴을 충만하게 채우고 있던 자부심이 흐물흐물 무너져 내리는 것만 같았다.

"사춘기라 그런 걸까요?"

"쟤 스무 살입니다만."

"사춘기가 조금 늦게 올 수도 있죠."

"그건 그렇죠."

일상적인 잡담을 떠들고 있으려니, 이수아가 문을 확 열어젖히며 들어왔다.

"아, 다 들린다고요!"

"하하, 그래. 하하, 저기 식탁에 앉아서 과일 하나 먹을래?"

"짜… 짜증은 안 나고."

아까 들었던 사춘기 운운한 이야기가 신경 쓰였는지, 이수아는 재빨리 손바닥을 뒤집었다.

저게… 내 새끼?

저기, 아까 자랑스럽게 가슴 폈던 거 취소하면 안 될까?

*　　　　　*　　　　　*

김이선과 김명멸도 차례차례 오두막에 찾아와 유상태에게 머리카락을 뽑히고 나갔다.

아, 두 녀석의 능력들도 다 강화가 됐다.

[급속 거대화++]: 대상을 거대화시킴과 동시에 [근력]과 [체력]을 증가시키고 대량의 추가 생명력을 부여하며, 저지당하지 않도록 한다. 단일 대상에게 2번까지 중복으로 걸 수 있다.

김이선의 [급속 거대화++]는 동일 대상 중복 적용만 붙었는데, 이거 하나가 너무 좋은 효과라 본인도 만족했다.

[작아져라!++]: 효과 범위 내 목표 대상 다수를 작게 만들고 [민첩]과 [솜씨] 보너스를 부여하거나 [근력]과 [체력] 페널티를 부여한다. 축소 배율과 보너스/페널티 비율은 목표별로 따로 설정할 수 있다.

김명멸의 [작아져라!++]는 다수 대상 타깃으로 바뀌었고 적에게도 걸어서 디버프처럼 쓸 수도 있게 됐다.

김명멸이 [급속 거대화++] 두 번 받고 앞으로 나서서 [작아져라!++]를 난사하면 골리앗 대 난쟁이 무리의 싸움이 되어 버린다.

상상만 해 봐도 이거 참, 내가 다 뿌듯하다.

유상태는 또 김명멸에게 [작아져라!++] 디버프 버전을 걸어 달라고 하고 [모발 부적++]을 양산하고 있다.

이렇게 보니 이수아의 능력만 조금 시너지가 떨어지는 것 같은데, 힐러야 파티 플레이의 꽃이자 혁명의 여지 없는 귀족이니 상관없다.

유상태가 충분히 흡족해하는 것 같길래, 나는 오두막의 기능을 껐다.

이로써 이 오두막은 상태 이상을 부여하지 않는 평범한 오두막이 되었다.

"음식이나 들죠."

나는 식탁에 음식을 주욱 늘어놓았다.

하릴없이 기계적으로 만든 음식이건만, 높은 [요리] 랭크와 [행운] 능력치는 황금을 수식하기에 인색하지 않았다.

"와! 너무 맛있어요!"

전채로 나온 [황금 닭고기 스프]를 한 스푼 뜬 이수아가 눈을 빛냈다.

"나중에 재료를 좀 나눠 줄 테니 너도 [요리] 기술 단련해."

"칭찬한 건데! 부끄러워서 그래요?"

"어, 그래."

오랜만에 나대는 이수아의 말에 나는 건조하게 대꾸해 주었다.

그러자 어째선지 자리에서 웃음이 터졌다.

음식이 맛있어서 그런가 보지?

나도 한 번 픽 웃고 말았다.

"다들 전직은 잘했나?"

"아, 물론이죠."

유상태가 능글능글하게 가장 먼저 대답했다.

"그럼요!"

"선생님께서 말씀해 주신 대로 전직했습니다."

"저도요."

이어서 이수아, 김명멸, 김이선 순으로 대답이 돌아왔다.

처음보다 말이 많이 늘었다지만, 여전히 이 넷 중에선 김이선이 가장 말수가 적었다.

20층에서 이 넷에게 나는 [전사] 직업을 선택하도록 권유했고, 모두 내 말에 따랐다.

그것은 이 30층에서 새로운 직업으로 갈아탈 것을 염두에 두고 한 조언이었다.

[전사] 직업 성좌는 거의 아무 제한 없이 계약을 받아 주고, 끊어 줄 때도 쿨하기 짝이 없으니까.

전직한다고 얻은 능력이 없어지진 않으니, [전사] 직업으로 얻은 전투 관련 능력은 이후에도 쓸모가 있으리라.

다만 다른 직업 모험가들은 마법이니 뭐니 쓰고 다니는 것에 비해 조금 수수한 게 아쉬울 뿐이지.

10층계 간 그 수수함을 견딘 보람이 있어, 넷 다 별다른 부작용 없이 새로운 직업으로의 전직에 성공한 모양이다.

일단 이수아는 [아크 팔라딘] 직업으로 전직했다.

[따스한 손길++]을 사용해 장판을 펼치면 그 자리에 서 있기만 해도 강력한 존재이니만큼, 방어막과 무적으로 버티며 자리를 지킬 능력만 있어도 되기 때문이다.

유상태는 [쉐도우 스나이퍼]로 전직했다.

유상태의 원래 이미지와는 영 안 어울리는 직업이지만 능력은 그렇지 않다.

첫 능력에 투사체의 사거리 증가가 붙어 있어서 [모발 부적++]의 효과 범위 또한 연장되고, 은신이나 블링크 등의 능력으로 기습과 일격이탈에 특화되었기 때문이다.

김명멸은 [기간틱 브루저]로, 김이선은 [보이드 아틸러리]로 전직했다. 둘 다 본인들의 고유 능력을 감안한 선택이다.

[기간틱 브루저]는 거대화 능력을 갖춘 근접 전사로, [작아져라!++]를 주변에 흩뿌리고 싸우면 사이즈 차이로 큰 이득을 볼

수 있게 될 거다.

김이선의 [보이드 아틸러리]는 전위의 탱커에게 [급속 거대화++]
2중첩을 걸고 자신은 뒤에서 광역 피해를 포격하기에 적합한 직
업이다.

사실 모두 결함이 있는 직업으로 전직했다고 봐도 됐다.

자기 특성을 극대화한 탓에, 각자 홀로 남게 되면 온전한 힘을
발휘할 수 없으리라.

그러나 이는 이 네 명이 서로서로 지원하며 각자의 장점을 크
게 끌어올리기 위한, 조합을 먼저 생각한 선택이었다.

단단히 버티기만 해도 서로의 시너지를 통해 생존은 물론 십
수 레벨 더 높은 적을 상대로도 이겨 먹을 전력을 낼 수 있으리
라.

이 정도만 해 줘도 충분한데, 넷 모두 성검을 쥐고 성좌에게
축복받는 데에도 성공했다고 한다.

성좌들도 금방 죽어 버리는 서포터 계열 고유 능력을 지닌 모
험가는 그리 선호하지 않는 경향이 강하다.

그럼에도 불구하고 한 명도 빠짐없이 모두 다 인정받다니.

하긴 썩어도 성좌다.

좋은 인재를 알아볼 능력 정돈 있겠지.

"다행이군. 잘 됐다."

나는 고개를 끄덕여 흡족함을 표시했다.

갓 손에 들어왔을 이들의 성검은 아직 별은커녕 +조차 달지
못했겠지만, 그렇더라도 축복을 받은 성검의 주인을 성좌가 그냥
놔두지는 않으리라.

"30층대에서 여러분은 쭉 함께일 겁니다."

나는 유상태 어르신을 염두에 두고 다시 말투를 높임말로 바꿨다.

층의 마지막 자리가 같으면 비슷비슷한 환경이 이어졌던 30층까지의 미궁은 모험가로 하여금 매너리즘마저 느끼도록 만들었을 것이다.

그러나 31층부터는 오히려 30층까지가 튜토리얼에 불과했다는 듯 완전히 다른 양상을 보인다.

＊　　　　＊　　　　＊

29층까지와 31층부터는 정확히 무엇이 달라지느냐?

31층부터 현지 세력이 출몰하는데, 그것도 한두 세력이 아니라 층의 패권을 걸고 겨루는 적수가 여럿 나온다.

이제까지도 그랬다고? 사실은 이제까지가 이상한 거였다.

원래 7층은 엘프, 17층은 오크, 27층은 리자드맨이 지배하고 있어야 정상이었는데, 나 때문인지 17층과 27층에선 전쟁이 벌어졌었다.

하지만 31층부터는 그 상황이 정상이다.

생존을 건 경쟁 때문에, 각 현지 세력은 더 이상 모험가를 무작정 배척할 수 없게 됐다.

오히려 모험가를 아군으로 끌어들여 이용해 먹을 생각을 하게 된다.

모험가는 반대로 현지 세력을 이용해 먹어야 하고.

게다가 31층부터는 명확한 출구가 없다.

각 세력에서 퀘스트를 받아 수행해 그 보상으로 [클리어 크리스틸]을 모으는 식으로 진행된다.

모험가 세력이 필요한 만큼 [클리어 크리스틸]을 다 모은 후 과반수의 지분을 지닌 모험가들이 클리어 수락을 누르면 한꺼번에 32층으로 이동하게 된다.

그리고 이 때, 각 모험가가 모은 [클리어 크리스틸]에 따라 보상을 받는다.

기본적으로 모든 모험가가 협력해야 하는 동시에 크리스틸을 두고 경쟁도 해야 하는 구조다.

모든 모험가가 한 세력에 소속되어 그쪽 퀘스트만 수행하게 되면 절대 충분한 양의 크리스틸을 모을 수 없도록 짜여 있다.

그래서 모험가들은 작은 집단으로 나뉘어 각기 다른 세력으로 흩어져야 하고, 각기 소속된 세력의 퀘스트를 수행해야 한다.

이 말은 곧, 모험가끼리 서로 충돌하는 일이 빈번히 일어난다는 의미이기도 했다.

더 많은 크리스틸을 모아야 더 좋은 보상을 얻을 수 있으므로, 필연적으로 모험가들은 서로를 견제하게 된다.

그렇다고 서로 견제하느라 충분한 크리스틸을 모으지 못한다면 32층을 영영 깨지 못하게 된다.

정해진 시간을 소모하고 나면 모험가들은 전부 죽어 버리므로, 결국 모험가 세력은 서로 힘을 합쳐야 하긴 했다.

"재밌겠네요!"

내 설명을 듣고 있던 이수아가 문득 철없는 어린애처럼 말했다.

"목숨이 걸린 일인데?"

그런 그녀를 김명멸이 타박했다.

"우리 편에는 선생님이 계시니까 좀 즐겨도 되지 않을까?"

아무래도 이수아가 뭔가를 오해하고 있는 모양이다.

"나는 따로 다닐 거야."

"어, 왜요?"

김이선이 진심으로 충격받은 것처럼 물었다.

"그야 그러는 게 효율이 좋으니까."

나는 단호하게 대답했다.

4서폿의 전력은 하나하나 떼어 놓고 보면 그리 높지 않을지 모르나, 넷을 합쳐 놓으면 회귀 전 30층의 그 어떤 모험가 집단보다 강력하다.

이 집단에 내 힘을 추가로 얹는 건 낭비다.

게다가 나랑 같이 다니면 나한테 퀘스트 기여도 다 빨아 먹힐 테고, 경험치는 경험치 대로 손해를 볼 것이다. 나는 나대로 경험치를 하나도 못 먹을 테니 양쪽 모두에게 손해인 결정이다.

그러느니 각자 움직여서 퀘스트를 수행하는 게 훨씬 더 빠르고 효율적이다.

"그럴 수가……."

금방이라도 눈물을 뚝뚝 흘릴 것 같은 김이선의 표정을 보면서, 되레 가벼운 말투로 이어 말했다.

"뭐, 영영 혼자 다니지는 않을 거야. 너희들 손이 필요하면 부를게."

"약속이에요! 약속하죠!"

이수아가 벌떡 일어서며 외쳤다.

"하, 그래. 약속할게."

"됐다! 됐지? 이선아?"

"…네, 언니."

김이선은 어느새 평소의 무감한 표정으로 돌아와 있었다.

설마 연기… 였던 건 아니겠지?

*   *   *

30층의 클리어 조건은 조금 특이하다.

31층이 열리는 조건을 모험가 측이 채워야 하는 게 아니라는 점에서 특히 그렇다.

30층 클리어 조건은 이 층계를 장악한 성좌들 중 과반수가 클리어를 선언하는 것이었다.

아, 넓은 의미에선 모험가 측이 움직여야 하는 게 맞는 건지도 모르겠다.

성좌들을 만족시키려면 모험가들이 움직여 계약을 하든 성검을 집든 해야 할 테니까.

다행히 모험가들이 피를 보고 서로를 죽여 대고 시체가 쌓이는 광경을 바라마지 않는 성좌가 절반 이상을 차지하지는 않는다.

대다수까지는 아니더라도 과반은 넘기는 비율의 성좌가 그저 자신의 계약자를 구하기만 하면 그것으로 만족해 주는 온건함을 지니고 있다.

충계의 제한 시간은 공식적으로는 없고, 모험가들에게 공지되지도 않는다.

하지만 일정 시간이 지나면 다들 클리어 선언을 눌러 주는 것으로 보아, 성좌 측에 따로 제한 시간이 걸려 있는 걸지도 모르겠다.

회귀 전에는 세 개의 미궁을 합쳐도 살아남아 30층까지 온 모험가 숫자가 여기 머무는 성좌의 절반을 넘기지 못했으니까.

새삼스럽게 말할 것도 없게도, 이번에는 그렇지 않았다.

그래서 내가 성상과 성검을 일부러 회수한 성좌를 제외한 거의 대부분의 성좌가 모험가와 계약하거나 채널을 개설하기라도 했다.

어떤 성좌는 다수의 모험가와 동시에 계약하기도 했을 정도로 모험가의 숫자가 넘쳤다.

상황이 이렇다 보니, 이번의 30층은 회귀 전보다 확연히 더 이른 시기에 클리어 선언이 이뤄졌다.

31층이 열린다.

24시간 후에.

그렇다면 나는 그동안 무엇을 해야 하는가?

"그야 비밀 찾기 놀이지."

미리 해 놨어도 될 일을 지금 하는 이유는 간단하다.

30층의 냄새가 너무 지독했기 때문이다.

아니, 다른 냄새를 말하는 게 아니다.

30층은 비밀로 가득 차 있었다.

그냥 그 자리에 성좌의 안배가 하나 있기만 해도 비밀 냄새가 지독했다.

새삼스럽지만 성좌는 비밀로 가득 찬 존재였다.

뭐 그렇게 숨기는 게 많은지, 모험가들보다도 더 심한 것 같았다.

그래서 나는 이때를 기다렸다.

상당수의 성좌가 클리어를 선언한 후에는 30층을 떠나 버린다는 것을 잘 알고 있었다.

그래서 나는 냄새 나는 그것들이 자리를 비운 후에나 탐사에 나서기로 한 거였다.

탐사에 남겨진 시간은 앞으로 24시간.

비밀을 탐사하기에 충분한 시간이었다.

물론 30층은 결코 좁은 편이라고는 할 수 없다.

하지만 지금의 내겐 비행 능력이 있다.

또, 위험한 성상과 성검을 치우느라 이미 한 번 쭉 돌아보기도 한 데다, 회귀 전의 선배들이 남긴 지형 데이터도 갖고 있다.

24시간 정도면 탐사를 다 마치고 한 잔 마실 시간이 남을 터였다.

"가자!"

나는 오두막에서 끓인 엘프 잎차 한 잔을 쭉 마셔 없앤 후, 탐사에 나섰다.

*   *   *

30층에서 나는 [톱+++] 하나만 챙겨갈 줄 알았다.

[피투성이 피바라기]가 꼬장을 부리고 가는 바람에, 다른 성좌

의 성검은 집어 봐야 허락을 안 해 주기 때문이었다.

클리어 선언 후라면 괜찮지 않을까? 하는 기대도 잠깐 하긴 했었지만, 결과는 같았다.

내가 생각했던 것보다 [피투성이 피바라기]의 끗발이 훨씬 좋았던 모양이다.

하긴 그러니 [행운의 여신]도 필사적으로 피해 다니겠지.

그러나 체념하기에는 아직 일렀다.

여기 딱 하나, 내가 쓸 수 있는 성검이 있었다.

[끌어내려져 존경받는 왕의 왕홀]

이 성검은 땅속에 깊숙이 묻혀 있던 신전을 발굴함으로써 찾을 수 있었다.

[끌어내려져 존경받는 왕] 성좌가 일부러 자신의 신전을 땅에 파묻은 건 아닌 것 같다.

왜냐하면 내가 성검을 손에 쥐자마자 이렇게 외쳤기 때문이다.

"오오, 그대가 왕을 구했다!"

성좌가 평범하게 말하는 것에서 이미 눈치챘겠지만, 여기는 성좌의 알현실이었다.

하늘은 온통 흐렸고, 폭풍우가 불고 있었으며, 천둥과 번개마저 치고 있었다.

그 가운데 한 무리의 독수리가 악천후를 아랑곳하지 않고 표표히 날고 있었다.

성좌와 나는 신전 안에 있어, 비바람과 천둥과 번개는 아무 영향도 끼치지 못하고 있었다.

이 정도 폭풍우라면 벽이 없는 신전의 특성상 강한 바람이 옆으로 들이칠 만도 한데, 그런 것조차 전혀 없었다.

물리적으로 이상한 일이지만 미궁적으로는 전혀 이상하지 않은 일이기에 나는 의문으로 여기지도 않았다.

성좌 또한 바깥의 악천후에는 아무 관심을 보이지 않은 채, 계속해서 외쳤다.

"그대는 왕의 총애를 얻을 자격이 있도다!"

그 선언과 동시에 상태 메시지가 반응했다.

─새로운 능력치를 얻었습니다.

─[위엄]

나는 상태창을 열었다.

[위엄 55]

오, 높다. [행운]을 갓 얻었을 때는 2였던 것을 생각하면 이상할 정도로 높다.

"그대에게는 왕의 자질이 있구나. 명예롭고, 지혜로우며, 행운이 따르고, 무엇보다 신민들을 이끌어 나아간 경험이 있어."

낯부끄러운 칭찬이지만, 굳이 미궁 식으로 해석하자면 아마 이런 뜻이 될 거다.

[명예] 높고, [행운] 높고, 지혜… 이건 [신비]일까? 아무튼 높고.

여기에 회귀자로서 다른 모험가를 이끈 경험을 높이 사 처음부터 [위엄] 능력치가 이렇게 높게 책정됐다는 것 같다.

아니면 말고.

여하간 칭찬을 받았으니 답사를 해야겠지.

"감사합니다, 임금님."

전하라 부를까, 폐하라 부를까 망설이다가 결국 나온 말은 임금님이었다.

"그래, 그리 부르라."

왕을 칭하는 한국어가 성좌에게 어떻게 들렸을지는 의문이나, 다행히 성좌는 별 반감 없이 내 답사를 받아들였다.

그때, 퀘스트가 하나 떴다.

[히든 퀘스트: 왕을 구하다!]

[끌어내려져 존경받는 왕을 구하셨습니다! 그 보답을 받으십시오!]

[퀘스트 성공 보상: 위엄 +50]

오로지 묻힌 신전을 파냈다는 이유 하나로 [히든 퀘스트]가 자동으로 클리어되고 그 보상으로 [위엄] 50이 올랐다.

내가 놀라서 왕 성좌를 바라보자, 성좌는 고개를 가볍게 한 번 끄덕이며 이렇게 말했다.

"주어지지도 않은 임무를 수행해 냈으니 그 보답이 커야 정상이겠지."

오오, 왕이시여! 충성을 바치겠나이다!

*　　　　*　　　　*

[끌어내려져 존경받는 왕의 왕홀★]

왕께서는 자비로우셨다.

불과 몇 분 전에 막 얻어 +조차 하나도 붙지 않은 왕홀을 축복하시어 ★을 붙여 주셨으니 말이다.

그리고 왕홀의 성능 또한 확실했다.

―[위엄] 능력 효과 +100%

[위엄] 능력치로 새로 얻게 된 능력 전부를 깔끔하게 두 배 효율로 만들어 주었으니 말이다.

아, 참고로 내가 [위엄]으로 얻은 능력은 다음과 같았다.

[군림]: 지배력과 카리스마가 [위엄]만큼 증가한다.

[심판]: 번개를 던져 [위엄]과 비례한 번개 피해를 준다.

[칙령]: 일정 범위에 강제성을 띤 명령을 내려 따르게 한다. [위엄]이 높을수록 넓은 범위에 강력한 명령을 다수에게 내릴 수 있다.

[군림]은 패시브, [심판]은 공격 마법, [칙령]은 군중 제어로 다소 중구난방인 경향은 있지만 모두 좋은 효과다.

특히 [군림]의 지배력 증가 효과는 인간인 상태에서도 운디네를 다룰 수 있도록 해 주는 훌륭한 효과였다.

[하이 엘프★]일 때는 극한까지 강화한 팍시마디아를 쓰고, 인간일 때는 아슬아슬하게 강화한 운디네를 쓰는 쪽으로 가닥을 잡을 수 있겠다.

굳이 이럴 필요가 있냐면… 당연히 있다.

[인간의 끈기]로 간신히 버텼을 때 회복 수단이 없으면 되살아나지 못하고 결국 죽어 버리기 때문이다.

물론 내게는 다른 회복 수단도 있긴 하지만, 생명 보험은 몇 개를 들어 놔도 부족하다.

유족에게 돈이 돌아가는 생명 보험이라면 몇 개씩이나 필요하진 않겠지만.

이건 죽을 사람을 안 죽게, 혹은 죽은 사람마저 되살려 주는 보험 아닌가?

그런 의미에서 치유 능력을 지닌 운디네는 내게 있어 중요한 입지를 차지하고 있었다.

그런 운디네의 파워 업 이벤트가 이런 식으로 성립될 줄이야.

지배력 쪽에만 초점이 맞춰졌지만, 카리스마 쪽도 꽤 중요하다.

카리스마는 지배력과 달리 대상이 스스로 나를 따르도록 하는 효능을 지녔다.

특히 군대를 지휘할 때 아군의 사기를 높이고 적의 사기를 떨어뜨려 전쟁을 유리하게 끌어갈 수 있게 한다.

대규모 전투를 벌일 일이 많은 31층에서는 꽤나 유효한 능력이다.

[심판]은 솔직히 말하자면 [하이 엘프★] 상태일 때 온갖 보너스를 다 받으며 쏘는 [신비] 마법만 못했다.

그래도 번개 속성 공격이 필요한 국면에서 활용할 수 있을 듯했다.

[야만전사의 호령]이나 [호통] 같은 능력은 버프/디버프 쪽이 초점이 맞춰져 연사가 힘드니 더더욱 그랬다.

[칙령]은 아직 사용해 보지 못해서 뭐라 말할 수는 없겠지만 아마 이게 [위엄] 100 능력일 테니 기본적인 성능은 뒷받침되리라.

얻은 것들만 환산해봐도 역시 삽 들고 땅 판 보람이 있다.

고마워요, [비밀 교환++]!

*   *   *

"그대에겐 이미 얽힌 인연이 많구나. 더욱이… 아니, 아니다. 이런 건 중요하지 않지. 하나 내 그대에게 엄히 이르노니 섣불리

하나의 성좌를 따르지 말지어다."

왕 성좌는 의미심장한 말을 남기고 나를 알현실에서 내보냈다.

뭐, 어떤 한 성좌와 계약을 맺을 마음은 옛적에 접은 나에게는 그리 와닿지 않는 조언이기도 했다.

그래서 그냥 개인 노트 한 구석에 기록해 두고 잊어버리기로 했다.

30층의 탐사 결과는 왕 성좌의 신전 발굴을 제외하고는 그리 유의미한 소득은 얻지 못했다.

성상과 성검은 여럿 찾아냈지만, 누구 하나 내게 힘을 빌려주지 않았기 때문이다.

오히려 인벤토리 안에 버젓이 쌓아 뒀던 성검들이 아무 전조도 없이 휙 사라지기까지 했다.

물론 사용 허가가 떨어지지 않아 아무짝에도 없는 성검이긴 했지만, 엄연히 내 인벤토리 안에 들어온 물건이 사라진 건 확실히 불쾌했다.

두고 보자. 다 리스트에 올려놨어. 언젠가 복수할 거다.

나는 다소 유치한 복수심을 품은 채 개인 노트를 끄적였다.

어쨌든 이로써 30층에서 볼일은 끝났다.

남은 자투리 시간을 활용해 나는 4서폿을 오두막에 모아 밥을 먹이고, 함께 식탁에 둘러앉아 클리어를 기다렸다.

"자, 그럼 아래에서들 봅시다."

"예, 선생님! 필요한 일이 생기면 언제든 불러 주십시오!"

"선생님께 진 빚을 조금이라도 갚을 기회를 기쁘게 맞이하고 싶습니다."

"저도, 저도요! 선생님!"

"부름을 기다리겠습니다."

그런 인사말을 마지막으로, 우리는 31층으로 이동했다.

4서폿은 서로 손을 잡은 채.

나는 혼자서.

2장
—
제31층

[Tip!] 31층부터는…….

미궁의 팁에는 내가 공략에 써 뒀던 말이 불친절하게, 정보가 이것저것 빠진 상태로 제시됐다.

뭐, 그래도 각 세력의 퀘스트를 깨 [클리어 크리스탈]을 되도록 많이 모아 기여도를 높여서 좋은 보상을 받으라는 가장 중요한 정보는 빠져 있지 않았다.

사실 이것만으로 충분하긴 하다.

[30층의 모험가 1,000명 중 생존하여 31층까지 내려온 모험가는 9백 7십 7명입니다.]

다른 미궁의 모험가가 합류하면서 확 늘어난 모험가의 총 숫자가 인상적이다.

그 와중에 30층에서 23명이나 죽은 것도 인상적이고.

사실 30층은 아무런 사전 정보나 공략도 없이 그냥 들이박기에 꽤 위험한 층계긴 했다.

그러게 나한테 와서 상담 좀 받고 가라니까, 무시하고 그냥 가서 죽어 버리다니.

별로 안타까움은 느껴지지 않는 게 솔직한 마음이긴 했다.

미궁의 메시지에서 눈을 돌린 나는 주변을 둘러보기 시작했다.

스타팅 지점은 완전히 랜덤이라서, 여기가 31층의 어느 지역인지는 나도 봐야 안다.

"…망했군."

그러나 나는 주변을 제대로 둘러보기도 전에 이미 망했음을 알아챘다.

쏴아아… 쏴아아…….

다른 것보다 파도 소리가 먼저 귓구멍을 때리고 들어왔기 때문이다.

"바— 다— 다—!"

나는 하릴없이 외쳤다.

*   *   *

31층은 남한 정도 크기의 작은 대륙으로 이루어져 있다.

남한 정도 크기인데 섬이 아니라 대륙이라고 칭하는 이유는 간단하다.

이 대륙의 사방을 감싼 건 바다가 아니라 차원의 벽이기 때문이다.

32층이 되면서 차원의 벽 한쪽이 무너지고 세상이 확장되지만, 그건 나중 이야기다.

그런데 그럼 내 앞에 있는 이 바다는 무엇이냐?

이 층계의 네 귀퉁이 중 바다의 파도가 들이치는 곳이 하나 있다.

물론 바다 너머도 차원의 벽으로 분할되어 있지만, 해류와 파도는 아랑곳 않고 밀려오고 있었다.

그러니까 이 사실이 가리키는 바는 단 하나다.

나는 완전히 구석에 처박혔다.

"이 레벨에 변경 플레이라니……."

대륙 한가운데 던져져 날뛰어도 모자랄 판에, 이런 구석탱이에 홀로 처박혀서 뭘 하겠는가?

변경이라고 말했지만, 그렇다고 바다 너머에서 외적이 쳐들어오는 것도 아니고 적대 국가가 넘어오는 것도 아니다.

그저 평화롭디 평화로운 바다가 눈앞에 펼쳐져 있을 뿐이다.

"이쪽 지역은 공략도 없는데……."

회귀 전의 모험가는 이쪽 바닷가에 대해 짤막하게 한마디만 했을 뿐이다.

—이쪽에는 아무것도 없습니다. 그냥 바다나 보면서 힐링이나 하세요.

힐링은 무슨.

저 바다를 보는 내 심정은 풍랑을 만나 좌초한 것 같았다.

"뭐, 떠나면 그만이긴 하지만."

다행히 내게는 날개가 있다.

정확히는 [부스터 백팩]이지만, 뭐 그런 게 중요하거나 하겠는가?

중요한 건 내가 날 수 있다는 사실 하나뿐이다.

"시간 낭비 그만하고 이만 가야겠다."

[끌어내려져 존경받는 왕이 그러면 후회할 거라고 말합니다.]

그때, 갑자기 존재조차 잊고 있던 임금님이 메시지를 던져주셨다.

"어, 예?"

계셨습니까? …이 말을 꿀꺽 삼킨 나 자신을 칭찬하자.

[끌어내려져 존경받는 왕은 당신이 바닷속에 들어가 보길 원합니다.]

의미심장한 조언이었다.

아무리 그래도 우리 임금님인데 나한테 나쁜 말을 할까?

"예, 알겠습니다!"

나는 한 번 믿어 보기로 했다.

일단 마음을 먹었으니 더 미룰 것도 없겠다, 나는 곧장 바닷속으로 몸을 던졌다.

시원한 바닷물이 꽤나 상쾌했다.

[끌어내려져 존경받는 왕이 어떠냐고 기분 좋지 않냐고 묻습니다.]

…아니, 설마?

해수욕 안 하고 가면 후회할 거라고 하신 건 아니시죠?

바닷속에 들어가면 기분 좋을 테니까 들어가 보길 원하신 겁니까?

나를 위해서 말해 준 게 맞는다면 고맙긴 한데, 아무리 그래도 이건 좀······.

그런 불경한 생각이 뇌리를 스칠 때였다.

바닷속에서 냄새가 났다.

바닷물로 막힌 코가 냄새를 맡을 수 있나?

하지만 확실히 냄새가 났다.

그것도··· 비밀 냄새가.

"······!"

나는 미궁 금화 상점을 열어 [최고급 수중 활동 패키지]를 구매했다.

고급 잠영 능력에 수중 호흡과 수중 시야, 수중 이동 속도 페널티 무효에 수중 공격 속도 페널티 무효가 합쳐진 패키지 상품이었다.

가격은 미궁 금화 100개로, 회귀 전 모험가들에게 좋은 반응을 얻은 상품이었다.

바닷속에 뭐가 있으면 바로 사려고 대기 중이었는데, 결과부터 말하자면 매우 합리적인 구매였다.

나는 비밀 냄새가 나는 곳을 향해 잠영했다.

부스터를 써도 됐지만, 혹시 이 비밀이 위험한 것일 경우 급속 탈출을 위해 남겨 두기로 했다.

기왕 산 잠영을 활용해 보고 싶은 마음도 없지는 않았다.

그러나 한계는 생각보다 금방 찾아왔다.

눈에는 아무것도 안 보이는데, 나를 튕겨 내는 벽 같은 것이 앞을 가로막았다.

냄새는 분명 벽 너머에서 나고 있었다.

이미 미궁 금화를 100개나 썼는데 이대로 돌아갈 수야 없지.

나는 [전쟁검★★]을 꺼내 보이지 않는 벽을 후려쳤다.

그러자 벽이 갈라지면서, 숨겨진 것이 드러났다.

하반신은 물고기에 상반신은 인간인 모습의 생명체들이 놀란 눈으로 나를 바라보고 있었다.

비록 회귀 전 지식에는 나와 있지 않았으나, 저들의 정체가 뭔지는 그냥 보면 알 수 있었다.

인어였다.

[누구냐!]

그때, 성좌의 노성이 들렸다.

5층이나 15층 비밀 세계에서 만났던 [고대 엘프 사냥꾼]이나 [고대 드워프 광부]처럼 말하는 걸 보니, 이 벽 너머의 공간은 성좌의 권역인 모양이다.

처음 겪는 일도 아니니만큼 나는 당황하지 않았다.

"아, 저는……."

[끌어내려져 존경받는 왕이 건강했냐고 묻습니다.]

[어, 형님? 형님입니까?]

[끌어내려져 존경받는 왕이 아직 나를 형으로 불러 주냐며 감동합니다.]

[아니, 진짜 형님이시네. 여긴 웬일이세요?]

[끌어내려져 존경받는 왕이 신하를 따라왔다고 말합니다.]

신하? 그거 혹시 접니까, 임금님?

[형님 전하의 신하라면 이야기가 다르지. 수중 결계를 파손시킨 것은 불문에 부치겠다. 들어오도록.]

어떻게 이야기가 잘된 건지, 나는 인어 나라 입국을 허가받았다.

오오, 임금님. 오오.

[모험가가 찾아오는 게 귀찮아서 결계를 치고 물속 깊은 곳에 숨어 있었는데, 결국 이렇게 되고야 마는군.]

그렇다고 나에 대한 앙금이 완전히 풀린 건 아닌 것 같았다.

[나는 말과 돌고래 애호가다.]

예? 뭘 애호하신다고요?

[눈빛이 불경하군. 무슨 상상을 하는 거지?]

"제겐 상상력이란 게 없습니다."

나는 뻔뻔하게 거짓말을 했다.

거짓말은 나쁜 짓이지만 때때로 사실을 말하는 것보다는 훨씬 나을 때도 있었다.

지금이 바로 그때였다.

[…아무튼 좋다. 퀘스트를 내려 주지.]

[말과 돌고래 애호가] 성좌는 내 말을 믿는 기색은 아니었지만, 굳이 더 캐묻지 않고 바로 퀘스트를 내려 주었다.

[클리어 퀘스트: 트리톤해 흑상아리 처치]

[트리톤해 흑상아리를 처치하십시오!]

[10마리 처치당 보상: 클리어 크리스털 1개]

심플해서 좋구만.

"알겠습니다."

나는 덤덤한 척 반응했지만, 속내는 그게 아니었다.

바닷가에 처음 떨어졌을 때는 망했다 싶었는데, 이런 곳에서 퀘스트를 독점 수주하게 될 줄이야.

심봤다.

심봤다!

*   *   *

트리톤해 흑상아리는 처음 보는 몬스터였다.

레벨도 모르고, 능력도 모른다. 습성이나 약점 또한 알 리 만무했다.

그러나 걱정했던 것과 달리 퀘스트 수행에는 아무 문제가 없었다.

빠지직!

"이거 좋네요."

물속에서 [심판] 마법이 너무너무 잘 먹혔다.

사실 [심판]의 번개를 던질 때마다 내 몸도 같이 태우고 있었으나, [번개 초월]을 지닌 내겐 아무 피해가 없었다.

그저 흑상아리들만 배를 위로 띄우고 떠오를 뿐이었다.

한 가지 아쉬운 점을 꼽자면 흑상아리의 레벨이 너무 낮아서 내게 경험치를 전혀 주지 못하고 있다는 것 정도일까.

나는 눈에 보이는 흑상아리를 모조리 쳐 죽이고 되돌아갔다.

[놀랍군! 역시 형님 전하의 신하다!]

차르르륵.

퀘스트 완료 보상으로 받은 [클리어 크리스털]이 인벤토리에 부어지는 소리가 상쾌하다.

다른 모험가의 공략 영상에서나 듣던 소릴 내가 듣게 되다니!

하지만 이런 걸로 기뻐하긴 좀 너무 많이 새삼스럽긴 하다.

[다음 퀘스트가 필요한가? 좋다.]

나는 계속해서 퀘스트를 수주하고 처리했다.

다들 내게 경험치를 주기엔 너무 약한 놈들이었지만, 개중에 거대화된 마법 문어만큼은 달랐다.

무려 [심판] 두 발을 버텼고, 0.1%나마 내게 경험치를 주기도 했으니 말이다.

[영웅이여! 그대는 위대하다!]

그렇게 퀘스트를 처리해 나가다 보니, 어느덧 [말과 돌고래 애호가] 성좌가 나를 부르는 호칭이 영웅으로 바뀌었고 말투도 조심스러워졌다.

[끌어내려져 존경받는 왕이 역시 내 신하라며 자랑스러워합니다!]

그 와중에 왕 성좌가 끼어들어 생색내는 건 덤이었고 말이다.

아니, 우리 임금님은 생색내도 되시지.

이게 다 [심판] 덕인데.

역시 물 속성 적에게 번개 속성 마법이 잘 먹히는 건 20세기 게임에서도 고증된 진리다.

그 덕에 되게 편하게 여기까지 온 것 같은데…….

아무래도 여기까지인 것 같네.

[클리어 크리스털]: 100개.

단일 세력에서 모을 수 있는 크리스털의 최대치는 100개.

즉, 이제 [말과 돌고래 애호가] 성좌 휘하의 세력으로부터는 이 이상 [클리어 크리스털]을 뜯어낼 수 없다는 소리다.

슬슬 여기를 뜰 때가 됐다.

[영웅이여, 그대에게 줄 크리스털이 더 없네만. 그대만 좋다면 다른 보상을 제시하도록 할 테니 어떤가?]

내 생각을 아는지 모르는지, [말과 돌고래 애호가] 성좌는 조심스러운 말투로 이런 퀘스트를 내놓았다.

[성좌 퀘스트: 트리톤해 해룡 처치]

[말과 돌고래 애호가 성좌는 자신의 아이들인 트리톤 종족의 잠재적 위협이 될 해룡을 미리 처치해 두고자 합니다. 당신이 이 일을 대신해 준다면 보상과 축복이 따를 것입니다.]

[수락시 보상: 위엄 +10]

[성공시 보상: 말과 돌고래 애호가의 축복]

"아, 좋죠! 물론이죠!"

클리어 크리스털?

중요하지.

없으면 31층 못 깬다.

하지만 나 말고 다른 사람들이 모아다 줄 수도 있는 물건이다.

클리어 기여도?

중요하지.

미궁 금화를 많이 얻을 수 있으니.

그래도 역시 미궁 금화보다는 경험치다!

아, 그렇다고 능력치와 축복이 덤으로 취급되는 건 아니다.

그냥 우선순위가 좀 밀릴 뿐.

해룡은 얼마나 강할까?

나는 두근거리는 마음을 굳이 억누르려고도 하지 않은 채 퀘스트 수락 버튼을 눌렀다.

그러자 내 몸이 어디론가로 쉭 이동했다.

"어?"

설마… 함정이었나?

내가 이렇게 생각하게 된 것도 무리는 아니었다.

왜냐하면 이동하자마자 내 눈앞에 해룡의 모습이 보였기 때문이다.

그러나 이러한 오해도 잠시.

[그대를 해룡 서식지로 잠깐 옮겼다. 지금은 그대의 주변에 결계를 편 탓에 해룡이 그대를 인식하지 못하나, 여기를 나서면 인식하게 될 것이다.]

[말과 돌고래 애호가] 성좌가 직접 해명해 주었다.

해룡은 드래곤의 아종으로, 당연히 드래곤은 아니다.

그러나 용이 괜히 용일까, 아종이라도 결코 약한 몬스터라고 볼 수는 없다.

약하다면 왜 굳이 보상 줘 가며 성좌가 퀘스트까지 내릴까?

그럼에도 불구하고 내 눈에는 저 해룡이 그리 강해 보이지 않았다.

원인은 간단했다.

300m 짜리를 보고 왔는데, 고작 30m 짜리가 강해 보일 리가.

29층에서 [웜 신]을 상대하고 났더니 어지간한 몬스터는 별로 위협적으로 느껴지지도 않게 된 탓이었다.

저 해룡이 과연 [웜 신]보다 강할까?

나는 아니라고 본다.

만약 더 강했다면 그 이름을 해룡이 아니라 신룡 정도로 붙였겠지.

그렇기에 나는 곧장 [왕홀★]을 손에 쥐고 결계를 나섰다.

이런 놈 상대로 쇼핑 타임 같은 건 필요도 없다!

"[심판]! [심판]! [심판]!"

꽈릉! 꽈릉! 꽈릉!

세 발의 [심판]이 해룡을 향해 똑바로 날아갔다.

그러나 해룡은 내 [심판]을 세 발이나 맞고도 꿈쩍도 하지 않았다.

오히려 입을 크게 벌리더니, 번개 숨결을 토해 내는 게 아닌가!

"와우!"

번개 숨결은 피할 새도 없이 내게 격중했지만, 나는 아무런 고통도 느끼지 못했다.

[번개 초월] 덕이었다.

"아하, 물 속성이 아니라 번개 속성이셨구나."

나는 관찰이 부족했다는 걸 인정했다.

물론 같은 번개 속성이라고 번개에 완전 무적이라는 건 있을 수 없다.

아마 [번개 초월]이나 그에 준하는 면역 능력을 갖고 있는 거겠지.

그렇다면 저놈에겐 아무리 번개 속성 공격을 해 봐야 아무 의미가 없다.

그래서 나는 곧장 다른 속성 공격을 개시했다.

"[철호, 비이이이임!!!!]"

그것은 물론 [빔]이었다.

*   *   *

물속에서는 [빔]의 위력이 반감된다는 사실을 알아챈 것은 조금 나중의 일이었다.

왜냐하면 그 반감된 위력으로도 해룡을 해치우는 데에는 아무런 어려움이 없었기 때문이다.

그렇다. 나는 해룡을 해치웠다.

하지만 그 대가는 실망스러웠다.

"…내가 좀 잘 크긴 했네."

오른 경험치는 고작 3%.

해룡에게서 드물게 발견된다는 용연향도 안 나왔다.

[성좌 퀘스트]의 보상이 없었더라면 진짜 허무할 뻔했다.

한숨을 내쉬며 퀘스트 완료 버튼을 누르려던 찰나, [말과 돌고래 애호가] 성좌가 이렇게 외쳤다.

[영웅이여! 그대는 실로 강력하구나! 그러하다면 이것은 어떠한가?]

[연계 퀘스트: 트리톤 외해 해룡 처치]

[당신은 여기서 퀘스트를 완료할 수 있지만, 완료를 보류하고 연계 퀘스트를 수락할 수 있습니다. 그 경우, 전보다 더 좋은 보상을 얻게 됩니다.]

[수락시 보상: 위엄 +10]

[성공시 보상: 말과 돌고래의 애호가의 축복]

"좋군요!"

나는 엄지를 올렸다.

척!

*   *   *

[말과 돌고래 애호가] 성좌는 나를 이용해 이 주변의 해룡 씨를 말리려 들었다.

외해 해룡을 상대한 다음에는 외해 해룡 무리를 사냥해야 했고, 그다음에는 원양 해룡과 그 무리를 처치해야 했다.

하지만 과정 하나를 거칠 때마다 [위엄]을 따박따박 올려 주는데다, 연계 퀘스트가 이어지며 보상이 더욱 좋아지리라는 걸 생각하면 하나도 귀찮지 않았다.

게다가 경험치까지 생각했던 것보다 쏠쏠하게 들어왔으니 불만이 나올 리가 없었다.

마지막으로 대양 해룡과 그 무리를 처치함으로써 연계 퀘스트는 끝을 맺었고, 그 보상으로써 총 [위엄] +50과 [말과 돌고래 애호가] 성좌의 축복을 받을 수 있게 됐다.

[바다와 호수의 은혜★]: 바다와 호수에서의 채집 및 생산량, 채집물과 생산품의 희귀도와 품질 상승 확률 +100%.

지정한 용기에 담은 바닷물과 호숫물을 치유의 샘물처럼 활용할 수 있다.

별 달린 축복은 또 처음 받아 보네.

그런데 이게 또 의외로 전투에 활용할 만한 축복은 아니었다.

물론 바닷물을 그냥 떠서 치유의 샘물처럼 활용할 수 있는 건 좋긴 한데, 직접적인 전투력에 관여하는 건 아니니까.

[그거 좋은 축복이라네! 믿어지지 않는다면 소금이라도 만들어 보는 건 어떠한가?]

축복의 내용을 확인하는 내 표정이 조금 미묘해 보였는지, [말과 돌고래 애호가] 성좌가 급히 말했다.

소금? 아, 소금! 그랬지, 소금이다.

미궁에서 생각 외로 구하기 힘든 게 소금이다.

몇몇 지역에서 우연히 나오는 암염이라도 구하지 않는 이상, 짭짤한 맛을 보기가 꽤 어렵다.

그리고 그건 이 31층도 마찬가지다.

모험가뿐만 아니라 각 세력에 팔아도 비싸게 팔리는 게 바로 소금이다.

그런데 여기가 어딘가? 바닷가 아닌가?

바닷물만 말려도 나오는 게 소금이다!

"그렇군요!"

나는 벌떡 일어나서 외쳤다.

"소금을 굽겠습니다!!"

의욕에 차서.

*　　　　*　　　　*

"좋아, 해볼까!"

나는 소금을 굽기 시작했다.

일단 머리에 머리띠 대신 해수의 정령, 파도의 정령, 밤바다의 정령 등과 합성되어 더욱 성장한 운디네를 둘렀다.

치유의 샘물이 없어도 세계 자체가 넓고 에너지가 풍부하다 보니 정령들도 많이 체류하고 있었기에 가능한 일이었다.

아무튼 운디네 자체가 더욱 강력해진 덕택에 치유력도 많이 올랐고 정신적인 치유나 간단한 상태 이상 해제도 가능해졌다.

"너 믿고 해본다."

[~~~~!]

오, 자신만만하다.

이렇게 운디네까지 거창하게 불러놓고 지금부터 할 일이 뭐냐면, 커다란 솥에 바닷물을 넣고 [해의 지식] 마법인 [불꽃 방사]를 통해 열을 가하는 거였다.

그것도 엄청 오래, 여러 번 반복했다.

좀 더 좋은 방법이 있긴 할 텐데, 내가 그걸 알지 못하니 그냥 무식하게 불질하는 걸로 시작해야 했다.

―그냥 물을 증발시키면 되는 거 아냐? 내가 해 줄까?

어째선지 내가 머리띠처럼 두른 운디네에 시선을 집중시킨 꽉 시마디아가 갑작스러운 말을 던졌다.

"질투하니?"

―아니거든! 꽉시!

아무튼 자기가 하겠다는데 말리는 것도 이상해서 한 번 시켜 보기로 했다.

결과는 소금이 나오기는 했지만, 품질이 그리 좋지 않았다.

물만 빼내니까 불순물이 너무 많이 섞이더라고.

―너 혼자서 걔랑 잘 놀아!

이런 결과를 말해주니 팍시마디아는 빽 소리 지르고 혼자 구슬로 들어가 버렸다.

뭐야, 질투하는 거 맞네.

나중에 치유의 샘물 나오면 그거나 먹여주고 달래야겠다.

[바다와 호수의 은혜★]로 치유의 샘물 비슷한 걸 만드는 데에는 시간이 좀 걸린다.

바닷물을 용기에 넣고 12시간 정도 지나야 한다.

처음 만든 건 운디네한테 먹였더니 좋아하더라.

아, 이거 팍시마디아한테는 비밀이다.

아무튼 이런 식으로 계속 시행착오를 반복하다가, 한 번에 확 끓이는 것보다는 일정 온도를 유지하는 것이 낫다는 것을 알게 됐다.

불 조절도 불 조절이지만, 바닷물을 계속 부어 가며 온도를 맞춰 주고, 온도를 높인 소금물 위에 뜨는 이상한 거품 같은 것도 계속 건져서 빼내 주고…….

"이거 완전 노가다네."

하지만 이 고생을 한 보람은 있었다.

[제염 이].

소금을 굽는 게 일반 기술로 등록될 줄은 또 몰랐다.

새로운 기술의 랭크를 충분히 올린 덕에 또 인벤토리 크기가 늘어나고, 능력치가 오르고, 미배분 능력치도 올랐다.

그런데 이런 게 중요한 게 아니었다.

[황금 소금]

이젠 소금에도 황금 접두가 붙는다.

"…그렇다면 이걸 활용하면……."

[천금 요리를 만들 수도 있다!

나는 몸을 부르르 떨었다.

[천금 요리를 만들어 낸다면, [요리] 수련치가 얼마나 오를까?

이건 기연이나 다름없었다.

상승이 멈춘 지 오래였던 [요리] 랭크를 올릴 기회가 찾아왔다!

"아니, 아직 흥분하긴 이르지."

나는 흥분을 가라앉히고, 좀 더 확실한 단계를 밟기로 했다.

그것은 바로…….

[낚시다!]

그렇다, 낚시다.

아니, 아직도 계셨습니까? [말과 돌고래 애호가] 성좌님?

*　　　　　*　　　　　*

일반 기술로서의 [낚시] 랭크는 회귀 전의 7층 개울에서 어느 정도 올려두었지만, 그래 봐야 개울 낚시에 불과하다.

하지만 이번에는 바다낚시다.

그것도 [바다와 호수의 은혜★] 축복이 더해진!

물고기는 재미있을 정도로 쉽고 빠르게, 대량으로 잡혔다.

살림통을 보면 내가 이걸 낚시로 잡은 건지 그물로 잡은 건지 헷갈릴 정도였으니까.

나는 살림통 넘치도록 가득 담긴 물고기를 다시 바다에 쏟아 붓고 새로운 마음으로 낚싯줄을 던졌다.

[낚시 9]를 달기 전까지 낚는 물고기는 그냥 덤 같은 거였다.

내가 바라는 건 하나.

[황금 물고기]다.

그런 게 진짜 나올지는 모르겠지만, 만약 진짜 나온다면?

[황금 소금]을 더해 소금구이를 하는 것만으로도 [천금 요리]를 얻을 수 있을 가능성이 확 오른다!

요리 랭크도 랭크지만, 그 맛은 과연 어떨까?

"흐흐흐……."

상상만 해도 웃음이 나온다.

나는 일심불란하게 낚싯줄을 던지고 낚은 물고기를 바다에 던지고 다시 낚싯줄을 던지길 반복했다.

결과.

나는 [낚시 9]를 달자마자 그렇게 바라 왔던 [황금 물고기], [황금 참치]를 낚을 수 있게 됐다.

"아니, 해변 낚시로 참치가 잡힌다고?"

나는 내가 직접 낚아 올린 12m짜리 참치를 보며 어안이 벙벙했다.

하긴 미궁에 상식을 바란 내 잘못이지.

이 정도로 낚시 랭크가 높고 [행운]이 높으며 축복까지 걸렸는데, 해변에서 낚시로 12m짜리 참치 정도야 당연히 낚을 수 있는 거 아니겠는가?

뭐? 원래 참치는 이렇게 안 커?

그런 의문을 떠올렸다면 미궁한테 진 거다.

그렇다. 나는 미궁한테 졌다.

"으하하하핫!"

그러나 그러한 패배감 따위가 내 흥분과 기쁨을 막을 수 있을 리 만무했다.

"풍어로세!"

*　　　　　*　　　　　*

12m짜리 [황금 참치]는 개시에 불과했다.

[황금 참돔], [황금 다금바리], [황금 기름치]… 뭐야, 기름치가 왜 나와?

아무튼 갖가지 물고기를 낚아 댄 나는 가차 없이 [황금 소금]을 뿌려 구워 댔고, 그 결과.

[요리 11]

나는 마의 벽이었던 [요리 10]을 깨고 드디어 랭크 보너스를 받아 냈다.

"이걸 이렇게 올린다고?"

나는 혼자서 깔깔 웃었다. 왜 웃긴지도 모른 채 웃었다.

아, 좋다.

너무 행복하다.

햇살은 따사롭고, 파도 소리는 시원하다.

바닷바람이 내 머리칼을 간지럽히고, 해변의 모래는 사각거리며 발가락 사이로 파고든다.

모든 것이 좋았다.

만족스러웠다.

[톱+++]으로 [오두막]을 꺼낸 나는 바다를 바라보며 길게 누웠다.

어느새 해는 몸을 적셔 가며 해수욕을 즐기고 있었고, 붉은 노을이 길게 펼쳐져 주변을 온통 주홍빛으로 물들이고 있었다.

나는 언제 잠들었는지도 모르게 잠에 빠져들었다.

깊은 잠이었다.

*　　　*　　　*

그 연락이 온 건 내가 [물질]을 9랭크까지 올렸을 때의 일이었다.

아, 여기서 [물질]은 바닷속으로 잠영해서 해초나 전복 같은 걸 따오는 일반 기술이다.

[황금 전복]… 맛있었지.

아니, 이게 중요한 게 아니다.

[김명렬]: 선생님, 계십니까?

[김명렬]: 말씀드리기 송구합니다만······.

[김명렬]: 그, 전쟁이 날 것 같습니다.

홀로 바닷가에서 여유를 즐기던 생활은 이것으로 끝인가 보다.

[이철호]: 알았다.

휴식은 끝났다.

출격의 때가 되었다.

*   *   *

내가 굳이 전쟁이라는 키워드에 민감하게 반응한 이유는 간단하다.

전쟁이 일어나면 사람이 많이 죽기 때문이다.

이런 말을 하면 사이코패스처럼 보일지도 모르겠지만, 솔직하게 말하면 현지 세력의 죽음은 그냥 눈 감고 지나갈 수 있다.

나도 오크를 꽤 죽였고, 리자드맨의 경우는 사냥까지 했으니 다른 사람 탓할 자격이 없다.

그런데 여기서 내가 말하는 사람이란 모험가들이다.

아무리 현지 세력 구성원과 정을 쌓아 본들, 모험가 층계를 나아가면 헤어질 사이다.

따라서 나는 나와 함께 미궁을 나아갈 모험가들에게 더 높은 가치를 둘 수밖에 없는 입장이다.

현지 세력끼리 전쟁을 벌이면 각 세력에서 퀘스트를 수행하는 모험가는 반강제적 정도가 아니라 8~9할 정도는 강제적으로 전쟁에 휘말리게 된다.

대규모 전투에 휘말려서 사람 목숨이 갈려 나가는 것도 그렇지만, 모험가들끼리 서로 상잔하게 되는 것도 피할 수 없게 되고 말이다.

게다가 그런 식으로 상잔한 뒤 퀘스트 끝나고 수고하셨습니다, 하고 쿨하게 헤어질 수 있을까?

아니, 아니다.

동료를 잃은 원한은 그리 쉬이 녹아 없어지지 않는다.

반드시 앙금이 남는다.

더 큰 비극은, 초보 모험가들은 이 사실을 직접 겪어 보기 전까지 잘 모른다는 것이다.

게임처럼 만들어진 서로 죽고 죽이는 층계를 몇 번씩 경험하며 살인에 익숙해진 모험가들은 이 생각보다 쉽게 사람을 죽인다.

퀘스트에 떴다는 이유만으로.

이제껏 그래 왔으니까, 여기서도 그러는 것뿐이다.

거기에 어떤 철학이나 사상, 고민 따위가 끼어들 여지는 없다.

모험가가 그렇게 생각하도록 미궁 측에서 조장해 온 면도 없지 않다.

아니, 생각하지 않아도 되도록 대놓고 조장해 왔다고 표현하는 게 더 정확하리라.

하지만 퀘스트에 죽이라고 떴다는 이유만으로 죽이기엔 치러야 할 대가가 너무 크다.

31층은 다른 층계와 달리 현실이며, 되돌릴 수 없다.

죽은 사람은 살아 돌아오지 않는다.

미궁답지 않게, 현실처럼.

그래서 나는 커뮤니티 공지를 통해 다른 모험가들에게 만약 전쟁이 일어날 기미가 보이면 나를 부르라고 말해 두었다.

이유는 당연히 내가 직접, 즉각 개입해서 그 전쟁을 멈추기 위해서.

결코 세계 평화를 위해서가 아니다.

뭐, 결과만 보면 그렇게 보일지도 모르겠지만.

*　　　　　*　　　　　*

트리톤해가 펼쳐진 31층의 한쪽 구석은 다른 지역과 완전히 유리되어 있다.

높은 산맥이 이 지역과 다른 지역을 칼로 자르듯 갈라 놓았기 때문이다.

보통이라면 이 산맥을 넘어가는 데에만 며칠씩 소모해야 했을지도 모른다.

그러나 나는 아니다.

"자, 날아 볼까?"

부스터 켜고 날개 펼쳐서 날면 그만이니까.

푸하악!

[부스터 백팩]이 추진력을 한껏 토해 냈다.

*　　　　　*　　　　　*

전쟁터까지 가는 건 금방이었다.

왜냐하면 유상태가 커뮤니티 점수를 써서 [소환]을 걸어 주었기 때문이다.

오히려 [소환] 유효 거리까지 가는 게 더 오래 걸렸을 정도였다.

그런데 타이밍은 그리 좋지 않았다.

전쟁은 이미 일어난 상태였고, 유상태를 비롯한 4서폿은 전쟁터 한가운데 있었다.

"선생님! 오셨군요!"

"딱 맞춰 오셨어요!"

유상태와 이수아가 환영의 말을 던졌다.

"외인부대! 뭐해! 돌격! 돌격하라고!!"

바로 그때, 뭔가 높아 보이는 분이 우리들 모험가에게 성을 내며 뭐라고 소릴 쳤다.

"그래, 맞아. 딱 맞춰왔군."

모험가들이 아직 희생되기 전이라면 늦지 않았지.

나는 인벤토리에서 [왕홀★]을 꺼내 들었다.

그리고 앞으로 휙 날아 막 싸움이 벌어지고 있는 전장의 정중앙에 난입해 [왕홀★]을 땅에 찍으며 이렇게 외쳤다.

"[칙령]을 선포한다!"

쿠웅!

그러자 놀랍게도, 반경 수백 미터가 [칙령]의 영역으로 선포되었다.

이렇게 넓게 펼쳐질 줄은 몰랐는데.

아무튼 전투가 일어나고 있는 전장 전체를 덮기엔 충분한 넓이였다.

효과 범위 안의 모든 인간이, 아니, 모든 생명체가 하던 일을 멈추고 나를 바라보고 있었다.

한창 전쟁의 소음으로 가득했던 공간이 삽시간에 침묵으로 뒤덮였다.

조금 소름이 돋는걸.

그러나 결코 나쁜 기분은 아니었다.

나는 다시 한번 [왕홀★]을 땅에 찍으며 [칙령]의 내용을 선언했다.

"[싸움을 멈추라!!]"

쿠구궁!

모두가 다 내 [칙령]을 흔쾌히 받아들인 건 아니었다.

몇몇은 [칙령]에도 불구하고 칼을 내려치려고 안간힘을 쓰고 있었고, 활의 시위를 잔뜩 매긴 궁병들도 보였다.

그러나 궁병들은 결국 시위를 놓지 못했으며, 들어 올려진 칼은 내려쳐지지 못했다.

"그대는 누구인가?"

대신 높으신 분이 나와 분기탱천한 목소리를 간신히 억누르며 내게 항의를 하긴 했다.

"누구인데 멋대로 이 전쟁을 멈추는가!"

흐음, 뭐라고 대답하지?

나는 1초 정도 고민했다.

결심한 나는 이렇게 대답했다.

"이철호다."

그냥 이름만 말했으니까 이제 개무시하겠지?

그럼 뭐라고 대꾸해 주지?

참교육은 어떻게 해 줄까?

내가 그렇게 망상하고 있을 때였다.

"이… 철호……!"

항의하던 높으신 분의 안색이 하얗게 질렸고.

"철호 님이시라고?"

"이철호 님께서 오셨어!"

반대편에서도 웅성거림이 커졌다.

뭔데? 이 분위기 대체 뭔데?

*   *   *

"철호님! 철호님! 제 말씀 좀 들어주십시오!"

하얗게 질렸던 쪽의 높으신 분이 말에서 갑자기 내리더니 무릎을 꿇고 싹싹 빌면서 외쳤다.

"아, 아니! 듣지 마십시오! 그런 것 아닙니다!"

그리고 반대쪽의 높으신 분도 질세라 말에서 내려 똑같이 무릎 꿇고 외쳤다.

"저, 전쟁을 일으킨 데에는 이유가 있습니다! 저놈들이 돈을 안 갚고 배를 째서……!"

"이, 이자가 너무 높았습니다! 말 안 하면 당연히 단리 이자 아닙니까? 그런데 지금 와서 복리라고 하니까……!"

저쪽 높으신 분이 갑자기 동생 때리다가 부모한테 들킨 형처럼 변명을 시작했고, 반대쪽에서는 얻어맞은 동생처럼 울부짖기 시작했다.

어디서 무슨 소리를 듣고, 내 이름을 듣자마자 저러는 건지 모르겠다.

…모르긴 뭘 몰라?

범인은 정해져 있는 거나 마찬가지였다.

"…어르신."

나는 나를 소환한 유상태를 불렀다.

"예, 선생님."

유상태는 매우 공손히 대답했다.

"이게 어떻게 된 겁니까?"

"그게… 말씀드리자면 깁니다만……."

길어도 들어야겠다.

＊   ＊   ＊

듣고 나니 별로 긴 이야기는 아니었다.

원래부터 외지인인 모험가들이 현지 세력에 녹아들긴 힘든 노릇이었고, 더군다나 퀘스트를 받아야 하는 입장인지라 세계도 못 나갔단다.

그래서 모험가들이 약을 팔았단다.

이철호라는 사람이 있다고.

그 사람은 하늘을 날며 땅을 가르고 용을 잡아 죽이며 성좌만 여럿을 부리고 다닌다는, 누가 들어도 허풍 가득 섞인 소개문이 곁들여졌다.

…잘 생각해 보니 별로 허풍은 아니네.

아무튼 그 사람이 여기 찾아오기 전에 우리한테 잘하라는 소릴 막 해 대고 다닌 모양이다.

미궁의 현지 세력 인간들이 바보도 아니고 이런 허풍에 속을 리 만무했다.

그러나 세 사람이 모이면 없던 호랑이도 만들어 낸다고 하던가.

거의 모든 모험가가 똑같은 이야기를 하다 보니 혹시나 하는 생각이 들기도 한 모양이었다.

그래서 나는 나도 모르는 새 이 주변에서 아주 유명인이 되었다.

유명인이랄까, 누가 들으면 모험가의 메시아처럼 여겨질 정도로 허풍이 부풀려진 상태였다.

그런 상태에서 내가 하늘에서 갑자기 나타나 쿵 하고 땅을 찍고 [칙령]을 선포해 버리니, 그동안 허풍이라 여겼던 소문이 현실감을 확 띠게 됐다…….

…는 것 같다.

아무튼 그 덕에 일이 쉽게 풀린 것만은 사실이다.

사실이긴 한데…….

왜 이렇게 기분이 별로지?

"역시 선생님이야! 가차 없으시지!"

"멋있었어요, 오빠."

"이렇게 번거롭게 해 드려 송구합니다."

뒤늦게 찾아온 4서폿이 오두막으로 들어왔다.

나는 오두막의 상태 이상 효과를 켜서 넷 다 재웠다.

이유는 없었다. 그냥 심술이었다.

푹 쉬라지, 뭐!

*   *   *

전쟁을 벌였던 두 세력은 모두 인간 종족이었다.

미궁에 들어와서 처음 만나는 인간 종족이다.

물론 공략 영상에선 봤었지만 그건 쳐 줄 수가 없지.

한쪽은 루트에리아 왕국, 다른 한쪽은 롬 공화국이라 불리고 있었다.

전쟁이 일어난 이유는 전쟁터에서 들었던 것과 같았다.

루트에리아 왕국의 왕실이 롬 공화국으로부터 차관을 빌려 썼는데, 그걸 못 갚은 게 화근이었다.

원래부터 정치 체제가 달라 사이가 좋지 못했던 두 세력은 갈등이 생기자 전쟁부터 일으키고 봤단다.

거기에 내가 개입한 거였다.

그런데 황당한 건, 내가 개입해서 전쟁이 멈춘 동안 자기들끼리 협상해서 전쟁을 끝내 버렸다는 거였다.

여기에도 이유가 있었는데, 김명멸을 비롯한 모험가들이 대놓고 전쟁을 거부하면서 내 이름을 팔아댔기 때문이었다.

이야기를 들어 보니 만약 내가 진짜로 튀어나오면 어떻게 전쟁을 끝낼 것인지 양측 수뇌부에서 이미 계획을 세워 둔 듯했다.

이런 만약의 경우에까지 대책을 다 세워 둔 걸 보니, 이쪽 사람들이 결코 멍청한 건 아니었다.

그런데 그럴 거면 처음부터 안 싸워도 됐던 거 아닌가?

이런 생각이 들긴 하지만, 세상 일이란 게 그렇게 쉽게 돌아가는 게 아니긴 하지.

지구에서도 핵이 나온 뒤에도 전쟁을 수도 없이 했으니 말이다.

그거야 뭐 아무튼.

그래서 놀랍도록 빠르게 사태는 수습되었다.

그리고는 마치 아무 일도 없었다는 듯 내게 찾아와서는 퀘스트를 주는 게 아닌가?

"용을… 잡으셨다고… 들었습니다……."

비록 나를 찾아온 사절이 바들바들 떨기는 했지만, 그래도 퀘스트는 제대로 줬다.

[클리어 퀘스트: 블랙 마운틴 블랙 드래곤 '켈릭' 토벌]

[블랙 마운틴 블랙 드래곤 켈릭은 루트에리아 왕국 북서부의 블랙 마운틴을 차지하고 있습니다. 왕국 소유의 블랙 오닉스 광산을 점유하고 광부들을 노예처럼 부리고 있죠. 토벌해 주신다면 충분히 답례하겠습니다.]

[처치시 보상: 클리어 크리스털 10개]

사실 내가 잡은 건 드래곤이 아니다. 드레이크, 이무기, 그리고 해룡, 즉 시 서펜트를 잡았지.

그렇기에 내가 드래곤을 잡았다는 건 거짓말이긴 했다.

하지만 나는 이번에 그 거짓말을 사실로 바꾸어 볼 생각이다.

"드래곤! 꼭 한 번 잡고 싶었습니다!!"

나는 퀘스트를 수락하기로 했다.

"그런데 오닉스는 안 줍니까?"

아, 그 전에 받을 건 받고.

*　　　　*　　　　*

나는 따로 계약서를 써서 블랙 드래곤 처치 시 블랙 오닉스 광산 채굴권을 따로 얻었다.

계약 기간은 1년으로 잡았다. 언뜻 보기엔 짧아 보이지만, 모험가의 입장에서 보자면 충분하다.

1년 후에 과연 광산에 오닉스가 남아는 있을까? 내가 가진 정보대로라면 아마 없을 것이다.

그렇게 채굴권까지 얻은 나는 한달음에 산으로 날아가 [망원]과 [투시] 콤보로 블랙 드래곤의 위치를 파악한 후…….

"[비이이이임!!!!]"

그렇다. [빔]이다.

그것도 [하이 엘프★] 폼의 최고 출력 빔이다.

죽어라, 드래곤!

그런 생각을 한 건 사실이다.

하지만, 이런 말을 하면 조금 제멋대로라는 소릴 들을지도 모르겠지만.

진짜로 이거 한 방에 죽길 바란 건 아니었다.

처음 상대하는 드래곤인데, 이것저것 시험해 보고 싶은 마음이 있었다.

그러나 그런 내 마음은 배신당했다.

"드래곤 주제에 빔 한 방 맞고 죽다니!"

[비이이이임!!!!]을 맞은 블랙 드래곤이 죽어 버리고 말았다.

하긴 [클리어 크리스탈] 10개짜리 퀘스트가 그렇지.

내 기대가 너무 컸다는 걸 인정할 수밖에 없었다.

"이럴 줄 알았으면 [빔]을 좀 약하게 쏘는 건데……."

그렇다고 후회가 안 되는 건 또 아니었지만.

왜냐하면 [빔]의 위력이 너무 강해서 드래곤의 상반신이 모조리 날아가 버렸기 때문이다.

고기도 비싸고, 가죽도 비싸고, 뼈도 비싸고… 아무튼 안 비싼 부위가 없는 몬스터가 드래곤이다.

그런데 그 드래곤의 절반을 날려 버렸으니 손실이 너무 크다.

그나마 다행인 건 [빔]을 맞은 부위가 지져지면서 출혈이 최소화됐다는 것 하나 정도일까.

피도 비싸긴 한데, 돈 문제가 아니라 중요한 연금술 재료라 내가 갖다 써야 했다.

맞다, 피! 피는 선도가 중요한데!

그 사실을 깨달은 나는 바로 날아가서 일단 드래곤의 사체를 인벤토리 안에 쏙 넣었다.

새로이 익힌 일반 기술도 많고 [청동 동전★★★] 덕에 인벤토리에 자리도 충분했다.

자리 없으면 그냥 바로 팔아도 되고, 모자라면 복사하면 된다.

이것저것 할 생각을 하니 기분이 좀 나아졌다.

하지만 그 전에 먼저 할 일이 있지.

"[채광]!"

블랙 마운틴의 광산에서 블랙 오닉스를 잔뜩 퍼내 담는 게 먼저다!

*   *   *

루트에리아 왕국의 국왕인 루트에리아 17세는 표정을 잔뜩 굳힌 채 전령이 전하는 소식을 듣고 있었다.

"보, 보고드립니다! 그 모험가… 님께서는!"

그 소식이란 바로 이철호가 블랙 드래곤을 처치했다는 것에 관한 것이었다.

"그 모험가로부터 뻗어 나온 빛줄기가 하늘을 가르고 나아가, 단번에 드래곤을 처치했다고?"

국왕의 목소리는 떨리고 있었다.

"그걸 나더러 믿으란 말인가!"

얼핏 듣기에 국왕의 목소리가 분노에 떨리는 것 같았으나, 사실은 아니었다.

국왕의 감정 상태는 당황, 그리고 경악 쪽에 훨씬 치우쳐져 있었다.

굳이 따지자면 분노가 섞이지 않은 것은 아니었다.

자신이 듣고 싶은 말을 듣지 못한 것에 대한 분노.

세상일이 자기 마음대로 돌아가지 않을 때, 사람이 흔히 느끼는 분노와 그리 다르지 않았다.

"하오나 폐하! 그 광경을 듣고 본 이들이 한둘이 아닙니다!"

전령은 피를 토하듯 외쳤다.

국왕 앞에 나선 전령이다. 그런 이가 일개 병사일 리 없다.

그는 귀족이며, 시대를 거슬러 올라가면 왕족의 방계였고, 정보 부대의 대장이기도 했다.

그런 그가 왕국에 대한 충성심에 가득 차 국왕의 분노를 사는 것마저 아랑곳하지 않고 직언하고 있었다.

"그 빛은 산을 가르고 숲을 뚫고 나아가 드래곤을 쳤습니다! 드래곤은 그냥 죽은 것이 아니라, 빛에 의해 몸의 절반을 잃고 숨이 끊겼습니다!"

전령의 얼굴에는 땀이 뻘뻘 흐르고 있었다. 땀에 젖은 것이 비단 얼굴만은 아니리라.

"저희 왕국 또한 그리되지 않으리라 장담할 수 없는 상대이옵니다!"

공포가 그 자리에 임했다.

그 빛을 직접 본 이들 중 힘에 대한 원초적 두려움을 감출 수 있는 이는 없었다.

그 빛은 멸망의 빛이며 파괴 그 자체이니, 감히 맞설 엄두를 내지 못했다.

"…그자에게 퀘스트를 내린 것은 허풍 섞인 소문의 진위를 밝히고 거품을 걷으려 한 의도였다."

그 빛을 직접 보지 못한 국왕은 경악은 했을지언정 아직 공포는 느끼지 못한 상태였다.

"한데 오히려 그 거품이 부풀어 오르도록 만들다니, 이 어찌된 일이란 말인가!"

그렇게 한탄하는 국왕 앞에서, 전령은 이마를 바닥에 박으며 진언했다.

"말씀드리기 황공하오나 폐하……!"

"되었다!"

그러나 국왕은 짜증 섞인 목소리로 전령의 충언을 내쳤다.

"네 말을 믿지 않는 것은 아니다! 그저 듣기 싫은 것뿐이다!"

"그러시다면……."

"플랜 알파는 폐기한다. 베타를 진행하도록."

이철호, '알파 개체'의 실제 전투력을 알아내고 나아가 왕국에서 그 영향력을 배제하는 것이 플랜 알파였으나, 국왕은 미련을 끝내 끊어 냈다.

플랜 베타.

밀어낼 수 없다면 품에 안는다.

"이러고 싶지는 않았는데……!"

국왕은 마지막까지 혀를 찼으나, 충성스러운 신하의 말을 무시하지만은 않았다.

"레아를 데려와라!"

*　　　　*　　　　*

레아 루트에리아는 루트에리아 왕국에서 가장 아름다운 처녀였다.

대외적으로 그녀는 루트에리아 국왕의 딸로 알려져 있었으나, 실상은 달랐다.

본래 그녀는 왕국의 어느 유력한 농장주와 농노의 사생아였다.

아름다운 외모의 부모를 둔 덕분에 외양을 물려받는다면 될성부를 것이 뻔한 레아의 미모였다.

이를 탐낸 루트에리아 국왕이 딸을 낳은 농노를 데려와 첩실로 삼고 레아를 자신의 서녀로 삼은 것이 그 혈통에 얽힌 진실이었다.

목적은 레아를 정략혼의 제물로 쓰기 위해서였다.

아름답고 고귀하지만, 사실은 가장 천한 출생의 소녀.

그러한 소녀를 볼모로 보내 이득은 이득대로 뜯고 기만은 기만대로 하고, 혼인동맹이라고 착각하는 상대 국가의 뒤통수를 시원하게 후려칠 수도 있다.

그 과정에서 소녀가 죽더라도 진짜 딸이 아니기에 별 상관없을 테고.

손해는 적고 이득은 많으니 안 할 이유가 없다.

그래서 국왕은 약간의 손을 썼다.

일단 농장주를 반역죄로 엮어 죽였다. 그러자 자연히 해당 농장과 농노인 레아의 어머니는 왕실의 재산이 되었다.

이제 일의 선후관계를 약간 뒤집기만 하면 그만이었다.

반역죄로 잡힌 농장주를 처형하고 농장과 농노들을 왕실 재산으로 귀속시켰는데, 그중에 반반한 농노가 있어 왕이 첩으로 삼아 딸을 낳게 했다는 식으로 말이다.

소출이 좋은 농장도 먹고 미녀도 첩으로 들이고 피가 이어지지 않아 부담 없이 아무 데나 볼모로 보낼 수 있는 양녀까지!

꿩 먹고, 알 먹고, 도랑 치고, 가재 잡고, 돌 한 번 던져서 새 세 마리 잡기가 바로 이런 것 아니겠는가.

그렇게 세월이 흘렀다.

본래는 다른 나라의 누군가를 기만하기 위해 세웠던 계획이건만 해가 가고 성장할수록 아름다워지던 레아를 본 국왕의 마음이 점점 변해 갔다.

아름다운 꽃을 자신의 손으로 꺾는 꿈을 꾸기 시작한 것이 바로 그 변화였다.

국왕은 자신의 마음에 솔직해지기로 했다.

내년, 레아가 적령기에 이르면 그녀 본인조차 몰랐던 출생의 비밀을 밝히고 새 왕비로 들이려 했다.

이철호가 나타나지 않았더라면 그렇게 됐으리라.

그러나 이철호의 전투력이 소문난 것에 비해 떨어지지 않는다는 사실이 밝혀진 이상, 국왕도 마음을 바꿀 수밖에 없었다.

가장 위대하고 강력한 모험가를 왕국의 품에 품기 위해서는 가장 고귀하고 아름다운 꽃을 내밀지 않으면 안 된다.

비록 그것은 기만이었으나, 잠시나마 새 왕비로 내정됐던 여성이니 이제는 기만만은 아닐지도 모르는 일이었다.

국왕은 자신의 살점을 떼어 내는 심정으로 나라를 살리기 위한 계획을 실행했다.

이철호에게 비밀을 다루는 능력이 있음을 모른 채.

*   *   *

레아 루트에리아는 회귀 전 모험가 사이에서도 유명한 존재였다.

왜냐하면 31층에서 만날 수 있는 현지 세력 인간 여성 중 가장 아름답기 때문이다.

남자들이야 어딜 가든 다 똑같지, 뭐.

남성 호르몬이 정상 작동하는 이상 예쁜 여자한테 눈 돌아가는 거야 어쩔 수 없는 일이다.

문제는 그 세계관 최고 미녀가 한밤중에 내 침실에 숨어들어

올 줄 몰랐다는 거였다.

사실 회귀 전 기준으로 보았을 때, 모험가 레아 루트에리아의 존재를 인지하게 되는 것은 내년쯤에 치러질 국왕과의 결혼식 때문이었다.

국왕이 레아 루트에리아와 피가 섞이지 않았다는 진실을 털어놓으며, 양녀를 왕비로 삼는다는 자극적인 사건이다.

그래서 31층에 잠깐 머물다 가는 모험가들에게도 널리 퍼질 수밖에 없었다.

그런데 이 왕비가 될 운명의 여인이 내 품에 안기다니.

상황 파악이 잘 안 될 수밖에 없었다.

"제, 제발 살려 주세요! 영웅님……!"

그것도 그 큰 눈에 눈물을 가득 담고 내게 이런 애원을 하기까지 했다.

"아버지께서, 제가 영웅님의 씨앗을 품어 오지 않는다면 더 이상 딸로 취급하지 않겠다 하셨어요……!"

깊이 생각할 것도 없이 딱 봐도 대단히 수상한 제안이다.

그래도 그냥 모르는 척하고 안을 수도 있었다.

왜냐면 예쁘니까.

그러나 나는 그러지 않았다.

[행운의 여신이 그러지 말라고 합니다.]

행운의 여신님께서 그러지 말라고 했기 때문이다.

"그런데 계셨군요, 여신님."

내가 저 남서쪽 해변가에서 소금 굽고 고기 낚고 있을 때는 한마디도 안 하던 여신이 이런 국면에선 갑자기 나타나다니.

설마? 에이, 아니겠지.

나는 잠깐 떠오른 불경한 상상을 얼른 지워 버렸다.

"여, 여신님이요?"

아, 그러고 보니 이 여자애가 듣고 있었네.

그 어여쁜 얼굴이 하얗게 질리는 건 꽤 볼만한 광경이었다.

그런 표정이 귀여워서 다시 잘 보고 있으려니, 아까까지 눈치채지 못했던 것이 보였다.

레아 루트에리아는 아무리 봐도 10대 중반 정도로밖에 안 보이는 어린 여자애였다.

허, 이런 애를 두고 내가 무슨 상상을 한 거지?

나는 아주 약간이나마 피어올랐던 욕망이 피식 꺼져 버리는 걸 느꼈다.

"말려 주셔서 감사합니다, 여신님."

일생토록 후회할 짓 할 뻔했네.

[행운의 여신이 무슨 소리냐고 묻습니다.]

[행운의 여신이 아무튼 잘했다고 합니다.]

"아, 예."

미성년 여자애 앞에서 털어놓을 이야기가 아니었기에, 나는 여신이 질문을 하다 만 것에 내심 안도하며 고개를 끄덕였다.

"자, 왕녀 저하. 일단 진정하고 앉으시지요."

여신이라는 단어를 듣는 순간부터 지금까지 계속해서 하얗게 질려만 있던 어린 왕녀에게, 나는 인벤토리에서 [황금 엘프 잎차]를 꺼내 즉석에서 차를 끓여 주었다.

원래 어린애한테는 달콤한 걸 끓여 주는 게 더 좋았겠지만, 코

코아 같은 걸 갖고 있지 않으니 어쩔 수 없다.

"…맛있어요! 이건 대체……."

뭐, 혈통의 비밀이야 어찌 됐든 왕궁에서 금이야 옥이야 하며 키운 고귀한 여성이다.

차를 즐길 줄은 아는 모양이다.

설령 차를 몰라도 [황금 엘프 잎차] 앞에선 누구나 무릎을 꿇겠지만 말이다.

그만큼 이 맛은 폭력적이다.

아무튼 맛있게 잘 마시니 좋네.

호록호록 정신없이 차를 마시는 왕녀의 앞에, 나는 작은 과자를 몇 개 내어놓았다.

[황금 소금 과자]다.

25층에서 얻은 밀가루와 [황금 소금]으로 만든, 사실 다과보다는 안주에 더 잘 어울리는 과자지만 괜히 [황금]이 붙은 게 아니라 맛이 매우 좋다.

나도 평소에 아껴 먹던 간식이지만, 애초에 아껴 먹었던 이유가 손님 대접에 쓰기 위해서였다.

지금이 바로 그때다.

"……! 이럴 수가!"

아니나 다를까, 레아의 눈동자가 반짝 뜨였다.

"넘모 마시써요!"

고귀한 여성의 입에서 저런 말이 나오게 만들다니!

이 얼마나 배덕적… 이게 아니라.

"국왕 전하께서 말씀하신 것이 무슨 의미인지 아십니까?"

맛있는 차와 다과로 진정시켰으니, 이제 이야기를 나눠 볼 차례다.

다른 남자의 씨앗을 품어 오지 않는다면 더 이상 딸로 취급하지 않겠다.

다시 되새겨 봐도 아버지가 딸에게 할 말은 아니다.

뭐, 진짜로 아니니까 문제는 없… 나?

"아뇨? 그런데 사람한테 씨앗 같은 게 나나요?"

내 질문을 들은 레아는 눈을 동그랗게 뜨고 고개를 저었다.

이건 순진한 건지 순진한 척을 하는 건지 잘 모르겠다.

"하, 하지만 저는 아버지의 딸로 있고 싶어요. 부디 제게, 씨앗을 주셨으면 해요."

음, 이건 순진한 게 맞는 것 같다.

아닐 가능성이 완전히 사라진 건 아니지만, 확인할 방법이 있다.

"알겠습니다, 드리죠."

나는 인벤토리에서 안남미를 조금 꺼내 레아의 손바닥 위에 뿌려 주었다.

"됐죠?"

"아, 감사합니다!"

시름에서 벗어나기라도 한 듯, 레아는 꽃같이 웃었다.

그런 왕녀의 얼굴을 보며 나는 이런 생각을 했다.

애 사실 10대 중반이 아니라 초반인 거 아니야?

*　　　　*　　　　*

레아 루트에리아를 이대로 돌려보내도 될 것인가, 나는 잠깐 고민했다.

회귀 전에 이런 일이 있었으면 미리 계획을 짜 뒀을 텐데, 아예 내가 모르는 사건이 터져 버리니 머리도 터질 것 같다.

그러고 보니 회귀 전에는 레아 루트에리아가 어떻게 됐었더라?

층계를 클리어 하고 나면 더 볼 일이 없는 상대인지라, 딱히 뭔가 기록된 게 없긴 했다.

…아, 하나 있긴 하군.

누가 찍어 둔 결혼식 참석 영상에 레아 루트에리아의 모습도 찍혀 있었다.

이렇게 완벽하게 꾸민 모습을 보니 확실히 예쁘긴 예쁘다.

그러나……

나는 눈앞에서 소금 과자를 아주 조금씩 갉아 먹고 있는 레아 루트에리아의 얼굴을 보았다.

음, 역시.

지금 눈앞에서 살아 숨 쉬는 레아의 표정을 보고 있노라니 바로 깨달을 수 있었다.

결혼식을 기록한 풍경 속의 레아에게는 생기 같은 게 느껴지지 않았다.

그렇다고 그 표정 하나만 보고 내가 멋대로 개입해도 되는 걸까?

당연히 된다.

내 맘이다.

"왕녀 저하."

"예? 아, 예. 영웅님."

입가에 묻은 과자 가루를 조심스럽게 닦아 낸 레아는 새삼스럽게 예의 바른 태도로 내 부름에 답했다.

"저하께서는 국왕 전하의 프로포즈를 받는다면 어떻게 하시겠습니까?"

그래도 역시 본인 의향은 묻는 게 좋겠지? 그런 생각으로 던진 질문이었다.

내 질문에 잠시 멍해져 있던 레아는 그 나이대 소녀처럼 깔깔 웃으며 손을 내저었다.

"아하하, 농담이 심하시군요! 그런 일이……."

나도 농담이었으면 좋겠다.

그랬다면 맞장구치며 웃어 줄 수도 있었다.

"…일어날 리가… 너무……."

내 진지한 표정을 본 레아의 얼굴에 핏기가 가셨다.

"알고 계실지 모르겠습니다만 저하, 저는 회귀자입니다."

사실 레아는 내가 회귀자라는 사실을 알고 있었다.

활성화된 [비밀 교환++] 아이콘만 봐도 알 수 있는 일이었다.

아마 소문을 들었겠지.

"회귀 전, 국왕 전하께서 한 가지 사실을 공표합니다. 제게는 이미 지난 일이지만, 지금 기준으로는 내년 일이 되겠군요."

레아의 얼굴은 너무 하얘져, 백설 공주처럼 보일 지경이 됐다.

그러나 그녀의 현실은 백설 공주보다도 좋지 않다.

"왕녀 저하, 사실 왕녀 저하께선 국왕 전하의 혈통이 아닙니다."

스스로 아버지라 일컫던 이가 실은 아버지의 원수였으며, 아름다워진 수양딸을 이제는 자신의 수집 품목에 넣으려 한다.

이 끔찍한 사실은 내가 회귀자이기 때문에 알고 있는 것이 아니다.

나는 그녀 자신도 모르는 비밀조차 알아낼 수 있는 능력을 갖고 있기에 알게 된 것뿐.

그럼에도 불구하고, 나는 이 비밀을 전부 털어놓지는 않았다.

세상에는 모르고 사는 것이 더 나은 진실이 얼마든지 있다.

이 비밀 또한 그러한 부류에 속하리라.

"…그렇다면, 그러하다면 영웅님. 저는 대체 누구의 딸인 건가요?"

그러나 스스로 알고자 한다면, 당연히 알 권리가 있으리라.

＊　　　　＊　　　　＊

진실을 알게 된 레아의 얼굴은 더 하얘지지 않았다.

오히려 원래의 낯빛으로 돌아와 있었다.

어쩌면 그녀는 진실에 대해 어느 정도 짐작하고 있었던 걸지도 모르겠다.

"왕녀 저하, 어쩌시겠습니까?"

이대로 국왕에게 돌아가면 내년쯤엔 왕비가 될 터.

사실 그것도 나쁘지 않으리라.

고귀한 여성으로 대우받으며 살 수 있을 테니까.

그러나 레아는 고개를 저었다.

"영웅님, 저를 왕녀라 부르지 말아 주세요."

왕녀로서의, 왕비로서의 윤택한 삶을 포기했다.

[히든 퀘스트: 진실 알리기]

[당신은 루트에리아 왕국의 왕녀 레아 루트에리아에 얽힌 출생의 비밀을 알아내 그녀에게 알렸습니다. 여기에 이르기까지 길고 험난한 여정을 거친 당신에게는 보상을 받을 자격이 있습니다.]

[퀘스트 성공 보상: 클리어 크리스털 10개]

아뇨? 길지도 않고 험난하지도 않았는데요?

하지만 이런 것에 히든 퀘스트가 걸려 있을 줄은 몰랐다.

회귀나 [비밀 교환] 같은 꼼수 없이 이 진실에 닿을 수단이 있다는 소리이기도 하겠지.

뭐, 내가 이미 꼼수로 깨 버린 이상 별 의미는 없겠지만 말이다.

"영웅님, 저는 살해당한 아버지의 딸로서 제 아버지의 원수를 갚고자 합니다. 부디… 제게 힘을 빌려주지 않으시겠어요?"

레아의 앳된 얼굴에 각오가 깃들었다.

이건… 또 이야기가 달라지는데.

그저 얼굴 예쁘고 귀여운 여자애라는 이유만으로 적절한 보상 없이 무상으로 움직일 수는 없는 노릇이다.

[연계 퀘스트: 복수와 혁명을 위하여!]

[레아는 살해당한 아버지의 원수를 갚고자 합니다. 그러나 이는 곧 현 루트에리아 왕국과 국왕에 대한 반역입니다. 다른 말로는 혁명이라고 하지요. 혁명의 정당성을 확보한 후 혁명을 일으키십시오! 쉽지 않은 일이나, 명예로운 일이 될 것입니다!]

[퀘스트 수락 시 보상: 명예]

[기여도에 따라 추가 보상이 주어집니다.]

"물론 그러도록 하죠."

보상은 미궁이 대납해 주는구나!

그럼 문제없지!

*   *   *

"한데, 괜찮으시겠습니까?"

레아의 퀘스트를 받아들인 후, 나는 조심스럽게 물어보았다.

비록 양부라 하나, 키워 준 정이 있지 않겠는가?

내 질문을 받은 레아는 아무런 망설임 없이 고개를 끄덕였다.

"예, 괜찮아요. 어차피 아버지…, 그 사람은 절 물건으로밖에 여기지 않았는걸요."

레아는 양아버지는커녕 친어머니조차 제대로 만난 적이 없고, 어릴 때부터 탑에 유폐된 채 유모와 둘이서만 생활해 왔다고 한다.

과연, 그렇게 갇혀 살았으니 세상 물정을 몰랐던 거겠지.

손바닥에 쌀알을 뿌려 줬을 때 반응이 그랬던 이유도 설명됐다.

"저를 키워 주신 분은 제 유모예요. 어머니께서 낳아 주신 것은 감사히 생각해야겠지만, …왕에게는 아무것도 빚진 바가 없습니다."

설령 뭐가 있더라도 친아버지를 죽인 원한이 더 큰 거겠지.

대충 알겠다.

"알겠습니다. 그러면 잠시 제 오두막에 머물도록 하십시오. 길게 끌지는 않을 것입니다."

"감사합니다, 영웅님. 이 은혜는 잊지 않겠습니다. 어떻게든 갚겠습니다."

어, 그럴 필요 없는데.

하지만 주겠다는 걸 굳이 거부하는 것도 그림이 이상하니만큼, 나는 웃으며 고개를 끄덕였다.

"기대하고 기다리겠습니다."

＊　　　　＊　　　　＊

나는 일단 4서폿을 오두막으로 불러들였다.

모두가 잠든 한밤중의 일인지라 다 모이지는 않을 거라고 예상했는데, 내 예상을 뒤엎고 전원이 참석했다.

"……."

어째선지 김이선이 같은 자리에 있는 레아에게 날카로운 시선을 날렸다.

표정을 보아하니 뭔가 오해라도 하고 있는 모양이다.

"이선아. 미성년자야."

"…아뇨, 그런 게 아니라."

"이 시간대에 미성년자를 혼자 돌려보낼 순 없잖니."

"…그, 진짜로 그런 게 아닌데요."

응? 설마 오해는 내가 한 건가? 그런데 내가 무슨 오해를 한 거지?

뭐, 지금 와서 변명 같은 걸 하는 게 더 이상하다.

나는 그냥 밀어붙이기로 했다.

"게다가 우리 왕녀 저하께서 지금부터 할 이야기와 큰 관련이 있으시거든."

사실은 [텔레파시]로 미리 설명을 할 수도 있는 부분이지만, 나는 그냥 불러 모으기만 했다.

커뮤니티 점수를 많이 벌어 두긴 했지만, 아낄 수 있는 부분에선 아끼는 게 낫지.

그래서 퀘스트에 대해 설명하는 것은 이번이 처음이다.

"저는 왕녀가 아닙니다."

내 설명에, 레아가 입술을 삐뚜름하게 비틀며 삐친 듯한 목소리로 말했다.

귀엽긴. 역시 아직 애라니까.

나는 싱긋 한 번 웃곤 이어서 설명했다.

전직 왕녀, 현직 혁명가 레아의 출생에 얽힌 비밀에 대해서.

*   *   *

"그럴… 수가!"

이제껏 졸린 눈을 비비고 있던 이수아의 낯빛이 확 변했다.

"말도 안 돼요! 어떻게 그런!"

"제가 수집한 정보와 같군요."

그러나 김명멸은 납득한 듯 고개를 끄덕이며 의미심장한 이야기를 했다.

"왕국의 퀘스트를 깨면서 국왕에 대한 소문을 들은 게 있습니다."

지금의 국왕 대에 이르러 국왕 직할령이 크게 부풀었는데, 그 과정에서 심상치 않은 이야기가 많이 흘러나온다는 이야기였다.

이야기를 듣자 하니 아리따운 농노를 첩으로 들인 것은 빙산의 일각에 지나지 않았다.

"아버지가… 그런 짓을!"

함께 이야기를 듣던 레아의 낯빛이 파랗게 변했다.

"아버지가 아냐!"

그런 레아의 손을 맞잡아 주며, 이수아가 강하게 말했다.

"원수야! 원수!"

"…예, 원수."

그러한 이수아의 말에 레아는 다소 당혹해하면서도 의기를 다지듯 고개를 강하게 끄덕였다.

애들끼리 저러고 있는 걸 보니 이상하게 흐뭇하군.

이수아는 애라고 할 수 있는 나이가 아니지만, 외견은 오히려 레아보다도 어려 보였으니 그리 잘못된 의견은 아니리라.

"선생님, 시선이 이상하게 불쾌한데요, 그냥 기분 탓이겠죠?"

"물론이지."

아무튼 이로써 혁명의 정당성은 확보된 것 같다.

국왕이 왕권을 이용해 자기 멋대로 토지와 재산, 그리고 첩까지 늘리고 있다는 이야기를 적당히 퍼뜨리기만 해도 된다.

증거 확보? 세력 확보?

그런 건 힘이 없을 때나 하는 거다.

힘이 있을 때는 일단 저지르고 나서 생각해도 된다.

증거 확보든 세력 확보든 저지른 후에는 더 쉽게 되기까지 하니 이게 순서상 맞다.

나는 4서폿에게 퀘스트를 공유해 주고 고개를 한 번 끄덕여 신호를 줬다.

네 명이 눈빛으로 대답하자, 나는 바로 이렇게 선언했다.

"해가 뜨면 바로 혁명이다."

그러자 당황하는 건 레아였다.

"그, 너무 서두르시는 거 아닌가요?"

"아니."

대답한 건 김이선이었다.

"국왕, 용서 못 해."

이상하게 이선이가 다른 데서 화난 거 왕한테 화풀이하는 것 같은 느낌이 드는데, 기분 탓이겠지?

*   *   *

루트에리아 왕국은 왕국이라 이름하고는 있지만, 그 이름에서 오는 이미지와는 달리 봉건제 국가가 아니었다.

기사도 없고 작위도 없으며, 그저 왕과 관료, 지주들만이 존재하는 사회다.

시민이나 평민 같은 계급은 존재하지 않는다. 그 대신 농노가 그 자리를 대신하고 있으며, 이들은 인간으로 취급받지 않는다.

지주들은 농노를 부려 농장을 경영하며 국왕에게 세금을 바치고, 국왕은 세금을 통해 군대를 운영해 치안과 국방을 책임진다.

이렇게 말하면 마치 중세 유럽의 봉건제도가 떠오를지 모르겠지만, 루트에리아 왕국은 그와 결정적으로 다른 점이 있다.

지주들은 자신들이 원해서 국왕에게 치안과 국방을 맡기는 게 아니라는 점이다.

국왕의 권위는 전적으로 군대에서 나온다.

더 정확히는, 다른 지주들이 군대를 갖지 못하게 막고 군권을 독점하는 데에서 나온다.

이러한 철권통치는 강력한 중앙 권력을 낳지만, 결국 오래가지 못한다.

군대로부터 비롯된 권력은 결국 더 강력한 군대에 의해 분쇄될 수밖에 없으므로.

예를 들어, 나 같은.

          *   *   *

새벽이 찾아왔다.

왕궁의 정면에 난 대로 한가운데에 선 나는 [왕홀★]을 뽑아 들었다.

쿠웅!

나는 [왕홀★]을 땅에 찍어 박고, 그대로 [칙령]을 발동했다.

"[들어라!]"

지금이야 강제로 휴전 상태가 됐다지만, 바로 며칠 전까지 롬 공화국과 전쟁 중이었던 상황이다.

국왕과 국왕의 친위대, 관료들 외에도, 모병된 지주들이 왕궁 주변에 머물고 있었다.

덤으로 왕비와 후궁들까지도 모두 [칙령]의 범위 안에 깔끔하게 들어왔다.

나라의 모든 높으신 분들이 [칙령]의 효과 때문에 귀조차 막지 못하게 된 상태라는 소리다.

그렇게 활짝 열린 귀로 내가 무슨 소리를 속삭였을 것 같은가?

사실 속삭이지는 않았다.

"아이의 아버지를 살해하고 그 땅과 여인을 빼앗고도 모자라, 그 아이마저도 왕비로 들이려는 추악한 자를 너희는 너희의 왕으로 섬기느냐?!"

외쳤다.

"신하에게 돈을 빌리고 갚지 않다가, 갚으라 종용하자 반역죄로 엮어 죽이는 군주를 너희는 군주로 대우하느냐?!"

"불난 집에 물을 끊고 불 끄려는 사람을 막고, 일가족이 모두 불타 죽어 상속받을 자가 없어지자 그 토지를 집어삼킨 이를 너희는 따르느냐?!"

이거 다 4서폿이 함께 다니며 들은 실제 사례들이다.

이거 말고도 많고, 나는 그걸 다 읽어 주었다.

왕이란 놈이 진짜 별짓 다 하고 다녔네.

읽고 있으려니 이 나라 사람도 아닌 내가 다 자괴감이 든다.

외국인인 나도 이런데, 이 나라 사람들은 어떤 느낌일까?

듣고 있던 이들의 웅성거림이 점점 커지고, 일부에선 흐느낌마저 들리기 시작한 때.

"친위대는 무얼 하느냐! 저놈이 더 헛소리하지 못하도록 막아라!!"

누군가의 격노한 외침이 들렸다.

그러나 아무나 나서지 않았다.

뭐, 예상대로긴 하다.

애초에 국왕은 내 힘에 대해 알고 있었기 때문에 원래는 자기 왕비로 삼으려던 레아를 내게 보낸 거였다.

그럼에도 불구하고 목숨을 걸고 내 앞에 나설 만한 인간이 몇 쯤 존재했다면 일이 이렇게까지 되지는 않았을 것이다.

그러기엔 국왕의 폭정이 너무 심했지만.

애초에 국왕의 개인 명의로 롬 공화국으로부터 차관을 빌렸었는데, 그걸 갚지 않아서 전쟁이 일어날 뻔했으니 민심이 개판 나는 것도 당연하지.

명분 없는 힘은 더 큰 힘에 깨지게 마련이다.

그것이 지금의 루트에리아 국왕의 상황이었다.

내가 이걸 어떻게 다 알았냐고?

그동안 4서폿을 비롯한 모험가들이 전쟁을 멈추기 위한 노력의 일환으로 정보 수집에 열심이었던 덕이다.

결국 군권을 쥔 국왕을 설득하지 못하면 전쟁을 멈출 수 없다는 결론에 이르러 날 소환하긴 했지만……

그간 해 왔던 노력이 헛되지 않았다.

물론 나 말고 다른 사람들의 노력 이야기다.

나야 뭐, 날로 먹고 있는 거나 다름없지.

"이런 일들을 다 알고도 입 다물고 왕을 따르고 있다면, 너희

또한 너희의 왕과 같은 족속일 것이다!"

아무튼 이런 걸 다 알았기에 나는 이렇게 대범하게 나설 수 있었다.

"만약 그렇다면, 추악하고 역겹기 짝이 없는 이 나라는 멸망하는 것이 더 낫다!"

쿵!

나는 [왕홀★]을 바닥에 강하게 박았다.

딱히 어떤 능력을 활성화시킨 건 아니다.

이건 그냥 시위였다.

"아, 아닙니다!"

그러나 내 시위가 통한 것인지, 누군가가 소리 질렀다.

"저는 저딴 왕을 인정한 적이 없습니다!"

그리고 또 다른 누군가가 외쳤다.

"저 또한 그렇습니다!"

그것은 그저 계기에 지나지 않았던 것처럼, 사람들의 목소리가 순식간에 범람했다.

"저런 놈이 무슨 왕이오?!"

"혈통만 잘 타고 난 망나니!"

"맞다! 저런 왕, 인정할 수 없다!"

뭐야, 반 공대에 반말?

생각했던 것보다 반응이 파격적인데?

조금 당황스럽지만, 그렇다면 조금 더 일을 급진적으로 추진해도 될 듯했다.

쿵!

나는 다시 한번 [왕홀★]을 박았다.

그러자 침묵이 돌아왔다.

작은 파란 하나 없는 호수와 같은 그 침묵 속에서, 나는 홀로 입을 열고 이렇게 말했다.

"말로만 하지 말고 행동으로 증명해라."

반응은 즉각적이었다.

"뭐야!? 뭐야?! 뭣들 하는 게냐! 친위대! 친위대!! 나를 지켜라! 나를 지켜라아아!!"

다른 이들은 한마디도 하지 않았지만, 오직 왕만이 시끄럽게 떠들었다.

약 1분 후, 친위대의 호위를 받은 왕이 궁전 앞에 끌려 나와 무릎 꿇려졌다.

아, 친위대의 호위를 받은 건 왕이 아니라 왕을 끌고 나온 사람들이었나.

끌려온 왕은 벌게진 눈으로 나를 노려보며 외쳤다.

"너, 너… 네놈! 네가 감히 쿠데타를! 역적! 역적이다!! 친위대, 역적을 쳐라!!"

허, 이 상황에서도 이러는 걸 보니 난 놈은 난 놈일세.

나는 속으로만 감탄했다.

쿵!

오늘 네 번째로 [왕홀★]을 바닥에 박으며, 나는 다시금 입을 열었다.

"너희들의 뜻은 알았다. 하나 마지막으로 확인하겠다. 지금의 국왕을 인정하는 이는 없는가? 모두가 빠짐없이 왕을 끌어내리는 데에 찬성하는가?"

"내가 왕이다! 내가 왕이야! 누가 나를 인정하지 않는가!"

왕이 발악적으로 외쳤으나, 돌아오는 대답은 없었다.

그런 왕에게, 나는 손가락을 셋 펴 보이며 선언했다.

"3분 기다리겠다."

3분.

2분.

1분.

제로.

결국 마지막까지 아무도 나서지 않았다.

왕비도, 후궁도, 왕의 적자와 서녀, 왕궁의 중신부터 가장 낮은 하인에 이르기까지.

누구 하나 나서지 않았다.

그 대신, 여기 모인 모든 이들이 그저 왕을 노려보고만 있을 뿐이었다.

왕의 권위와 군대의 폭력 앞에 땅과 친족의 생명을 하릴없이 빼앗긴 이들의 시선만이 왕에게 집중되었을 뿐.

왕을 지키기 위해 직접 나선 이는 누구 하나 없었다.

와, 이게 된다고?

사실 몇 놈 정도는 나설 만하다고 봤다.

그렇게 나서는 놈들을 다 꺾어서 이 전개를 만들려고 했었고.

공포 분위기를 조성하더라도. 강압적으로라도 퀘스트부터 깨고 생각할 심산이었다.

그런데 결과적으로는 이렇게 되고 말았다.

그저 폭력과 공포에 억눌려 있었을 뿐, 그 누구도 왕을 진심으로 비호하고 있지 않았다.

그동안은 서로 눈치를 보고 있었던 거겠지.

즉, 이 왕국은 언제고 파멸할 운명이었다는 소리다.

내가 그걸 몇 년 정도 앞당겼을 뿐.

자신의 운명을 깨달은 왕의 표정은 시간이 지남에 따라 격노에서 공포, 마지막으로 체념에 이르렀다.

"이방인, 나를 끌어내리고, 네가 왕이 될 셈이냐? 외부인에 지나지 않은, 내게는 아무런 원한이 없을 네가 나를 죽이고 내 자리를 찬탈할 테냐?"

이런 상황임에도 마지막까지 가시를 세우는 것 하나는 인정해 줄 만하다.

그런 왕의, 악당으로서의 품격을 마지막까지 잃지 않은 그를 위해 나는 경의를 담아 이렇게 말해 주었다.

"아니, 나는 왕이 되지 않을 것이다. 나는 너를 죽이지 않을 것이다. 너를 죽이는 것은……."

나는 원한 깃든 시선들을 한 차례 돌아보고는 이렇게 말을 맺었다.

"너 자신이 될 것이다."

땅에 꽂은 [왕홀★]을 뽑아 든 나는 주변을 한 번 쭉 둘러보았다.

시선, 시선들.

나는 그 시선들을 향해 고개를 한 번 끄덕이고 뒤를 돌아섰다.

그리고 몇 분 지나지 않아, 눈치를 보던 사람들이 움직이기 시작했다.

"네가! 네가 내 딸을 죽였어!"

"어머니의 원수! 죽어라!"

"내 땅! 내 땅 내놔!!"

"끄아아악! 살, 살려 줘! 사람, 살려… 억!"

나는 등 뒤의 소음을 무시한 채, 몇 걸음 걸었다.

"참가하지 않으십니까? 왕녀 저하."

"…레아라고 불러 주세요."

레아는 자신의 아버지였던, 친아버지를 죽인 양아버지의 최후를 응시하고 있었다.

"저는 레아, 그냥 레아입니다."

그녀는 마지막까지 눈을 피하지 않았다.

국왕의 몸에 수백의 칼침이 박히고, 절단할 수 있는 모든 부분이 절단되고, 마침내 그 숨이 끊길 때까지.

                    *   *   *

"…이제 어떻게 하실 겁니까?"

국왕이 죽고, 그나마 가장 권위를 내세울 수 있는 인물인 친위대의 대장이 내게 물었다.

"앞서 말했듯 나는 왕이 될 생각도 없고, 이 나라를 내 뜻대로 좌지우지할 생각도 없소."

나는 굳이 반 공대로 예의를 챙겼다.

"이중에 이 나라의 왕이 되길 원하는 이가 있다면 왕이 되도록 하시오."

오, 사람들의 눈빛이 변했다.

다들 마음속에 한 조각 야망은 품고 있었나 보지?

"다만……."

그래서 나는 한마디를 얹었다.

시선이 충분히 모인 것을 확인한 후, 나는 이렇게 선언했다.

"만약 새로이 왕위에 오른 자가 이전 왕과 같은 짓을 저지른다면, 내가 몸소 같은 최후를 선물해 주도록 하겠소."

사람들의 눈에 떠오른 열기가 갑자기 식었다.

뭐야, 다들 이전 왕처럼 남의 땅 뺏고 싶어서 왕 되려던 거였어?

"자, 왕 되고 싶은 사람?"

아무도 손을 들지 않았다.

아니, 왜!

청렴하고 공명정대한 왕이 되기만 하면 되는 건데, 다들 그게 싫은 거야?

"…아무도 나서지 않는다면 답은 하나뿐이겠군."

나는 한숨을 내쉬며 말했다.

"그게 뭡니까?"

"뭐긴 뭐겠소? 공화제지."

바로 옆 나라에서 시행 중인 제도니, 그냥 따라 하기만 하면 된다.

그러자 이번에는 친위대장이 한숨을 푹 내쉬었다.

"그러느니 차라리 제가 왕이 되겠습니다."

"오, 자신 있소?"

"솔직히 자신 없지만, 공화국이 되느니 제가 왕 하고 말죠."

그렇게 공화제가 싫은가?

하긴 며칠 전까지만 해도 전쟁할 뻔한 적국의 제도를 따르느니 하던 거 하는 게 당연하겠지.

"부디 오래 살아남길 바라겠소."

"…지금 무르면 안 되겠죠?"

안 되지.

하하.

*   *   *

그렇게 딱 결과만 놓고 보자면 친위대장의 군사 쿠데타처럼 일이 마무리됐다.

실제로는 그냥 내가 혼자 나서서 깽판 치고 만 거지만, 어쨌든 왕을 죽인 건 나도 아니고 친위대장도 아니다.

그보다 미궁은 이걸 어떻게 판단할지 모르겠군.

[퀘스트 완수]

오, 됐다.

어쨌든 혁명은 혁명이고, 미궁은 내가 혁명의 정당성을 충분히 확보했다고 보는 모양이다.

하고 보니 좀 날로 먹은 것 같은 느낌이긴 한데……

뭐, 나야 보상만 받으면 되니까.

잘됐네, 잘됐어!

*   *   *

이번 퀘스트에서 내 기여도는 80%.

그렇다면 나머지 20%는 4서풋이 5%씩 갈라 먹었겠네.

항상 독식만 해 오다 보니 기여도를 나눠 주는 것에는 익숙하지 않았지만, 원래는 이게 당연한 거다.

80%의 기여도는 40의 [명예]로 환산되었다.

그럼 100% 먹었으면 50이었겠네? 하는 생각이 들긴 했지만, 애써 머릿속에서 내쫓았다.

"저, 영웅님."

그때, 레아가 내게 다가와 말을 걸었다.

"무슨 일이십니까, 레아님?"

"말씀 높이지 말아 주세요. 받잡기 어렵습니다."

하긴, 그렇지. 이제는 왕녀도 아니고 그냥 평범한 미성년자가 된 레아 상대로는 반말을 쓰는 게 맞다.

"그래, 레아."

레아는 잠깐 놀란 듯 눈을 크게 떴으나, 곧 놀라움을 수습하고 대신 양 볼에 홍조를 띠었다.

뭐지, 이건?

이상하게 불안한 느낌이 드는데…….

"제 부탁을 들어주셔서 감사합니다."

"해야 할 일을 했을 뿐이야."

사실 퀘스트가 없었으면 아무것도 안 했을 가능성이 훨씬 더 컸다.

그래도 애 앞에서 제대로 된 어른인 척을 좀 하고 싶었기에, 나는 그냥 위선을 떨기로 했다.

"그, 보상 말인데요."

아, 그거야 이미 받았지. [명예] 능력치를 두둑하게 받았다.

그럼에도 나는 뻔뻔하게 고개를 끄덕였다.

뭐 줄 건가 보지?

애한테서 삥 뜯는 것 같아 그리 당당하지는 않았지만, 나는 억지로 어깨를 폈다.

그런데 조금 전에 내가 느낀 불안감이 줄어들기는커녕 더욱 커지기만 했다.

"제, 제가 가진 거라고는 제 몸 밖에 없으니, 부디 제 몸이라도 받아 주세요!!"

왜냐하면 레아는 얼굴 전체를, 귀까지도 새빨갛게 물들인 채 이런 말을 했기 때문이다.

너 그게 무슨 뜻인지 알고 하는 소리니?

헉, 알고 하는 소리구나! 그러니까 낯빛이 그렇지!

몇 시간 전까지는 씨 뿌린다는 말도 몰라서 손바닥으로 쌀알 받고 좋아하던 애가 갑자기 이렇게 된 원인이 뭘까?

대체 누가 그런 걸 가르쳐 줬냐고 따지고 들고 싶어졌지만, 나는 초인적인 인내심을 발휘했다.

"알겠다, 받지."

되도록 초연한 표정을 지으려 노력하며, 나는 고개를 끄덕였다.

그러자 기이하게도 레아의 표정이 조금 밝아졌다.

부끄러움이 남은 건지 붉은 기는 여전했지만… 하, 진짜 애를 어쩌냐.

"국왕 전하!"

나는 저 멀리 있던 새 국왕 전하, 그러니까 몇 분 전까지는 친위대장이었던 남자를 불렀다.

"아, 예! 영웅님! 무슨 일이신지요?"

아직 자신이 한 나라의 국왕이라는 자각이 없는지, 새 루트에리아 국왕은 내 부름에 호다닥 달려왔다.

그런 왕에게, 나는 부탁부터 내질렀다.

"레아를 양녀로 맞아들여 왕녀 신분을 회복시켜 주실 수 없겠습니까?"

"레아 왕녀 저하를… 왕녀로요?"

그게 무슨 팥으로 팥죽 쑤는 소리냐는 표정을 짓던 친위대장은 곧 자신의 엇나간 인식을 바로잡고 굳은 표정으로 고개를 끄덕였다.

"예, 영웅님. 레아 왕녀의 왕녀 자격은 유지될 것입니다. 국가가 왕녀 저하… 왕녀를 보호하겠습니다."

표정이 저런 걸 보니 레아한테 이상한 생각 품으면 어떻게 될지 내가 굳이 경고하지 않아도 잘 알고 있는 모양이다.

"영웅님?"

얼굴이 굳은 건 새 국왕뿐만이 아니었다.

레아도 그랬다.

"이게 무슨… 무슨 일이죠?"

그런 레아에게, 나는 웃으며 말했다.

"응, 아까 내가 널 받아서 네가 내 소유물이 됐었잖아. 그런데 지금 내가 널 나라에 팔았어."

"…예?"

"그러니 저하께오선 다시 왕녀 저하가 되신 겁니다. 저하, 부디 만수무강하소서."

나는 다소 경박스럽게 절을 올렸다.

레아의 낯빛이 다시 뜨겁게 타오르는 것이 눈으로 안 봐도 알겠다.

그런데 어쩌나, 나는 [불꽃 초월]을 갖고 있어서 열기에 무적이다.

"제, 제가 아직 어려서 그러시는 거로군요!"

레아 왕녀가 파들파들 떨리는 목소리로 외쳤다.

응? 어떻게 알았지?

맞다, 그렇다. 한 10년만 더 자랐으면 진짜 그냥 안 놔뒀을 거다.

"기다려 주세요! 나이 따윈 금방 먹을 테니까!"

세상 물정 모르던, 순진했던 왕녀 저하께서 하룻밤 새 꽤나 당돌해지셨다.

그래, 아이가 나이를 먹는 건 금방이지.

하지만 그때는 나도 그만큼 나이를 먹을 테니, 레아를 상대로 이상한 생각을 하는 때는 영원히 찾아오지 않을 것이다.

이걸 뭐라고 하더라? 붉은 여왕의 법칙이었나? 뭔가 좀 틀린 것 같기도 한데… 아니면 말고.

"기대하며 기다리겠습니다, 저하."

어차피 그날이 찾아오지 않을 걸 알기에, 나는 아무렇게나 말했다.

*   *   *

새 루트에리아 왕은 적절하게 처신했다.

왕실의 빚 때문에 사이가 멀어졌던 롬 공화국에 일단 빚부터 갚고 외교를 정상화한 것이 그 첫걸음이었다.

어디서 그런 돈이 나온 건지 궁금했는데, 전임 왕의 비밀 금고를 확인했더니 빚을 다 갚고도 남을 정도로 많은 돈이 나왔다고 한다.

그러니까 며칠 전에 사람들 손에 찢어져 죽었던 전임 왕은 돈을 들고도 빚을 안 갚아서 전쟁까지 일으켰다는 셈이 된다.

인성 보소. 파면 팔수록 존재 자체가 괴담이네.

전임 왕이 부당하게 점유한 직할령의 토지도 피해자나 피해자의 유족에게 돌려주고 있고, 전쟁의 위협이 사라짐에 따라 전쟁 세금도 폐지했다.

문자 그대로 전임 왕이 싸질러 놓은 폐해만 치우고 있지만, 사실 그것만 잘해도 좋은 왕인 게 맞았다.

안심한 나는 드래곤을 처치하고 얻은 흑요석 광산으로 돌아가 흑요석을 캐기 시작했다.

그렇게 적당히 [채광] 랭크를 올리고, 수련치가 오르지 않을 때쯤엔 다른 모험가를 데려와 캐게 했다.

참고로 임금은 없었다. 수련치가 임금이니까.

어차피 서로 하려고 하는 일이다 보니 오히려 내가 돈을 받아야 할 판이었다.

뭐, 이 층계의 돈을 받아 봤자 별 쓸모도 없으니 돈은 안 받았지만.

그렇게 캐낸 흑요석은 족족 [청동 동전★★★]으로 팔아 치웠다.

이렇게 모인 동전으로 뭘 살지 상상만 해도 좋다.

꿈이 부푼다!

                    *   *   *

31층의 클리어에 필요한 [클리어 크리스털]이 어느새 다 모였다.

내가 직접 모은 건 아니고, 다른 모험가들이 열심히 돌아다니며 퀘스트를 수행한 덕분이다.

회귀 전에는 이렇게 [클리어 크리스털]이 모이면 크리스털을 많이 모은 모험가들이 얼른 클리어 수락 버튼을 연타했다.

이러는 이유는 크리스털을 많이 모았을 때보다 클리어 기여도 지분이 높을 때의 보상이 더 높기 때문이다.

그래서 보통은 자기 기여도를 지키려고 다른 모험가가 크리스털을 모을 시간을 주지 않기 위해 빠른 클리어를 선택해 버린다.

크리스털 하나도 못 모은 모험가가 100개 모으는 것보다 이미 100개 모은 모험가가 200개 모으는 게 훨씬 힘들거든.

클리어를 선택한 모험가 집단의 기여도 지분이 과반을 넘겼을 때 바로 층계 클리어가 되다 보니, 회귀 전에는 30층 대의 층계 진행이 매우 빨랐다.

한 층의 통과에 2년도 안 걸릴 정도였으니 말이다.

하지만 모험가 전체의 성장을 생각했을 때, 그건 별로 좋은 판단이 아니다.

되도록 각각의 층계에 되도록 오래 머물면서 일반 기술을 단련하는 게 모험가 전체의 전력을 끌어올리는 데에 유리했으니까.

회귀 전에는 모험가 사이의 경쟁이 너무 심해서 견제는 물론이고 심지어 서로 칼부림까지 벌였으니 그럴 수 없었겠지.

그러나 지금은 다르다.

내가 있으니까.

이 폭군 이철호가 모험가들의 자유를 억압해 서로를 죽이지 못하게 하고 있다.

모두 다 같이 충분히 일반 기술을 단련할 시간을 주기 위해, 일부러 클리어 수락을 누르지 않을 것이다.

꼬우면 덤비라지.

아, 힘으로 폭군을 끌어내려 보라고.

*   *   *

루트에리아 왕국의 크리스털을 다 모은 나는 롬 공화국을 거쳐 동쪽의 헬리안 동맹으로 향했다.

헬리안 동맹은 12개의 도시가 하나의 동맹으로 묶인 세력으로, 각 도시가 개별 세력으로 취급받기 때문에 크리스털 모으기 아주 좋았다.

사실 어느 한 세력에서 크리스털을 모으고 나면 다른 세력에선 해당 모험가를 그 세력 소속으로 취급해서 우호도에 마이너스가 찍힌다.

이것이 한 모험가가 크리스털을 몰아서 모으기가 힘든 이유다.

하지만 그 모험가가 세계 최강자 수준이라면?

당연히 이야기가 달라진다.

누가 그를 적대시하겠는가?

그리고 그 최강자가 나다.

그래서 나는 헬리안 동맹 소속 12개 도시를 꼼꼼히 돌면서 크리스털도 모으고 퀘스트도 깨고 비밀도 찾고 다 하는 데에 아무 문제도 겪지 않았다.

그 와중에도 전쟁이 일어날 것 같으면 날아가서 중재했고.

뭐, 중재라기보단 [칙령]을 통한 강제에 가깝지만 그러려니 하자.

사람이 죽는 것보단 낫지 않은가?

아무튼 이러다 보니 어느새 내가 가진 [클리어 크리스털]만 1000개가 넘어가게 되었다.

딱히 크리스털을 열심히 모으고 다닌 건 아니지만 비밀 찾아 돌아다니면서 겸사겸사 퀘스트도 하고 이러다 보니 이렇게 됐네?

딱히 가치 있는 비밀이 발견된 것도 아니라서, 손해를 본 건지 이득을 본 건지 잘 모르겠다.

"뭐, 이득이겠지."

나는 그냥 이득이라고 생각하기로 했다.

그렇게 생각하는 편이 마음이 편했기 때문이다.

＊　　　　　＊　　　　　＊

[클리어 퀘스트]는 대부분 전투를 동반한 것들이 많았다.

그래서…….

[굶주린 거대의 양단 도끼+++]

이렇게 됐다.

이게 뭐냐고?

28층에서 히드라를 죽이고 얻은 성검이다.

적을 죽여서 [배부름] 상태를 몇 번 이상 만들 때마다 +가 붙는데, 그걸 세 번 해서 +++를 붙였다.

클리어 퀘스트를 수행하면서 틈틈이 시간을 투자한 결과물이었다.

다음은 ★을 받을 차례인데, [전쟁검★★]이 그랬듯 성좌의 축복을 받는 것이 조건이라 뒤로 미뤘다.

[굶주림]: 적을 죽일 때마다 [요기] 점수를 얻는다.

[거대]: [요기] 점수를 소모하여 양단 도끼와 소유자를 거대화시킨다. 거대화의 배율만큼 전투력이 상승한다.

옵션은 이전과 마찬가지였다. 변함이 없었다.

단, +가 하나도 붙지 않았던 초기 상태에선 [요기]의 최대 스택이 5였던 반면, 지금은 25로 불어났을 뿐이다.

그뿐이지만, 성능은 천양지차라 할 만했다.

기존에는 거대화를 해도 전투력 보너스가 50%에 불과했지만, +++를 받은 지금은 거대화 비율이+150%에 보너스도 같은 수치로 받는다.

[배부름] 상태가 너무 길게 이어져서 고생했던 기억이 휘발되는 소리가 들리는 듯했다.

잘했다, 철호야!

역시 나야!

                    *   *   *

내 덕에 31층에 강제로 평화가 지속되다 보니 이상한 변화가 도래했다.

전쟁이 일어날 일이 없는 데다 퀘스트로 산적이나 마적 따위를 다 처리하다 보니 치안이 매우 좋아졌다.

그 덕에 도시 사이를 오가는 데에 부담이 없어지자 상업을 비롯한 산업이 회귀 전보다 발전했다.

가장 큰 차이점은 노예의 가격이었다.

전쟁을 치르고 포로를 잡아다 팔아야 노예 공급이 넘쳐서 값이 떨어질 텐데, 전쟁이 나질 않으니 이 악순환이 일어나질 않는 거다.

노예 가격이 치솟자 농노제를 유지하고 있던 국가들에선 농노들을 팔아 치웠지만, 그 공급에도 한계가 곧 찾아올 수밖에 없었다.

아무리 농노가 많아도 농사를 지을 만큼은 필요하니, 더 팔 수가 없었던 탓이다.

그래서 노예 가격은 정점을 찍은 후, 아예 고정되어 버렸다.

거래량이 없으니 가격도 변동이 없을 수밖에.

물론 자식을 많이 낳은 후 몇 명씩 팔아서 생계를 이어가는 빈민도 없지 않았지만, 그렇게 공급되는 노예도 돈 주고 살 수는 없었다.

권력이 강한 자가 선점하고, 무력이 강한 집단이 나머지를 쓸어먹었다.

이렇다 보니 노예는 순수하게 돈만 갖고 살 수 없는 재화가 되어버렸다.

이러니 어떤 일이 일어나느냐.

원래는 위험하고 힘들고 어려운 일에 노예를 갈아 넣어서 해결했어야 했을 테지만, 노예가 비싸지다 보니 이제는 그러질 못하게 되었다.

노예를 사다 쓰느니 돈 주고 사람을 부리는 게 낫다는 걸 깨닫는 순간, 노동 수요가 폭발하고 그 결과 인건비가 치솟았다.

바야흐로 사람의 가치가 최고조에 달하게 된 거였다.

보통 사람보다 힘도 세고, 체력도 좋고, 빠르고, 솜씨도 좋은 모험가들의 몸값도 당연히 상한을 찍었다.

"음, 잘됐네!"

나는 별생각 없이 손뼉을 쳤다.

이러한 현상이 이 세계에 어떤 영향을 미칠지, 어쩌면 세계의 기술 발전 속도가 너무 빨라져서 내가 모르는 어떤 변화가 생길지 알 수 없었지만······.

뭐 어떤가?

이 정도의 변수를 신경 쓰기엔 내가 너무 강해졌다.

드래곤도 빔 한 방인데, 뭐.

"역시 다 같이 쓰는 층은 너무 쉬워서 탈이야……."

나는 입맛을 다셨다.

아니, 쉬운 게 좋지. 나쁜 건 아니지.

좀 심심하긴 하지만 사람이 죽는 것보다는 낫지 않은가?

＊   ＊   ＊

내가 루트에리아 왕국을 떠난지 4년이 지난 어느 날의 일이었다.

"올해가 졸업이로군."

31층에 허락된 5년이라는 시간이 거의 다 지나가고 있었다.

이제 마무리만 잘하면 되겠구나, 하고 생각하고 있던 와중.

[김명멸]: 저, 선생님.

루트에리아 왕국에 남아서 일반 기술을 단련하고 있던 김명멸에게서 오랜만에 [텔레파시]가 왔다.

[이철호]: 오, 무슨 일이야?

[김명멸]: 레아 왕녀가 성년이 됐다면서, 이제 결혼하자고 하던데요.

[이철호]: 오오, 너랑? 결혼식엔 꼭 가야겠네.

솔직히 조금 충격이긴 하다.

어릴 적에 귀여워했던 친구 딸이 갑자기 청첩장을 보냈을 때 이런 기분일까?

경험해 보지 못해서 잘은 모르겠지만 아마 비슷한 느낌이긴 하겠지.

뭐, 김명멸은 좋은 친구고 좋은 남자니 레아를 행복하게 해 줄 거다.

나도 진심으로 축하해 줘야겠다.

내가 이런 생각에 빠져 있으려니, 김명멸에게서 의외의 대답이 돌아왔다.

[김명멸]: 예? 아니요, 선생님과… 이야기가 안 됐던 겁니까?

[이철호]: 나랑? 이야기가? …무슨?

[김명멸]: 결혼 말씀입니다만. 선생님과 레아 왕녀의… 아닙니까?

…어…….

나는 몇 년 전 이야기가 갑자기 떠올랐다.

'기다려 주세요! 나이 따윈 금방 먹을 테니까!'

그래, 왕녀가 그런 말을 했었지.

그래서 나는 뭐라고 했었지?

'기대하며 기다리겠습니다, 저하.'

어…….

"*끄악!*"

*   *   *

내가 왜 그런 소릴 했을까?

"도망, 도망가야 해!"

미성년이랑 결혼하는 변태가 될 순 없어!

아, 그러고 보니 이제 레아도 미성년이 아니네.

그럼 괜찮… 아니, 안 괜찮지!

다른 사람 눈에 미성년이 아니더라도 내 눈엔 미성년이다.

그리고 다른 사람 눈이 뭐가 중요한가? 내 눈이 중요하지.

"도망가자!"

나는 클리어 수락 버튼을 누르려고 했다.

바로 다음 층으로 넘어가는 것만큼 깔끔한 도망이 어디 있겠는가?

레아는 나를 찾지도 못할 거다.

하지만… 나는 여기서 멈칫해 버리고 말았다.

내가 여기서 클리어 수락 버튼을 눌러 버리면 열심히 단련하던 다른 모험가들은?

나 하나 도망치자고 내 뜻대로 이걸 눌러 버리는 것이 과연 온당한가?

목숨이 걸린 것도 아닌데?

물론 나는 회귀자로서 모험가들을 이끌어 왔고, 그 보람이 있어 다른 모험가들도 내 뜻을 존중하고 따라 주려고 한다.

오히려 그렇기 때문에 더더욱 나는 무책임한 판단을 내려선 안 된다.

"…그래."

나는 도망치지 않기로 했다.

그렇다고 레아와 결혼을 하기로 마음먹었다는 뜻은 또 아니다.

"설득을 해야겠지."

적어도 얼굴을 마주하고, 확실하게 차 줘야겠지.

그게 예의다.

레아에 대한 예의야 뭐 논란의 여지가 있겠지만, 다른 모험가들에 대한 예의는 맞다.

[이철호]: 곧 간다고 좀 전해 줘.

[김명멸]: 아, 결혼하시는 겁니까?

[이철호]: 아니, 제대로 찰 거야.

[김명멸]: 아… 그러시군요.

그리고 1분 후.

[김명멸]: 존중합니다.

1분간 왜 입을 다물고 있었는지, 그 짧은 시간 동안 무슨 일이 있었던 건지 궁금했지만 나는 굳이 묻지 않았다.

*   *   *

나는 왜 명멸이가 그런 말을 했는지, 레아를 만나고서 알게 됐다.

─[불변의 정신++]이 상태 이상 [황홀]에 저항합니다.

─저항 성공!

─[불변의 정신++]이 상태 이상 [정욕]에 저항합니다.

─저항 성공!

─[불변의 정신++]이 상태 이상 [흥분]에 저항합니다.

─저항 성공!

—[불변의 정신++]이 상태 이상 [집착]에 저항합니다.

—저항 성공!

아니, 딱 얼굴만 봤는데 한꺼번에 상태 이상만 몇 개가 걸리는 거야?

"여신님, 이거 어떻게 된 겁니까?"

[행운의 여신은 저 간악한 인간 종자가 성인이 되면서 고유 능력이 발현해 [팜므파탈] 능력을 얻은 탓이라고 합니다.]

간악한 인간 종자라니…….

아니, 그보다.

"모험가가 아닌데도 이 정도의 고유 능력을……."

[행운의 여신이 매우 드물지만 간혹 일어나는 일이라고 합니다.]

아하, 그렇구나.

아무튼 대충 알겠다.

나이를 먹고 어른이 돼서 너무 예뻐진 나머지 저런 상태 이상을 패시브로 주변에 걸고 다닌다는 거로군.

와, 인생 망하기 딱 좋겠는데?

특히 [집착] 같은 거에 걸린 사람들이 무슨 짓을 벌일지 상상하기 싫을 정도다.

지금도 레아 앞에 선 나를 질투라기엔 너무 뜨거운 눈동자로 바라보는 사람들이 적지 않았다.

이거 완전 망했네.

어휴, 우리 레아 어쩌냐.

"영웅님, 저 예쁘게 자라지 않았나요?"

이런 말을 하는 레아는 본인이 어떤 상태인지 아는 건지 모르는 건지, 자신만만하게 포즈를 취해 보였다.

그러자 또 한층 강화된 상태 이상이 흩뿌려졌고, 선량한 사람들이 선량하지 않게 되어 버릴 씨앗이 뿌려졌다.

만약 내게 [불변의 정신++]이 없었더라면 이걸로 홀려서 레아랑 결혼해 버렸을지도 모르겠다.

"저, 여신님. 이거 어떻게 안 됩니까?"

[행운의 여신이 방법이 있다고 합니다.]

"오, 그게 뭐죠?"

[행운의 여신이 [팜므 파탈] 능력은 나이를 먹을수록 약해진다고 합니다.]

"아니, 그건 좀."

지금 당장 위험한데 기다리라고?

[아니면 지금처럼 본인이 주도적으로 능력 발현을 강하게 하고 나면 한동안은 효과가 약한 채로 지낼 수 있게 된다고도 합니다.]

"…의외로 그럴듯한 조언을 해 주시네요?"

레아를 두고 간악하니 뭐니 해서 그냥 죽이라고 할 줄 알았는데.

[행운의 여신이 날 뭘로 봤냐고 묻습니다.]

"하하하."

할 말이 없었으므로, 나는 그냥 웃었다.

그런데 그때, 레아가 나섰다.

"여신님이랑만 이야기하지 말고 저랑 이야기해요."

삐쳐서 뺨을 잔뜩 부풀린 건 귀여웠지만, 문제는 이런 말을 하면서 내게 달라붙었다는 점이었다.

또 상태 이상이 잔뜩 걸리려다 말았다.

[행운의 여신이 그 간악한 인간 종자를 당장 죽이라고 합니다!]

"하하하하."

할 말이 없었으므로, 나는 그냥 웃었다.

＊   ＊   ＊

이철호가 방문한다는 소식을 들은 레아는 전력을 다했다.

평소와 달리 힘을 꽉 준 화장을 하고, 머리를 다듬고, 다른 사람 앞에서는 절대 입지 않을 옷으로 몸을 치장했다.

남성을 흥분시키는 향을 피우고, 사랑의 묘약이 섞인 차를 타 대접하고, 흥분제가 섞인 술까지 내놓았다.

마지막에는 죽을 것 같은 부끄러움을 불사하고 육탄 공세까지 시도했다.

그럼에도 불구하고 이철호는 조금도 흔들리지 않았다.

사실 레아도 잘 알고 있었다.

자신 앞에서는 그 어떤 남자도 이성을 유지하지 못한다는 사실을.

성인이 되기 전에도 그랬는데, 지금은 그때보다 자신의 능력이 훨씬 강해졌음을 자각하고 있었다.

그래서 성년이 된 이후로 항상 강력한 여성 모험가 친위대를 고용해서 끌고 다녀야 했다.

그럼에도 간혹 여성 모험가조차 그녀의 매력에 무너져 버리는 경우도 생겼을 정도다.

그러나 지금 이 상황은 어떤가?

역시 그녀의 영웅님은 달랐다.

원래 이런 점을 좋아했었지만, 이렇게 된 지금은 원망스러움마저 느껴졌다.

"영웅님, 영웅님 앞에서 저는 영원히 어린애에 불과한가요?"

그 질문에, 이철호는 대답하지 않았다.

그의 침묵이 곧 긍정에 가깝다는 사실이 그녀에게 있어선 절망적으로까지 느껴졌다.

                    *   *   *

후, 위험했다.

[팜므 파탈]은 한 번 강하게 발현하고 나면 한동안 약해진다길래, 이번에 내가 최대한 받아 주고 나면 괜찮을 거라고 생각한 게 화근이었다.

아, 뭐 결국 '화' 라 할 일이 일어나진 않았으니 화근까진 아닌가.

레아가 거는 상태 이상이야 [불변의 정신++]이 다 커트해 줘서 괜찮았지만, 문제는 나였다.

[불변의 정신++]이 커트해 주는 건 외부에서 시도하는 상태 이상뿐이니, 나 자신의 호르몬은 나 스스로 조절해야 했다.

그런데 중간부터 레아가 예뻐 보이더라고.

솔직히 이제는 도저히 애처럼 보이지 않았다.

내가… 왜 참아야 하지?

이런 의문이 내 인내심을 잡아먹으려 들 때마다 다잡아 준 사람이 있었다.

[행운의 여신이 참으라고 합니다.]

정확히는 사람이 아니라 여신이었지만, 그거야 뭐 아무튼.

그리고 끝내.

"영웅님, 영웅님 앞에서 저는 영원히 어린애에 불과한가요?"

레아가 패배를 선언했다.

후, 죽는 줄 알았네.

조금만 더 유혹당했다면 내가 못 버틸 뻔했다.

어쨌든 내가 이겼으니 승리의 미소를 띨 참이었다.

"어?"

나는 알현실에 있었다.

*   *   *

"참다 참다 못 참겠군."

처음 보는 성좌가 내 앞에 있었다.

모르는 성좌다.

얼굴이야 레아의 것을 빌린 터라 익숙했지만, 그렇다고 모르는 성좌가 아는 성좌가 되진 않는다.

알현실의 광경을 둘러보니, 어… 음.

뭔가 묘사하면 성인 전용이 걸릴 것 같은 광경이 가득 펼쳐져 있었다.

아니, 저런 플레이가 가능할 줄이야.

좋은 걸 배웠다.

이게 아니라.

"누구십니까?"

나는 주변을 구경하느라 조금 늦게 성좌의 이름을 물었다.

그러자 레아의 것을 빌린 성좌의 얼굴이 사납게 일그러졌다.

"뻔뻔하기 짝이 없는 녀석이로군."

레아라면 절대 짓지 않을 저 표정도 나름 신선해서 귀여운 맛
이 있다는 생각이 든 게 문제라면 문제였다.

"웃지 마라!"

"어… 제가 웃었습니까?!"

"그래! 딸아이의 애교를 보는 것처럼 웃어 댔다!"

꼬우면 레아의 얼굴을 쓰지 않으면 되는 거 아닐까?

나는 그런 생각을 했다.

"네놈!"

"아니, 그런데 누구십니까?"

상대가 성좌라는 이름만으로 쫄기엔 나는 너무 많은 성좌
를 상대해 왔고, 개중에는 내 손으로 파괴해 버린 성좌마저 있
었다.

이런 걸로 자랑하기엔 [비의 계승자]가 너무 급 낮은 성좌라는
생각이 들긴 했지만, 그리고 명확히 하자면 내 손으로 직접 파괴
한 건 아니지만…….

그거야 뭐 여하튼.

그러나 성좌는 그런 내 자존심을 조금도 인정해 줄 생각이 없

는 듯했다.

"됐다! 네 유전자나 '내놓도록' 해라!"

"예? 어!"

성좌의 선언과 동시에 갑자기 내 목이 절개되더니 피가 확 솟구쳤다.

아프지는 않은데 당황스럽다.

"이, 무슨!"

"어? 나, 내가 한 거 아냐?!"

그런데 황당하게 성좌가 나보다 더 당황했다.

뭔데? 뭐야?

하지만 이건 시작에 불과했다.

내 절개된 목에서 확 솟구쳐 흐른 피가 한 뭉치로 뭉쳐지더니, 사람의 형상을 이루는 게 아닌가?

그 형상은 아는 사람의 모습을 취하고 있었다.

김민수.

아니, 김민수는 죽었다.

그렇다면?

"누가 내 하수인에게 개짓거리를 하려는 건지 구경하러 왔는데, 너였군."

[피투성이 피바라기]였다.

아니?!

"네, 너, 누가 여기, 야!"

정체불명의 성좌는 나보다 훨씬 더 놀랐는지 제대로 말도 못했다.

"어떻게 남의 알현실에 들어왔냐고?"

"왜 들어왔냐고!"

"내 능력이면 네 알현실에 침입하는 거야 간단하지. 힘의 차이가 나지 않느냐?"

"질문에 대답해!"

두 성좌의 말다툼은 뭐랄까, 손발이 하나도 맞지 않았다.

둘 다 자기 할 말만 하고 있으니 싸움조차 성립하질 않고 있었다.

"그래서 네년은 내 하수인의 유전자를 어디다 쓰려고 하는 거냐?"

방금 전의 유들유들했던 태세는 어딜 간 건지, 내가 알던 [피투성이 피바라기]의 베일 것 같은 예리함이 되돌아왔다.

"…읏!"

정체불명의 성좌가 [피투성이 피바라기]의 한 수 아래인 건 사실인지, 더 이상 성을 내지 못하고 입술을 깨물었다.

저런 표정도 귀엽네.

한 걸음 물러난 상태로 레아 본인이라면 절대 짓지 않을 희귀한 표정이나 감상할까?

"대충 알겠군. 그 종족을 네 아래에 넣으려는 거냐? 거참, 야망도 크군."

[피투성이 피바라기]가 혀를 찼다.

"뭐, 뭐야?! 방해할 셈이야!?"

"아니, 투자하도록 하지."

"뭐?!"

정체불명의 성좌의 목소리가 찢어졌다.

"아서라, 너 혼자 먹기엔 너무 크다. 배가 찢어질 거야. 그러느니 내 투자라도 받는 게 낫지 않겠나?"

"그, 그치만……."

"받아들이지 않겠다면 내 하수인의 유전자는 내어 줄 수 없다."

"…큭!"

아니, 이 성좌들이 누구 멋대로 뭘 결정하려고!?

"저……."

내가 입을 열려고 하자마자 [피투성이 피바라기]의 고개가 휙 돌아 나를 향했다.

"네게도 보상은 돌아갈 테니 걱정하지 마라."

그러시다면야, 뭐. 헤헤헤헤.

나는 매우 관대해졌다.

"…알았다."

정체불명의 성좌가 장고 끝에 고개를 끄덕였다.

그러자마자 [피투성이 피바라기]가 대답 대신 뜬금없는 단어부터 말했다.

"이름."

"뭐?"

"어차피 네 성좌명도 안 밝혔겠지? 녀석에게 성좌명을 소개하도록."

와, 어떻게 알았지?

정체불명의 성좌는 평소부터 이름 밝히길 꺼렸나 보다.

그러니 저렇게 바로 알지.

"내가 왜……!"

"그러면 종족의 시조가 될 남자한테 이름조차 안 밝힐 셈이야? 그게 말이나 되나? 그러려면 없던 일로 해."

"큭……!"

정체불명의 성좌가 두어 번 혀를 차더니, 아주 작은 목소리로 내게 소개를 했다.

"[아름다운 로맨스]."

이게 성좌명인가?

좀 특이하긴 하지만 굳이 숨길 이유는 없는 이름 같은데 왜…….

"너무 부끄러워하지 마라. 사람이건 신이건 외도 좀 즐길 수도 있지."

그때, [피투성이 피바라기]가 아무렇지도 않게 말했다.

"나는 당신의 그런 섬세함이라곤 털끝만큼도 없는 태도가 싫어!"

정체불명의 성좌… 가 아니라, [아름다운 로맨스] 성좌가 빼액 소리 질렀다.

아, 그럼 '로맨스'가 '내가 하면 로맨스 남이 하면 불륜'할 때 그 로맨스인 건가?

"성좌명 소개도 받았으니 채널도 개설하고 축복도 주도록."

피바라기 성좌는 로맨스 성좌의 히스테리를 들은 척도 않고 아무렇지도 않게 말했다.

"…알았어."

화내봐야 자기 목만 아프다는 걸 알아차린 건지, [로맨스]는 의외로 쉽게 고개를 끄덕였다.

—새로운 능력치를 얻었습니다.

—[매력]

[매력 77]

"뭐야, 초기 매력이 왜 이렇게 높아? …후후, 내가 남자 하나는 잘 골랐네?"

로맨스 성좌의 입가에 도발적인 미소가 걸렸다.

오늘 레어한 레아 표정 많이 얻어 가네.

"이러면 일이 쉬워지지. 내가 이 축복을 줬다는 걸 잊지 말도록. 은혜를 잊지 말란 말이야."

생색을 잔뜩 낸 로맨스 성좌가 내게 축복 하나를 걸어 주었다.

[외모 몰아주기]: [매력]이 [매력]+1만큼 증가한다.

[행운의 여신]과 달리 축복을 받기 전에 카운트다운도 되지 않고 바로 들어왔다.

[매력 155]

아이고 아까워라! 미리 말해 줬으면 미배분 능력치를 잔뜩 투자했을 텐데…….

"아깝다는 표정인데, 꿈 깨! 우리 사이가 그렇게 퍼 줄 사이는 아니잖아?"

하긴 나는 아직 로맨스 성좌에게 아무것도 해 준 게 없었다.

뭐, 갑자기 알현실로 끌려와서 험한 꼴 보게 만든 위자료 셈으로 쳐 둘까?

"됐군."

내가 축복까지 받은 걸 확인한 [피투성이 피바라기]가 만족스러운 듯 웃으면서 자기 몸의 손가락 끝을 떼어 [아름다운 로맨스]에게 넘겨줬다.

"뭐야, 이건 네 거 아냐?"

"잊었나? 지금 이 몸은 내 하수인의 혈액으로 이뤄진 거다. 당연히 유전자가 포함되어 있지."

"그건 그렇긴 한데… 이상한 거 안 섞었지?"

"당연히 섞었지. 이상한 건 아니지만."

[피투성이 피바라기]는 당당하게도 말했다.

"뭐야?!"

"아까 말했잖느냐? 나도 투자하겠다고. 그 핏방울에는 새로 태어나는 아이에게 내 축복이 머물도록 내 힘을 섞었다."

"아, 그렇다면야."

[아름다운 로맨스]는 너무 쉽게 진정했다.

성격도 성격이겠지만, 그만큼 [피투성이 피바라기]의 힘이 강력한 거겠지.

"다음은 내 차례로군. 받아라."

[피투성이 피바라기의 와인병★★]: 1.5ℓ 용량의 와인병. 액체를 넣으면 30분 내에 와인으로 바꿔 준다. 7잔 분량이며, 한 잔 분량을 마실 때마다 30분간 [혈기]가 25 상승한다. 이 보너스는 중첩 가능하며, 능력치 한계에 구애받지 않는다.

[와인병★]에 별 하나가 더해지며, 액체를 와인으로 바꾸는 시간이 1시간에서 30분으로 줄었다.

이로써 마음만 먹으면 [와인병★★]을 무한으로 지속시킬 수 있게 됐다.

그렇다고 30분마다 계속 먹다 보면 또 [흡혈 충동]에 시달리게
되겠지.

필요할 때만 먹어야지.

나는 속으로 다짐했다.

3장
—
제32층

내가 알현실에서 나오자, 레아는 잠들어 있었다.

나를 꼬신답시고 거의 헐벗다시피 한 그녀의 배가 남산처럼 부풀어 있었다.

와, '남산처럼'이라는 표현 진짜 오랜만에 쓰네. 하하… 하.

…엥?

[아름다운 로맨스가 레아에게 네 유전자를 주입했다고 합니다.]

아, 그러시군요.

아무리 그래도 그렇지. 30분도 아니고 1분도 아니고 눈 깜짝하자마자 배가 부풀다니.

아무리 미궁이라지만 이건 좀 너무한 거 아닌가?

이게 바로 쾌락 없는 책임이라는 건가?

이럴 때는 대략 정신이 멍해진다.

[아름다운 로맨스가 이상한 생각하지 말라고 합니다.]

[레아는 동정녀로서 신의 아들을 잉태한 것으로 선동할 생각이니 넌 얼른 침실 밖으로 꺼지라고 아름다운 로맨스가 쏴붙입니다.]

아니, 선동? 그것도 그것 나름대로 좀 마음에 안 드는데.

[아름다운 로맨스는 지금 와서 그런 표정 지을 거면 진작 네가 덮쳐야 했다고 말합니다.]

하, 그게 틀린 말은 아니지.

"뭐, 아무튼 알겠습니다. 그냥 나가면 됩니까?"

[아름다운 로맨스는 나가는 길에 시녀들한테 레아가 임신했다는 걸 알리라고 말합니다.]

[매력] 능력치만 안 줬어도 내가 진짜 들이받았을 텐데.

내가 받은 게 있어서 참는다.

*   *   *

당연하지만 내 인내에는 이유가 있다.

[매력]이 그만큼 좋은 능력치였기 때문이다.

이 능력치를 기반으로 하는 능력만 봐도 알 수 있다.

[매료]: 모든 기본 우호도에 [매력]에 기반한 보정치가 더해지고, 지배력과 카리스마가 [매력]만큼 증가한다. 이 능력은 의식적으로 활성화시키거나 비활성화시킬 수 있다.

일단 첫 능력부터가 [위엄] 능력치 첫 능력인 [군림] 능력의 상위 호환처럼 보인다.

실제로는 [위엄]의 지배력 상승 효과가 [매력]보다 높아서 완전 상위 호환은 아니지만, 그래도 능력 효과가 한 줄 더 있다는 게 꽤 충격적이다.

게다가 이 능력은 온/오프가 가능하다.

너무 인기가 많아져 귀찮아지는 걸 방지하기 위함일까?

…일단 꺼 두자. 필요할 때만 켜면 되겠지.

[비너스 효과]: 본인이 타인에게 기술 등을 가르칠 때 효율이 상승한다. 이 효과는 [매력] 능력치에 비례한다.

이건 뭐, 내가 쓸 능력은 아닌 것 같다.

살다 보면 쓸모 있을 일도 생길 것 같긴 하지만, 지금은 그냥 넘어가도록 하자.

[세계에게 사랑받는]: 모든 퀘스트 보상 +100%

[매력] 100 능력! 이게 진짜다.

[행운] 100 능력인 [사업운]도 퀘스트 보상은 건드리지 못해서 불만이었는데, 이 불만을 정확하게 만족시켜 주는 능력이라 할 수 있겠다.

30층대 내내 클리어 퀘스트를 깨야 하는 데다, 다른 모험가와 층계를 공유하기에 필드에서의 레벨 업이 어려울 내겐 단비와 같은 능력이다.

이런 걸 받았으니만큼, 설령 [아름다운 로맨스]가 내게 대놓고 욕을 한다고 하더라도 참아 줄 의향이 있다.

*　　　　*　　　　*

레아가 임신했다는 소식은 곧 왕국 전체에 퍼졌다. 그 아이의 아버지가 없으며, 그러니 곧 신의 아이가 틀림없다는 소문까지.

"저, 오빠. 아니죠?"

"응. 아니지."

도중에 김이선이 나를 찾아와 의미심장한 질문을 던지는 사고가 일어나긴 했지만.

아니, 사람을 뭘로 보고?

나는 무슨 일이 일어난 건지 자세히 설명했다.

"…그러시군요."

그런데 김이선이 어째 착잡해 보이는 표정으로 나를 바라보았다.

"왜?"

"…오빠 눈에는 제가 아직도 10대 소녀처럼 보이시나요?"

어, 뭐지? 이럴 땐 뭐라고 대답해야 하는 거지?

아, 그렇지.

"어, 당연하지."

여자들은 나이보다 어리게 보인다는 소릴 좋아한다고 했었지!

사실 이제 잘 기억도 안 나지만, 문명이 살아 있던 때의 지구에서 그런 말을 들은 적이 있는 것 같다.

"…그러시군요."

…정답, 인가?

정답이라기엔 김이선의 착잡한 표정이 한층 더 짙어진 것 같긴 한데…….

기분 탓이겠지?

*　　　　　*　　　　　*

　그 일이 있은 후로부터 며칠이 지나고, 나는 레아와 재회했다.

"오셨군요."

나를 본 레아가 환하게 웃었다.

며칠 전 그날 레아에게서 느껴졌던 기이한 열기는 사라지고 없었다.

아마 [팜므 파탈]을 충분히 발현해 그 기운이 약해진 덕택일 것이다.

고난을 인내한 보람이 느껴졌다.

"…성좌님께 이야기는 들었어요."

레아의 시선이 부푼 배로 향했다. [아름다운 로맨스] 성좌가 이야기했나 보다.

"제가 신의 아이를 낳게 됐다고요."

명확하게 하자면 신이 아니라 성좌다만, 이 시대의 이 세계 인간에겐 그리 다를 바가 없을지도 모른다.

"그래도 저는 영웅님의 아이를 키운다고 생각하고 키우겠어요."

비록 정상적인 방식으로 태어나는 아이는 아니나, 어쨌든 태어날 아이에게 내 지분이 아예 없다고는 할 수 없었다.

지분만을 생각하자면 자기 몸으로 낳는 레아가 가장 클 테고, 그다음이 로맨스 성좌와 피바라기 성좌겠다만 나는 굳이 그 사실을 말하진 않았다.

"그래, 그러도록 해."

그저 나는 고개를 끄덕였다. 본인이 그러겠다는데 굳이 막을 이유가 없었다.

침묵이 방 안을 한 바퀴 돌고 떠나갔다.

"내가 곧 떠나게 된다는 건 알지?"

"…네."

레아의 큰 눈동자에 반짝이는 눈물이 어렸다.

"그 전에 결혼하고 싶었어요."

아니, 나는 그 생각에 반대인데.

책임도 못 질 텐데 결혼하는 게 말이 되나?

나는 나의 이런 생각을 피력했다.

그러자 내 말을 얌전히 듣고 있던 레아가 갑자기 웃기 시작했다.

"영웅님께서는 꼰대시네요!"

…갑자기 팩트 폭력 휘두르기 있기 없기?

*　　　　　*　　　　　*

그냥 방치했다간 사정없이 꼬였을 레아의 인생이지만, 성좌들의 가호가 있다면 어떻게든 고난을 피해 갈 수 있으리라.

정말 그렇게 잘 될지는 모르겠지만, 그렇게 되기를 나는 간절히 바랐다.

[이철호]: 그럼 이제 31층 클리어 수락하겠습니다.

태어날 아이를 못 보고 가는 건 좀 아쉽다.

아니, 아무리 지분이 좀 있긴 하다지만 명백하게 따지면 내 아이는 아니니 보고 가겠다는 게 이상한 행동인 건가?

뭐, 어차피 선택의 여지가 없었다.

남은 시간은 며칠 남지도 않았고, 31층에 남아 정착하는 것은 불가능했으니까.

과반수가 클리어 수락을 누르면 모두가 다음 층으로 나아가게 되니까.

누구는 남고, 누구는 나아간다는 건 불가능하다.

설령 선택할 수 있어도 나는 나아갈 생각이었고 말이다.

"지구 문명의 부활을 위해."

나는 아무도 듣지 않고 있음에도 홀로 중얼거렸다.

그리고 나는 버튼을 눌렀다.

― 31층 클리어!

― 클리어 크리스털 정산 중입니다…….

― 31층 클리어 등급: SSS

"엥?"

다소 감상적인 기분이 되어 상태 메시지가 흐르는 걸 보고 있던 나는 갑작스럽게 나온 예상치도 못한 결과에 고개를 갸우뚱거리고 말았다.

"최고 클리어 등급은 A+ 아니었나?"

SSS가… 있었어?

― 31층 클리어 공통 보상이 지급됩니다…….

― 레벨 업!

― 레벨 업!

— 레벨…….

뭐야, 뭐야? 갑자기 레벨이 왜 올라?

그것도 5레벨씩이나 한꺼번에?

그런데 상태 메시지가 잠깐 멈추더니, 다시 움직이기 시작했다.

— 레벨 업!

— 레벨 업!

— 레벨…….

…미궁이 고장 났나?

나는 나도 모르게 불경한 생각을 하고 말았다.

— 레벨 +5 보상이 지급되었습니다.

"…진짜로 고장 났나?"

이어서 나온 상태 메시지에 내 입에서 불경한 생각이 흘러나오고 말았다.

10레벨이 올랐는데 공지는 5레벨이라니, 이거 뭔가 이상한……?

"아."

며칠 전에 [아름다운 로맨스] 성좌에게서 받은 [세계에게 사랑받는] 능력의 존재를 생각해 낸 건 그다음이었다.

"…이거 클리어 크리스털 정산 때도 먹히는 거였구나."

이것도 퀘스트 취급인 줄은 몰랐는데.

아무튼 준 거니까 고맙게 받도록 하자.

그런데 보상은 이게 전부가 아니었다.

— 클리어 기여도 보상 산정 중입니다…….

— [이철호]님의 기여도는 50%입니다.

오, 생각보다 낮다.

— 기여도 보상은 미궁 금화 50개입니다.

당연하다면 당연하지만 금화 보상도 [세계에서 사랑받는] 능력으로 2배가 됐다.

따라서 내 인벤토리에 미궁 금화 100개가 차르륵 쌓였다.

회귀 전 모험가들은 이 미궁 금화 한 개 더 먹겠다고 클리어 조건 달성되자마자 클리어 수락 버튼을 눌렀었지.

하지만 내게는 가진 금화의 5%에 지나지 않는 푼돈이었다.

아니, 그렇다고 푼돈까지는 아니지만.

그래도 몇 개 더 먹겠다고 수락 버튼 더 빨리 누를 정도는 아니지.

그보단 클리어 등급으로 받은 레벨 업 보상이 훨씬 더 달달하다.

[이철호]

레벨: 195

단번에 레벨 한계를 찍어 버리고 말았으니 말이다.

그럼 이제 다음 층에서도 SSS… 아니, SS만 찍어도 200레벨 확정인가?

"햐! 취한다!"

너무 좋네!

200레벨을 찍고 나면 [인간++]도 될 거고, 고유 능력 강화도 노릴 수 있으며, 200 능력도 기대할 수 있다.

물론 고유 능력 강화는 될지 안 될지 모르고, 200 능력도 능력치마다 줄지 말지 모르니 너무 큰 기대를 가져선 안 되겠지만…….

이걸 어떻게 기대 안 하냐?

어쩔 수 없이 내 가슴에는 200레벨에 대한 기대가 빵빵하게
부풀었다.

"자, 빨리 가자! 32층!!"

상태 메시지 보기 전에 느꼈던 감상적인 기분은 다 어디로 날
아가 버리고 없었다.

"가자자자자!!"

그 자리를 대신하는 것은 욕망.

능력치 [욕망]이 아닌 순수한 인간의 욕망이었다.

*   *   *

32층은 31층의 200년 후 세계가 무대이다.

세계의 크기는 더욱 확장되어, 남한 정도 넓이에서 한반도 넓
이의 크기가 된다.

그리고 시대가 지나, 31층이 초기 왕국에 초기 공화국, 도시 국
가 수준의 문명이었다면 32층에선 슬슬 제국이나 제대로 된 왕
국이 등장할 시기다.

과학 기술 수준으로는 로마 시대 정도일까? 공략 영상에서 언
뜻 지나가듯 봤지만, 아마 그 정도쯤 될 것이다.

그런데 지금, 나는 놀라운 광경을 보고 있었다.

"…이게 왜 여기 있어?"

그 놀라운 광경이란, 철로였다. 다른 말로는 기찻길이라고도

하는 그것이었다.

"아니, 내가 잘못 본 건가?"

기껏해야 고전 시대 수준 문명인데 증기 기관 기차가 돌아다닐
리는 없으니, 그냥 다른 용도로 깔아 놓은 철로일지도 모르지 않
은가?

쇳덩이로 된 길쭉한 철봉이 길 위에 반듯하게 평행을 이루며
주욱 늘어서게 배치된 시설물에 철로 말고 다른 용도가 있을지
좀 의문이긴 하다만.

뭔가 내가 생각지도 못한 용도가 있을 게 틀림없다.

"그래, 설마 이게 기찻길이겠어?"

그렇게 나 홀로 내적 평화를 이룩한 것도 잠깐이었다.

내 혼잣말을 비웃기라도 하듯, 칙칙폭폭 소리를 내며 기차가
철로 위를 달리는 모습이 시야에 들어왔으니까.

"아니?!"

고전 시대 수준 문명인데, 증기 기관이라고?

이게 말이 되는 소리야?

              *   *   *

사실은 말이 되는 소리였다.

증기 기관 자체의 구조는 간단하다.

물을 끓여서, 터빈을 돌려, 동력을 얻는다.

이 간단한 구조 덕에, 지구 역사에선 고대 시대에 이미 발견된
기술이자 아이디어다.

그럼에도 이것이 근대의 산업 혁명 이후에나 인류 문명을 이끌어 가게 된 것은 간단했다.

비싼 돈 주고 물을 끓여서 터빈을 돌리느니, 노예에게 돌리라고 시키는 게 낫기 때문이다.

그래서 인류는 증기 기관을 근대 이전에 발명했음에도 그 이상 발전시키지 못했다.

계속해서 연구했다면 수백 톤이나 될 철마를 끄는 동력을 얻을 수 있었겠지만, 그들에게는 그럴 이유가 없었다.

하지만 그럴 이유가 생겼다면?

노예가 너무 비싸지고, 인건비도 지나치게 높아진 나머지, 다른 더 저렴한 방법을 필요로 하게 됐다면?

사실 그래도 안 된다.

지속 가능할 정도로 경제적인 증기 기관의 발명에는 반드시 값싸고 효율적인 연료가 필요하기 때문이다.

노예가 아무리 비싸도 사람 사다 쓰는 게 더 싼 이상, 증기 기관의 상용화는 일어날 수 없다.

그런데 여긴 [마력]이라는 힘이 존재하는 미궁이다.

온갖 고생을 다 하며 땅에서 석탄을 캐내 정제하는 대신, 그냥 마력을 저장할 수 있는 보석을 박고 주기적으로 마력만 충전해 주면 되는 세상이다.

물론 보석은 석탄보다 훨씬 비싸지만, 그건 초기 비용의 문제일 뿐이다.

일단 한번 큰맘 먹고 크게 투자하고 나면 그 뒤에는 비교적 저렴하게 굴릴 수 있다는 소리다.

그래서 나온 것이 바로 이 마력증기기관이었다.

내가 이걸 어떻게 알게 됐냐고? 지금 나도 설명을 듣고 있기 때문이지.

내가 황야 한복판에 멍하니 서 있으려니, 기관사 양반이 기차를 멈추고 나를 태워 준 것도 모자라 기차와 증기 기관에 대해 브리핑까지 해 준 덕이다.

그리고 그 브리핑은 아직도 진행 중이다.

"이게 다 이씨 제국 태조 이철호 1세 폐하께서 개발하고 가신 흑요석 광산에서 대량의 흑요석이 나온 덕택이라 할 수 있죠."

어, 그 광산 다 파낸 줄 알았는데. 그 산에 다른 광맥이 또 있었나 보지?

아니, 그보다 잠깐.

"그, 뭐라고요?"

이씨 제국 태조 이철호 1세?

그 듣기만 해도 머리 꼬일 것 같은 조합은 뭐야?

*   *   *

"아하, 이방인 분이라 잘 모르시나 보군요. 그럴 수도 있죠."

그렇게 운을 뗀 기관사가 내게 말했다.

"이씨 제국 태조 이철호 1세께오서 어떤 분이시냐는 설명을 하자면 이야기가 좀 길어지는데, 그냥 하겠습니다."

…뭔데? 그런 말은 왜 한 건데?

나는 그냥 안 듣고 만다는 말은 못 했다.

당장 듣고 싶었기 때문이었다.

"먼저 이씨 제국을 세우신 분은 세종 이철호 3세 폐하신데, 이 분의 조모께서 제국의 전신인 루트에리아 왕국의 왕녀였던 이레아라는 분이셨습니다."

이레아? 레아가 아니고?

"이분께서 [아름다운 로맨스] 성좌와 [피투성이 피바라기] 성좌의 힘을 받아 처녀수태를 하신 끝에 태종 이철호 2세 폐하께서 태어나셨다는 전설이 있습니다."

말만 들으면 레아가 맞는데? …설마 내 성을 따다가 붙인 거? 그것도 이름 앞에다가?

나는 머릿속을 정리하려 애썼다.

하지만 그 노력은 금방 무의미한 것으로 돌아가 버리고 말았다.

"그런데 이레아라는 분이 평생을 걸쳐 연모한 모험가가 있었는데 그분의 성함이 이철호였고, 그래서 태종께도 이철호 2세라는 이름을 붙이셨던 거죠."

…레아, 너구나! 네가 범인이었어!

내가 속으로 비명을 지르든 말든 기관사는 신난 기색을 숨기지 않고 설명을 계속했다.

"태종께서 대대적인 정복사업을 벌이셔서 주변 세력을 정리하신 후 세종께 그 기업을 물려주셨는데, 세종께서 이씨 제국을 세우신 후 태조 폐하와 태종 폐하를 추존하셨습니다. 그래서 그 모험가분이 우리 제국의 태조가 되신 거죠."

예? 뭐요?

"그래서 명분상으로 이씨 제국을 세우신 분은 세종 폐하지만, 실질적으로 제국의 강역을 확정하신 분은 태종 폐하시고, 관념적으로는 태조 폐하께서 제국을 개창하신 것으로 되어 있죠."

하하, 기관사 양반 말씀을 어렵게 하시네.

내 뭐 씹은 것 같은 표정을 보더니, 기관사는 뒷머리를 긁으며 민망한 듯 내게 사과했다.

"아, 이거 죄송합니다. 제가 마법사라 그만 저도 모르게 한국어를 써 버리고 말았군요."

그러시구나. 마법사시구나.

그래서 자기도 모르게 한국어를 쓰셨구나.

…그게 무슨 소리야?

*   *   *

나는 생각에 잠겼다.

아니, 지금 필요한 건 생각이 아니라 명상이었다.

[신비한 명상] 말고 순수한 명상.

내 정신이 지나치게 세게 두들겨 맞아 가라앉힐 시간이 필요했다.

내가 나 스스로 내성을 입은 것이니만큼, 이럴 때는 [불변의 정신++]이 쓸모가 없다.

결국 스스로 관리해야 하는데…….

…레아는 그렇다 치더라도, 성좌들은 그거 안 말리고 뭐 했지?

아무튼 이철호 2세… 아, 진짜 떠올릴 때마다 뇌 꼬이네. 아무

튼 '태종'이 롬 공화국과 헬리안 동맹을 병합하고, '세종'이 이
씨 제국을 출범시킨 모양이다.

그 이씨 제국의 정식 명칭은 이씨 루트에리아 제국이었고.

…'루트에리아'가 완전히 사라지지 않은 것에 안도해야 할까?

솔직히 잘 모르겠다.

제국 사람들도 실생활에선 간편하게 이씨 제국이라 줄여 부르
고 있어서, '루트에리아'가 사라지기 직전이었기 때문이다.

왜 그러느냐고 물어보니 '루트에리아'라는 나라 이름이 촌스
럽다나?

뭐라는 거야, 진짜.

나는 명상을 때려치웠다.

차라리 다른 생각을 하는 게 낫겠다.

…그런데 증기 기관이 발명됐다면 총기도 발명됐지 않으려나?

이런 생각을 하게 된 건 솔직히 말해 현실 도피에 가까웠지만,
기왕 생각난 거 나는 그냥 기관사 양반에게 물어보기로 했다.

"아, 화약이요? 저도 연금술 공부하느라 연구한 적이 있는데,
그건 쓸 게 못 돼요."

"왜, 왜죠?"

"레벨이 너무 낮아서요."

무슨 소린지 이해가 안 돼서 다시 물어봤더니, 화약의 폭발력
은 1레벨 취급이라 5레벨짜리 토끼도 제대로 못 잡는다는 뜻이라
고 한다.

아니, 여기 현지 세력은 레벨 개념까지 잡고 가네.

하긴 200년 전에 모험가들하고 몇 년씩이나 그렇게 부대꼈으

니 당연하다면 당연한 건가?

아무튼 미궁이 총기를 싫어한다는 사실은 확실히 알겠다.

증기 기관은 돌릴 수 있는데 화약 무기는 못 쓴다면 뭐, 뻔하지.

미궁이 야료를 부린 게 틀림없다.

그 덕에 이 32층은 무기는 창칼 같은 냉병기를 쓰면서 철도를 굴리는 이상한 기술 수준의 세계가 되어 버렸다.

뭐 아무렴 어때랴.

나는 될 대로 되란 심정이 되어 기관실 한 편에 구겨지고 말았다.

"아, 제국이 보이네요. 저기 보이십니까?"

그래, 보인다.

나는 혀를 찼다.

왜냐하면 국경으로 보이는 곳에 걸린 커다란 표지판에 이런 문구가 쓰여 있었기 때문이다.

[이씨 제국에 오신 것을 환영합니다!]

한글로.

뭔데, 이 세계.

*   *   *

내가 제국 국경을 통과하자마자 들은 소리는 바로 이것이었다.

[오, 왔군.]

명확하게 하자면 성좌의 목소리는 '소리'가 아닐지도 모르지만, 그딴 건 지금 중요한 게 아니다.

이씨 제국이니 뭐니, 애들이 이상한 짓 하면 성좌가 좀 말려야 할 거 아냐?!

"[아름다운 로맨스]님이십니까?"

나는 씩씩대며 물었다.

[당연하지. 나 외에 누가 있을까?]

"[피투성이 피바라기]님은요?"

[⋯자릴 비웠다.]

성좌 둘을 모아놓고 혼낸다는 계획이 파투 났다.

잠깐 어떻게 할까 고민하고 있으려니, 성좌로부터 얼척 없는 질문이 날아왔다.

[이씨 제국은 마음에 드나?]

"어⋯⋯."

나는 뭐라고 대답해야 하나 망설였다.

잘한 거였다.

망설이지 않았다면 바로 욕이 나갔을 테니까.

"마음에 드는 점도 있고 아닌 점도 있군요."

[오, 그래? 하지만 내 마음에는 드니 네 의견은 상관없지 않을까?]

아, 그러시군요. 예상대로인 답변 감사합니다.

너무 열이 받다 보니 오히려 냉정해지고 말았다.

하긴 상대는 성좌다. 성좌 상대로 무슨 화는 화야.

뜯어 먹을 거나 뜯어 먹고 말아야지.

퀘스트나 받자.

"이곳에서 제가 할 일이 있을까요?"

그런 생각으로 던진 말에, [아름다운 로맨스]는 눈치 빠르게 대꾸해줬다.

[퀘스트 말이로군. 물론 있다.]

마치 기다렸다는 듯 퀘스트가 주르르륵 떴다.

그것도 7개나.

아니, 퀘스트가 필요하다고는 했지만 이렇게 한꺼번에 많이 달라고는 안 했는데…….

[제국은 넓고 광대하니 문제 또한 많지. 인간의 한계라고나 할까?]

"아니, 성좌시잖습니까?"

[인간의 문제는 인간이 해결해야 하는 법!]

그거 그냥 책임 떠넘기는 거 아냐?

"제가 이렇게 많이 떠맡을 필요 있을까요? 다른 모험가들도 있는데……."

[걱정하지 말도록. 그들에게는 그들 수준에 맞는 퀘스트가 주어졌다.]

로맨스의 말에 나는 빠르게 퀘스트의 내용을 훑어보았다.

그걸 보고 난 후, 내 입에선 볼멘소리가 나올 수밖에 없었다.

"…인간의 문제라면서요?"

인간이 해결하기엔 너무 크고 어려운 문제였다.

어느 쪽이냐 묻는다면 성좌 쪽 문제에 더 근접하지 않을까 싶은, 그런 문제를 해결하기 위한 퀘스트들이었다.

[크흠, 크흠.]

성대로 소리 내는 것도 아니면서 괜히 헛기침하기는!

나는 터지려는 어이를 간신히 붙잡아 지탱하며 어렵게 고개를 끄덕였다.

"뭐, 아무튼 알겠습니다. 보상은 좀 좋네요."

그래, 퀘스트가 어려운 만큼 보상은 좋았다.

게다가 [매력] 100 능력인 [세계에게 사랑받은] 능력으로 그 보상을 두 배로 받을 수 있으니 더욱 좋았다.

어차피 해야 할 일이라면 흔쾌히 하는 편이 낫겠지.

나는 그런 생각으로 속을 달랬다.

[그래야지!]

[아름다운 로맨스] 성좌도 이 문제들 때문에 꽤 골치를 썩인 듯, 내 대답에 기다렸다는 듯 대꾸했다.

그렇게 로맨스 성좌와 이야기를 나누고 나자, 방금 전까지 내게 제국에 대한 브리핑을 늘어놓고 있던 기관사가 입을 뻐끔뻐끔 거렸다.

"아니, 잠깐만."

무슨 말 할지 알 거 같은데, 그거 안 하면 안 되니?

"…어디서 뵌 분 같다 했더니!"

"그, 잠깐만."

그러니까 그거 마저 안 하면 안 되니?

"제가! 제가 이런 곳에서……!"

"잠깐만!"

내 말 좀 들어 주지 않겠니?

"태조 폐하! 황은이 망극하옵나이다!"

"하지 말라고!!"

*   *   *

나는 달리는 기차에서 뛰어내렸다.

제국 국경 내로 들어가면 무슨 일이 생길지 너무 뻔했다.

7층 엘프 도시에서 일어났던 일을 나는 아직도 기억하고 있었
다.

애초에 내가 성좌와 대화하는 것만 보고 기관사가 바로 감을
잡은 이유가 무엇이겠는가?

내 얼굴을 부조로 팠든, 동상으로 만들었든, 그림으로 그려 전
시했든… 뭐라도 했을 것이다.

게다가 이미 기관사가 내 정체를 파악했다. 죽여서 입을 막을
게 아니라면 소문이 바로 퍼지겠지.

그러느니 제국에 안 들어가고 말지.

어차피 [아름다운 로맨스] 성좌가 넘겨준 퀘스트는 전부 제국
바깥에서 해결해야 했다.

아무리 그래도 성좌가 직접 돌보는 나라라 그런지 국내 문제
는 다 자기 선에서 해결한 모양이지.

"자, 그럼 가장 먼저 해결할 퀘스트는……."

이미 봐 둔 퀘스트들을 쭉쭉 밀어, 우선순위대로 재정렬한다.

일단 가까워야 했고, 보상이 좋아야 했다.

난이도는 그리 큰 문제가 되지 않는다. 할 수 있다면 할 수 있
는 거고, 할 수 없을 것 같으면 거절하면 그만인 문제이니까.

그렇게 내가 독자적으로 세운 기준에 따라 가장 먼저 해결해야 할 퀘스트로 꼽힌 것은 바로 이것이었다.

[클리어 퀘스트: 동맹 늘리기 (3)]

[세계가 넓어짐에 따라 이씨 루트에리아 제국과 국경을 맞닿은 국가와 세력도 늘어났습니다. 아무리 제국이라 하나 이들 세력 전부와 자웅을 가리기엔 역부족입니다. 따라서 제국은 몇몇 세력과는 우호 관계를 구축하기로 했습니다. 오리엔트 엘프 제국은 그중에서 가장 우선적으로 고려된 세력입니다. 제국을 위하여 민간 외교관의 역할을 수행해 주신다면 적절한 보상이 따를 것입니다.]

[오리엔트 엘프 제국과 접촉 성공 시: 클리어 크리스털 10개]

[오리엔트 엘프 제국과 교섭 개시 시: 클리어 크리스털 10개]

[오리엔트 엘프 제국과 이씨 루트에리아 제국의 동맹 성사시: 클리어 크리스털 70개]

[이씨 루트에리아 제국에 오리엔트 엘프 제국과의 교섭 결과 알리기: 클리어 크리스털 10개]

　그나마 퀘스트 창에서는 이씨 루트에리아 제국이라고 풀 네임으로 서술해 주는구나.

　나는 이상한 곳에서 안도했다.

　오리엔트 엘프라는 족속이 내가 아는 '그' 엘프 종족이 맞는가에 대한 확신은 없다.

　오히려 다를 가능성이 더 크다고 본다.

　그럼에도 불구하고 내가 이 퀘스트를 가장 먼저 고른 이유는 단순하다.

비록 기차 타고 왔던 길을 돌아가야 했지만, 지금 내가 있는 곳에서 가장 가까웠기 때문이다.

"좋아, 그럼 한번 가 볼까?"

나는 [철인의 에너지 부스터 제트윙]을 펼쳤다.

이게 뭐냐고?

내가 31층에서 시간을 헛으로 보낸 게 아니다.

그냥 앉아서 숨만 쉬고 있어도 소모했던 [욕망]과 [행운]이 채워지는 마당이다.

그렇게 채워진 능력치로 내가 무엇을 했을 것 같은가?

당연히 [철인] 시리즈의 새 파츠를 만들었지!

그렇게 만들어진 것이 바로 [철인의 에너지 부스터 제트윙]이었다.

본래 [철인의 에너지 부스터 백팩]에 추가했던 접이식 보조 글라이더 날개를 아예 빼 버리고 그 자리에 배터리를 추가하는 대신, 새 날개를 단 거다.

그리고 그 날개에는 자체 부스터 기능이 붙은 터빈 4개를 붙여, 자체 비행과 가속이 가능하도록 했다.

이 터빈 부스터마다 따로 에너지 배터리가 붙어, [제트윙]을 전부 만드는 데에 200이라는 [욕망]이 소모됐다.

아직 200레벨도 안 된 내게 [욕망]이 200이나 있을 리 없으니, 당연히 편법을 사용해야 했다.

날개 반쪽을 먼저 만들어 [욕망 반환]으로 팔아 버린 다음 재구매해 반대쪽을 다시 만들었지.

그런데 이 [제트윙]의 제어를 싸우면서 나 혼자 다 할 수 있을

리 없지 않은가?

그래서 [살아 있는 욕망]으로 자동 제어 장치를 따로 만들어 달았다.

내가 굳이 말로 지시하지 않아도 AI가 속도, 방향, 출력 등을 모두 알아서 제어해 줘 매우 쾌적한 비행이 가능하다.

나도 내가 이렇게 비행에만 많은 자원을 투자할 줄은 몰랐다.

[철인] 시리즈 영화를 따라서 [철인 철갑]을 먼저 만들 거라 생각했는데, 하다 보니 고속 비행에 대한 로망 쪽에 욕망이 생기더라고.

게다가 전신 철갑은 크기 제어에 자원이 너무 많이 드는 것도 문제였다.

안 그래도 거대화돼서 싸울 일이 많은데, 거대화할 때마다 일일이 벗을 수는 없지 않은가?

그러느니 그냥 각 [철인] 파츠에 거대화 대응 기능을 부여하고 전신 철갑은 포기하는 게 훨씬 이득이었다.

그렇게 효율적으로 자원을 부은 보람이 있어서, [철인] 파츠를 모두 착용하면 수직 이착륙부터 고속 비행까지 자유자재인 초고성능 장비 세트가 완성됐다.

물론 추력이 너무 강해진 반면 보호 장치는 전혀 달려 있지 않아 공기 저항부터 버드 스트라이크까지 몸으로 때워야 하지만……

그건 괜찮다.

내가 세니까!

"출격!"

나는 [제트윙]과 [백팩]과 [부츠]의 부스터를 모조리 켜 단번에 고도를 높인 후, 자동 제어 장치에 모든 것을 맡겼다.

푸하악!

[제트윙]의 날개가 차르르륵 변형되며 추력의 방향을 바꾸고 순식간에 가속할 때의 기분이란 언제나 최고다.

아, 좋다.

어쩌면 나는 이 순간을 위해 회귀한 건지도 모르겠다는 생각을, 요즘 비행 때마다 하고 있다.

진심은 아니지만.

…반 정도는.

*　　　　　*　　　　　*

[우리의 영웅이 왔구나!]

오리엔트 엘프 제국의 영공을 통과하는 순간, 나는 내가 희박하다고 여겼던 경우의 수가 들어맞았음을 깨달았다.

[흥, 영웅은 무슨!]

오리엔트 엘프 제국의 영공 안으로 들어오자마자 나를 반긴 것은 [고대 엘프 사냥꾼]과 [고대 드워프 광부]였다.

"여기가 오리엔트 엘프 제국입니까?"

[세 가지 오해가 있군!]

적당히 인사말이 오가자마자 나온 말이 바로 [고대 드워프 광부]의 저 오해 지적이었다.

[먼저, 오리엔트는 동방이라는 뜻을 가진 단어일 뿐이다! 나라

이름이 아니다!]

어, 그러시군요. 하지만 이씨 제국 기준으론 동쪽 맞으니 상관없지 않을까요?

[두 번째, 이 나라는 엘프만의 나라가 아니다! 굳이 따지자면 드워프의 인구수가 더 많다!]

아… 이건 이씨 제국 측이 조금 잘못했네.

게다가 퀘스트 준 게 성좌인데, 이런 거 하나 수정 안 하는 거 실화냐?

동맹 맺고 싶은 거 맞아?

하지만 굳이 성좌를 들어 변명을 해봐야 듣지도 않을 뿐더러 분위기만 더 나빠질 것 같아서 나는 그냥 입을 꾹 닫고 계속해서 설명을 들었다.

[세 번째, 이 나라는 제국이 아니다! 오황삼제의 국가지! 굳이 따지자면 과두제 국가겠다!]

"오황… 삼제요?"

이 시점에서만큼은 나는 입을 다물지 못했다.

오황삼제가 뭐야?

[아, 엘프 말로 종족 지도자를 뜻하는 말이 '샤'인데, 그게 '황'으로 번역되는 모양이라 한다.]

[고대 엘프 사냥꾼]이 끼어들어 나긋나긋한 말투로 설명해주었다.

[드워프 말로 종족 지도자는 '한'인데 이건 '제'로 번역되는 모양이고.]

놀랍게도 [고대 엘프 사냥꾼]의 말이 다 끝나기 전까지 입을 꾹 다물고 있던 [고대 드워프 광부]는 설명이 끝나자마자 곧 이어 이렇게 주장했다.

[우리 기준으로는 여기가 동방도 아니니 오리엔트도 아니고, 엘프만의 나라도 아니고, 제국 또한 아니니 오리엔트 엘프 제국이란 말은 다 틀렸다!]

"사실입니까?"

나는 [고대 엘프 사냥꾼]에게 교차검증을 요구했다.

[그렇단다, 모두 사실이란다. 우리의 영웅이여.]

그러자 [고대 엘프 사냥꾼]도 아까보다는 조금 딱딱해진 말투로 말했다.

[다른 이들에게는 화를 내 쫓아냈지만, 그대에게만큼은 오해를 빚은 채 내쫓고 싶지 않구나.]

[흥! 이제 오해가 풀렸을 테니 당장 꺼져라!]

[당신, 그런 말 말아요. 또 후회할 거면서.]

두 성좌의 대화를 잠자코 듣고 있던 나는 지나가듯 들린 호칭 하나에 깜짝 놀랐다.

"예?"

당신?

지금 [고대 엘프 사냥꾼]이 [고대 드워프 광부]를 당신이라고 부른 거야?

그것도 저렇게 애정 가득한 목소리로?

내 반응을 보던 [고대 엘프 사냥꾼]이 재미있다는 듯 웃었다.

[어머나, 몰랐구나. 모르는 게 당연하긴 하지. 그렇죠, 당신?]

[흥! 한낱 필멸자가 성좌의 일을 알 리 없지! 알리지도 않았거

니와!]

[이럴 줄 알았으면 행운의 여신 편으로 청첩장이라도 보낼걸 그랬어요.]

[그런 걸 보내도 미궁에 매인 자가 때맞춰 올 수 있을 리 없지 않은가?]

[그건 그렇지만요.]

이럴 때는 대략 정신이 멍해진다.

아니, 진짜로 멍해진다.

뭐임?

대체 뭐임?

"저… 엘프랑 드워프가 결혼할 수 있습니까?"

그러자 [고대 드워프 광부]가 화를 냈다.

[차별적인 놈! 당연히 가능하지!]

[아이는 못 가지지만 말이야.]

[우리에겐 우리의 아이들이 있잖은가?]

[고대 드워프 광부]가 [고대 엘프 사냥꾼]을 위로… 한 건가? 지금?

아무리 결혼했다고는 하나 사람이 저렇게 달라질 수가 있나?

아, 사람이 아니었지.

그게 뭐가 중요해?!

나는 누구한테 화를 내는 건지 모른 채 아무튼 화를 냈다.

[왜 네가 화를 내는가!]

그걸 또 귀신같이 캐치 해서 역으로 화를 내는 [고대 드워프 광부] 대단해!

"…뭐 아무튼 그렇게 돼서, 그… 제국으로부터 퀘스트를 받아서 왔습니다."

아까 화가 난 이유를 누구한테도 말하고 싶지 않았기 때문에 나는 화제를 다른 방향으로 돌렸다.

[하핫! 이씨 제국 말이냐! 이씨 제국! 하핫!!]

그랬더니 이제 또 다른 것 때문에 화가 나려고 한다.

"…루트에리아 제국입니다."

[세상천지에 제국의 이름을 그렇게 부르는 건 학자들 말고는 너뿐일 게다! 하핫! 이씨 제국!!]

[당신, 그만 놀리세요.]

[그치만 이놈도 우릴 놀렸잖소!]

속으로 놀렸을 뿐인데 대놓고 놀리는 거랑 같은 취급을 받다니!

나는 너무 분해서 부들부들 떨고 말았다.

[어… 음…….]

[진짜로 이렇게 분해할 줄은 몰랐는데.]

내가 부들부들 떠는 모습에 두 성좌가 곤혹스러워했다.

나는 아무렇지 않아 했다.

"일, 일 이야기를 하죠."

아무튼 아무렇지 않아 한 거다.

[그래, 그러자꾸나.]

[말하도록!]

나는 심호흡을 해 가슴속에 가득 찬 화를 간신히 가라앉히고 이렇게 말했다.

"'이씨 제국'은 귀국에 동맹 제의를 할 용의가 있습니다."

[…그 봐요. 너무 놀리니까…….]

[내가 미안하다고 사과하면 되겠나?]

아니, 나는 그냥 평소대로 말한 것뿐인데 반응이 왜 이렇지?

내 목소리가 그렇게 떨렸나?

*   *   *

오리엔트 엘프 제국이 아니라 드워프―엘프 연방 공화국은 이씨 제국과의 우호 조약을 받아들였다.

바로 동맹을 맺지는 않았는데, 너무 서두를 수는 없다는 이유였다.

[그 전에, 퀘스트를 주지!]

그리고 퀘스트 7개가 좌르륵 들어왔다.

그중에서 가장 인상적인 퀘스트는 이것이었다.

[클리어 퀘스트: 국명 정정]

[드워프―엘프 연방 공화국은 대외적으로 잘못 퍼진 국명을 정정하려고 합니다. 이씨 루트에리아 제국의 상층부에 이 의향을 전달하십시오.]

[이씨 루트에리아 제국에 드워프―엘프 연방 공화국의 정식 국명 전달 및 수정 요청하기: 클리어 크리스털 10개]

이런 걸 퀘스트로 주는 걸 보니, 아무래도 [고대 엘프 사냥꾼]은 몰라도 [고대 드워프 광부]는 쌓인 게 많았나 보다.

물론 이 퀘스트의 우선순위는 낮았다.

이걸 해결하려면 이씨 제국으로 돌아가야 하는데, 그러면 동선이 꼬여 버리기 때문이다.

기왕 여기까지 온 김에 여기서 처리할 수 있는 퀘스트는 처리하고 떠나야지.

그건 그렇고 드워프—엘프 연방 공화국이라고 일일이 떠올리는 게 꽤 귀찮은데, 적당한 줄임말이라도 만들면 안 되나?

그래서 물어봤더니 이런 대답이 돌아왔다.

[프연방이라고 한단다.]

어투만 들어도 알 수 있겠지만, [고대 엘프 사냥꾼]의 대답이었다.

5층의 비밀 세계에서 처음 만났을 때는 뭔가 왕 같은 어투를 썼던 것 같은데, 결혼을 해서 그런지 이상하게 나긋나긋해진 것 같지?

"프연방이요?"

[엘프와 드워프, 프 자가 겹치니까.]

생각보다 단순한 이유였다.

[게다가 이러면 굳이 엘프가 먼저니, 드워프가 먼저니 다툴 필요도 없어져서 다들 애용한단다! 특히 엘프들이!]

생각보다 정치적인 이유였다.

"그, 그러시군요."

아무튼 그, 프연방, 드워프—엘프 연방 공화국은 말만 들으면 민주주의가 시행되는 공화국인 것 같지만 실제는 그와 전혀 다르다.

일단 다섯 엘프의 공동체, 다크, 그레이, 화이트, 블랙, 실버의

각 집단에서 가장 고귀한 하이 엘프 다섯 명이 5황의 자리를 맡은지 500년이 지났다.

일단 세습은 안 하고 있고, 만약 늙어 죽게 되면 새로 선출한다고는 하는데… 그게 이루어지기는 할까?

드워프 쪽이라고 크게 다르지는 않다.

스톤, 스틸, 골드의 세 집단에서 가장 낮은 곳에 임한 로우 드워프 세 명이 3제의 자리를 맡은지 500년이 지났으니까.

보통 드워프의 수명이 엘프만큼 길지는 않은데, 로우 드워프는 수명이 길어지는 데다 [살아 있는 석상★]을 쓸 때마다 노화가 초기화된단다.

그렇다고 무제한적으로 쓸 수 있는 건 아니라서 불사자인 건 아니지만.

뭐야, 그거! 사기잖아! 저도 별 줘요!

아무튼 그렇게 엘프와 드워프의 지도자들이 500년간 해 먹고 있는, 고인물들의 리그가 되어 버린 나라가 바로 프연방이다.

어쨌든 500년 전에는 명확한 선출 기준에 의해 선출되었으니 공화국 맞는 거 아니냐고 우기는데…….

저들보다 단명하는 종족 입장에서 저걸 인정할 수 있을 리가 없지.

괜히 이씨 제국에서 프연방 보고 제국이라고 생각하는 게 아닌 것 같다.

100년 전과 지금, 이름이 똑같은 상대가 똑같이 회담장에 나오는데, 그게 동일 인물이라고 생각하기보다는 가문의 후계자라 생각하는 게 보통이겠지.

그거야 뭐 아무튼, 그렇게 프연방은 여덟 명의 고인물이 통치하는 연방 국가다.

문제는 국가 최고 권력자인 이들 여덟 명의 사이가 별로 좋지 않다는 점이다.

그나마 성좌가 때때로나마 직접 지시하거나 할 때는 추진력이 좀 생기지만, 그렇지 않을 때는 서로 발목을 붙잡느라 아무것도 진행되질 않는단다.

그렇게 발전이 저해돼 500년 전과 똑같은 생활을 하고 있는 나라가 바로 프연방이다.

그런데 갑자기 차원의 벽이 사라지고, 뭔지는 모르지만 뭔가 대단한 기술로 무장한 이씨 제국이 이웃 국가로 등장했다.

이들이 느꼈을 위기감과 두려움은 보통 수준이 아닐 수 없었다.

물론 성좌들이야 그런 감정을 느끼지 못했지만, 적어도 종족 아이들의 기도는 들었으리라.

그래서 내가 받은 퀘스트의 내용이 대부분 이런 식이었다.

'다크 엘프와 블랙 엘프 영역 경계에 있는 괴물을 처치해 주십시오.'

'스틸 드워프와 스톤 드워프 영역 경계에 있는……'

'골드 드워프와 실버 엘프 영역 경계에 있는……'

이 일련의 퀘스트에는 공통점이 있다.

두 세력의 경계에 적체된 문제를 해결해 달라는 것이 바로 그것이었다.

그 문제의 해결에는 사실 두 세력이 힘을 모을 필요조차 없다.

그저 책임 소재만 명확히 하면 바로 해결될 일이다.

그러나 프연방의 여덟 수장은 그조차도 제대로 하지 못해, 외부의 모험가에게 퀘스트를 부여해 해결하게 되었다.

"뭐, 나야 좋지만."

퀘스트의 보상을 받기에는 좋으나, 생각 외로 기분은 그리 좋지 않았다.

엘프도 드워프도, 내가 원시 고대 종족 시절의 모습을 보아 온 이들이다.

내가 그들에게 한 일은 그저 몇 시간 함께 머물렀을 뿐이고, 종족의 적을 처치하고 음식을 조금 나눠 줬을 뿐이다.

그렇게 만났던 이들이 각기 발전해 하나의 국가를 이뤘음에도 불구하고, 이상한 자존심 싸움으로 나라를 망치고 있는 꼴을 보고 있으려니…….

"내 일도 아닌데, 화가 난단 말이지."

이것들을 어떻게 해야 할까?

결론이 나기까지는 시간이 조금 걸릴 것 같기에, 나는 일단 퀘스트부터 해결하기로 했다.

그래도 보상은 받고 생각해야지!

*　　　　*　　　　*

그렇게 퀘스트를 해결하기 위해 이동하던 중, 갑자기 꼬맹이로부터 [텔레파시]가 도착했다.

[이수아]: 선생님! 여기 제국 이름이 이씨 제국이래요! 그, 200년 전에는 루트에리아 왕국이었던! 게다가 맨 처음 황제 이름이 세종

이철호 3세라던데요?

갑자기 [텔레파시]를 써서 뜬금없이 무슨 소릴 하나 했더니만, 뒷북을 치고 있다.

[이철호]: 알아.

[이수아]: 와, 이렇게 될 거 알고 계셨어요?

그런 의미는 아닌데.

[이철호]: …아무튼 내 예상대로 되질 않아서 제국 측의 공략은 거의 다 무용지물이 될 것 같네. 회귀자로서 면목이 없어.

커뮤니티에 올린 32층의 공략은 프연방에 오기 전에 삭제한 참이다.

물론 삭제 이유도 함께 밝혔다.

방금 이수아에게 말한 내용 그대로였다.

아, 면목이 없단 말은 빼고.

[이수아]: 에이, 아무리 회귀자라도 미래를 다 알 수는 없죠.

그런데 이수아의 반응이 의외로 건조하다.

따지거나 놀릴 줄 알았는데, 그 어느 쪽도 아니었다.

꼬맹이가 이해해 준다고?

나를?

믿을 수 없는 현실이다.

[이철호]: 그게 무슨 소리지?

[이수아]: 아무리 회귀자라도, 미래를 바꿀 수 없으면 의미가 없잖아요? 미래를 바꾸었다면 그 다음 미래는 또 모르게 되는 게 당연하고요.

응, 뭐 그렇다.

회귀 전에 32층까지 도달한 모험가는 100명도 채 안 된다.

30층에서 다른 미궁의 인원과 합쳐서도 그랬다.

하지만 지금은 회귀 전의 몇 배나 되는 모험가가 32층을 활보하고 있다.

[이철호]: 마치 회귀해 본 것처럼 말하는군.

[이수아]: 소설로 봤어요!

그렇구나. 소설로…….

[이철호]: 알았다.

[이수아]: ? 알았다는 게 무슨 뜻이에요?

[이철호]: 알았다는 게 알았다는 뜻이지, 내가 모르는 사이에 무슨 다른 뜻이라도 생겼어?

[이수아]: 아니, 제 말은 뭘 알았다는 뜻이냐는… 하긴 뭐. 그런 게 뭐 중요하겠어요.

이수아는 생각 외로 빠르게 포기했다.

내가 할 말이 없어져 아무 말이나 하고 있다는 걸 알아차린 걸까?

아니, 그렇진 않을 거다.

[이수아]: 미래가 중요하죠, 미래가!

뭔가 이해한 것처럼 말하고 있지만, 완전 잘못 짚었다는 걸 스스로 고백하는 것 같은 저 멘트를 보라.

역시 꼬맹이는 꼬맹이일 뿐이었다.

*   *   *

나는 우선순위에 따라 퀘스트들을 쭉 처리해 나갔다.

몬스터를 처치해야 할 때도 있었지만, 엘프나 드워프 악당을 처리해야 할 일도 많았다.

그중에 특히 인상적이었던 건 청소년기의 타락 엘프나 비행 드워프 집단인 '호프스'를 처리해달라던 퀘스트였다.

호프스는 가장 사이가 나쁜 골드 드워프와 실버 엘프 영역 중간에 자리 잡고 있었다.

맞닿은 세력의 아이들뿐만이 아니라 다른 세력의 청소년들도 모여 거대한 세력을 이루고 있었다.

원래는 각기 사이가 안 좋은 각 세력의 청소년들도 여기에서만큼은 서로 끈끈한 관계를 유지하고 있었다.

그런 그들의 모습을 보고 있노라니, 이게 이상적인 프연방의 모습 아닐까 싶은 생각마저 들 정도였다.

뭐, 그렇게 끈끈하게 관계를 만들어 놓고 하는 짓이 산적질과 인신매매인 건 안타까울 정도였지만.

퀘스트 해결을 더 까다롭게 만들었던 건 이것들을 죽여선 안 된다는 점이었다.

아무리 악당 그룹이지만, 개중에는 꽤 권력자의 혈연도 있다고 하니까.

그냥 몬스터면 [빔] 뿌려서 해결해 버릴 텐데, 최대한 사상자를 줄이기 위해 기습의 이점도 포기하고 놈들 세력 한가운데에 잠입해야 했다.

그리고 나는 보았다.

"이게 왜 여기 있어?"

7층 엘프 도시에서 목격한 적이 있던 이철호 거대 신상.

그게 호프스 아지트의 한가운데에 떡하니 놓여 있었다.

"우가가! 우가우!"

"우가가! 우가우!"

그리고 엘프고 드워프고 할 것 없이 내 신상을 가운데 두고 빙글빙글 돌며 드워프어조차 아닌 원시 고대의 이상한 외침을 반복하고 있었다.

너희들… 혹시 미쳤니?

아니, 이 광경을 보고 할 생각은 이게 아니었다.

당연히 미친 게 틀림없으니까!

"야!"

더이상 잠입할 기력도 안 남은 나는 그냥 소리를 쳤다.

이래도 되냐고? 당연히 괜찮다. 얘네가 전부 한꺼번에 덤벼도 날 죽이지는 못한다.

오히려 나한테 덤비다가 죽을까 싶어서 잠입했던 것뿐.

하지만 이 광경을 보게 된 이상, 이제는 몇 놈쯤 죽어도 될 것 같다는 기분이 내 심장을 두쿵두쿵 뛰게 만들었다.

그런 생각으로 큰소리로 엘프 드워프 청소년들의 주목을 모은 나는 전투 준비에 돌입했다.

"덤벼라!"

그런데 상황이 영 내 예상과는 다르게 돌아갔다.

결론부터 말하자면 싸울 필요가 없었다.

"저, 저 모습은!"

"우가가! 우가우!"

"신님! 이철호 신님이셔!!"

내 모습을 발견한 청소년 몇몇이 나를 보고 손가락질을 하더니, 달려들기는커녕 절을 하기 시작하는 게 아닌가?

"우가가! 우가우!"

"우가가! 우가우!"

그리고 이철호 신상 주변을 뱅글뱅글 돌고 있던 청소년들은 방향을 바꿔 모두 내 쪽을 바라보고는 기성을 외치며 한꺼번에 절을 하기 시작했다.

어… 이건 또 이것대로 무섭다!

                    *   *   *

"우가가! 우가우! …님의 방문을 기다리고 있었습니다."

마치 내 이름이 우가가! 우가우! …인 것처럼 말하지 말아 줄래?

아무튼 내 앞으로 나와서 이런 말을 한 인물은 자칭 '킹 오브 호프스' 라고 자칭하는 이상한 놈이었다.

아니, 진짜 이상한 놈이었다.

외견부터가 그랬다.

키는 드워프처럼 작은데, 체구는 엘프처럼 얇았다.

드워프처럼 수염이 났지만, 엘프처럼 예쁘장한 얼굴이었다.

그러니까 마치 엘프와 드워프를 잘 섞어 놓은 듯한… 잠깐, 뭐라고?

"…설마 엘프와 드워프의 혼혈?"

"오, 역시 알아보시는군요. 그렇습니다."

엘프와 드워프 사이에선 혼혈이 나지 않는다고 며칠 전에 성좌에게서 직접 들었는데?

다음 순간, 나는 [고대 엘프 사냥꾼]과 [고대 드워프 광부]의 공동 알현실에 불려와 있었다.

이번에 다른 점은 불려온 것이 나 혼자가 아니라는 점이었다.

'킹 오브 호프스'도 함께였다.

"…진짜니?"

먼저 입을 연 것은 [고대 엘프 사냥꾼]이었다.

[고대 드워프 광부]는 굳건한 침묵을 지키고 있었지만, 그 시선만큼은 '킹 오브 호프스'에서 떨어질 줄을 몰랐다.

"저야 모르죠."

'킹 오브 호프스'가 입을 열지 못하고 있었기 때문에, 내가 입을 열어야 했다.

"일단 성좌님들께 이름부터 소개하는 게 어떠냐?"

그러자 잔뜩 굳어 있던 '킹 오브 호프스'가 갑자기 식은땀을 뻘뻘 흘리더니 이렇게 말했다.

"아, 저, 저는… '킹 오브 호프스'입니다."

"그거 말고, 이름."

"이름 따위는 아무래도 좋아!"

[고대 드워프 광부]가 우렁우렁한 목소리로 외쳤다.

그 목소리에 '킹 오브 호프스'는 더욱 위축되었지만, [고대 드워프 광부]는 계속해서 큰 목소리로 말했다.

"네가 진짜로, 엘프와 드워프의 혼혈인 게냐?!"

그러자 성좌들 앞에서 파들파들 떨고 있던 '킹 오브 호프스'의 기색이 바뀌었다.

"성좌님들이라면, 알고 계실 거라 생각했습니다."

두려움에서, 서러움으로.

"제 존재를, 알면서도 모르는 척하고 계실 거라고 생각하고 있었습니다!!"

뜨거운 눈물이 '킹 오브 호프스'의 양 눈에서 샘솟기 시작했다.

아니, 그런데 얘 이름 진짜 뭐지?

진짜 '킹 오브 호프스'가 이름인가?

불편하기 그지없는 분위기 속에서, 나는 오직 그것만이 신경 쓰였다.

*　　　　*　　　　*

엘프와 드워프의 혼혈인 '킹 오브 호프스', 로딘은 자신의 정체성을 엘프도 드워프도 아닌 신종족, '호프스'라 정의하고 있었다.

나는 그게 걍 단 이름인 줄 알았는데. 자기들 나름대로 의미를 두고 만든 이름인 듯했다.

"저는 제가 의도적으로 무시당하고 있는 줄로만 알았습니다. 제가 바깥에 내세울 수 없을 정도로 더러운 존재라 여겨지는 줄로만 알고 있었습니다."

한바탕 크게 울고 난 로딘은 아직도 훌쩍거리고는 있었지만 전보다 안정된 목소리로 이야기를 시작했다.

"너는 성좌가 신인 줄로 아는구나! 성좌는 결코 전지하지 못하고 전능하지 못하다! 우리가 그러했다면 굳이 각자의 영역을 나눴겠느냐?"

[고대 드워프 광부]가 마치 성내듯 변명했다.

"오히려 우리는 너와 같은 아이를 찾았단다. 500년간 줄곧, 너와 같은 아이가 태어나기만을 기다렸단다."

[고대 엘프 사냥꾼]이 부드럽게 이어 말했다.

그러자 로딘은 다시 크게 울기 시작했다.

아까 전까지는 서러워서 울었다면, 이번에는 위로받아서 우는 듯했다.

다 큰 놈이 뭐 저렇게 애처럼 우냐는 생각이 안 드는 건 아니지만, 엘프든 드워프든 정신적 성장이 느리기에 이해하지 못할 정도는 아니었다.

"하지만 그렇구나. 우리의 눈이 닿지 않는 곳에서야 비로소 우리 둘의 피가 섞인 아이들이 태어나다니……."

"우리의 시선이 오히려 우리 사이의 혼혈을 태어나지 못하게 한 것 같구료."

가슴 아파하는 [고대 엘프 사냥꾼]을 [고대 드워프 광부]가 위로했다.

허, 거참. 이거 익숙해지질 않네. 적응이 안 돼.

나는 입술을 뚫고 비어져 나오려는 헛웃음을 참으려고 노력했다.

그리고 그러한 내 노력은 보답받았다.

"네놈이 공을 세웠군. 축하한다! 보상을 주마!"

[히든 퀘스트: 엘프와 드워프의 혼혈 찾기]

[사실상 피가 섞이지 않는다고 알려진 두 종족이지만, 희박하나마 그 가능성이 없다고는 말할 수 없을지도 모릅니다. 당신이 그 가능성을 찾아냈습니다. 고맙습니다.]

[성공 보상: [로우 드워프★] 종족 변경권(무제한)].

아니, [고대 드워프 광부] 이 양반은 퀘스트 내용 쓸 때만 솔직해지는 건가?

무려 고맙다는 말을 넣어 놨네.

"감사합니다."

나는 고개를 꾸벅 숙여 주었다.

그러자 [고대 드워프 광부]의 반응이 이상했다.

이쪽은 본척만척도 안 하는 거 아닌가?

설마… 부끄러워 하는 건가?

그야말로 새침데기의 교과서적인 반응에, 나는 할 말을 잃고 말았다.

*　　　　*　　　　*

[로우 드워프★]의 능력은 다음과 같았다.

[욕망의 주인★]은 [욕망 구현]과 [살아 있는 욕망]의 욕망 효율을 +50% 상승시켜 줬다. 이전 랭크에 비해 상승량이 두 배 가까이 되었기에 매우 흡족한 상향이다.

[살아 있는 석상★]은 [석화] 시 모든 기본 능력치 +50%, [체력]에

의한 방어 보너스 +100%. 원래는 체력만 올려 줬는데, 이젠 다 올려 주게 됐다.

덤으로 노화의 초기화도 여기 있을 텐데, 어차피 늙지 않는 모험가에겐 의미가 없는 옵션이라 그런지 설명에는 표기되어 있지 않더라.

[로우 드워프의 물욕★]은 [로우 드워프★] 상태에서 [솜씨], [욕망]이 +25%. 보너스의 증가는 없었지만, ★이 붙으면서 기존에 있던 [민첩] 페널티가 사라져 버렸다.

[독 면역 강화★]는 9랭크 미만의 독에는 완전 면역, 9랭크의 질병에는 99.99% 면역으로 이제는 독을 신경 쓸 필요가 사라졌다.

이 모든 옵션이 [로우 드워프★]로 변신했을 때만 쓸 수 있는 게 아쉬워질 정도다.

게다가 이 보상만큼은 [세계에게 사랑받는] 능력으로 2배가 되지 않는다는 점 또한 아쉽다.

아니, ★을 두 배로 줘야 하지 않나? 미궁에겐 실망이 크다.

내가 그렇게 [로우 드워프★]의 성능을 확인하며 미궁에게는 실망하고 있으려니, 로딘과 두 성좌의 이야기가 끝난 모양이다.

로딘이 내게 다가와 일단 감사부터 했다.

"감사합니다. 우가가! 우가우! …님."

그런데 너 언제까지 나 그렇게 부를래?

아무튼 어떻게 해결되려나 봤더니, 프연방의 5황 3제에 1왕이 더해질 듯했다.

1왕은 물론 '킹 오브 호프스'인 로딘이다.

아직 청소년인 로딘에게 그 정도의 권한을 줘도 되나 싶었지만, 그래도 나름 거대 세력을 이끌던 인재라 괜찮다는 대답이 돌아왔다.

"아니, 근데 쟤 범죄자잖아요? 산적질에 인신매매까지 했다던데?"

"산적질은 인신매매단을 털었고, 인신매매단을 털다 보니 인신매매하는 거 아니냐는 오해가 생긴 것뿐입니다."

로딘이 변명했다.

"그럼 인신매매단 털고 구한 사람들은 왜 고향에 안 돌려보냈는데?"

"가족이 돈 받고 팔아넘긴 애들은 돌려보내지 않았기 때문입니다. 그중에서도 돌아간다는 애들이 없진 않았고, 그런 애들은 돌려보냈습니다만……."

아하, 팔아넘긴 애들을 돌려받은 가족들이 떳떳할 리 없으니 입을 다물었던 거구만.

하지만 이게 거짓말이 아니라는 증거가 없지 않은가? 그냥 이 자리를 넘기려고 한 변명 아닐까?

"우리에겐 우리 아이들의 참과 거짓을 가릴 능력이 있으니 너무 걱정하지 않아도 된단다."

그때, 내 머릿속을 꿰뚫어 보기라도 한 듯 [고대 엘프 사냥꾼]이 나섰다.

"게다가 '호프스'는 우리에게 있어 희망이야. 우리가 결혼하기는 했지만, 엘프 사회와 드워프 사회는 아직도 물과 기름처럼 어울리지 않고 있거든."

그러나 '호프스'에서는 엘프도 드워프도 구분 없이 잘 지내니, 분리된 채 지내는 이들을 합칠 계면 활성제 역할을 수행할 수도 있지 않겠냐는 의미였다.

게다가 두 성좌는 '호프스', 정확히는 1왕이 수행할 역할에도 기대가 큰 듯했다.

그 숫자가 짝수인지라 대부분의 법안이 계류되어 있던 프연방의 상층부에 1왕이 더해짐으로써 강제적인 엑셀러레이터가 걸리게 된 셈이다.

절묘한 밸런스에 막혀 있던 법안이 로딘의 찬성과 반대에 따라 통과되든 좌초되든 할 테니 말이다.

물론 로딘이 아직 어리고 경험이 부족한 건 사실이라, 두 성좌가 뒤에서 코치해 줄 듯했다.

그럴거면 그냥 모든 판단을 성좌가 내려 주면 되지 않을까?

그런 생각이 들긴 했지만, 어쨌든 남의 집 사정인지라 굳이 입을 열지는 않았다.

아무튼 1왕의 합류로, 미적지근한 상태로 정지되었던 프연방은 어느 방향으로든 움직이게 될 것이다.

잘된 일이겠지?

*   *   *

드워프-엘프 연방 공화국의 정치 지도자에 1왕이 추가된 이후 처음 열린 최고 회의에서 가장 먼저 올라간 안건은 이씨 루트에리아 제국과의 동맹 건이었다.

이 안건은 내 예상을 뒤엎고 만장일치로 통과됐다.

이제까진 뭐든 4:4로 파벌 나눠서 다투고만 있다고 들었는데, 이게 이렇게 된다고?

"이철호 님께서 회의를 참관하고 계시는데 누가 감히 반대를 하겠습니까?"

로딘이 웃으며 말했다.

아니, 내 눈치를 본 거였어? 이래도 되는 거야?

괜히 내정 간섭 한 것 같아서 찝찝하지만, 뭐 그래도 전쟁이 나는 것보다야 낫지.

전쟁보다야 우호 관계가 낫고, 우호 관계보다는 동맹이 나을 것이다.

아니면 말고.

아무튼 이로써 양국의 국경이 열리고 상인들이 드나들 것이며 철도도 깔릴 거고…….

생각만 해도 앞으로 다사다난할 테지만, 그래도 잘 됐으면 좋겠군.

나는 남일처럼 생각했다.

그야 남일이니까!

*　　　　*　　　　*

31층에서는 일단 전쟁을 멈추고 봤던 나지만, 32층에서는 그럴 필요까지는 없었다.

일단 워낙 등장 세력이 많아진 데다, 개중에는 모험가가 붙지 않은 세력이 생겨났기 때문이다.

애초에 모험가가 퀘스트 때문에 상잔하는 걸 막으려고 전쟁을 막는 거였는데, 이런 경우가 아니라면 굳이 막을 이유가 없지.

특히 움직이는 온혈 동물이라면 일단 잡아서 큰도마뱀에게 먹이고 보려는 리자드맨 종족은 살려 둘 이유가 없었다.

"돌격."

내 [피투성이 깃발] 아래 모여든, 모험가로 이뤄진 특수 부대가 리자드맨 전사를 쓸어버리는 모습을 나는 지켜보았다.

[여신을 비웃는 자가 욕설을 늘어놓습니다.]

[행운의 여신이 여신을 비웃는 자를 비웃습니다.]

[여신을 비웃는 자가 이끄는 리자드맨 종족은 내 모습을 확인하더니, 이번에는 챔피언을 하나도 꺼내 놓지도 않고 바로 항복했다.

뭐야, 내 경험치는?

뭐, 어차피 클리어 등급으로 레벨 업 할 테니 경험치 먹겠다고 항복 퀘스트를 안 받아줄 이유는 없지만 말이다.

같은 상대를 두 번 쓰러뜨려서 그런지, 이번에는 [명예]가 들어오지 않는 대신 [여신을 비웃는 자의 가죽끈이 나왔다.

그것도 두 개나.

[여신을 비웃는 자의 성검, 피해를 무효화하고 적수에게 전이하는 그 아이템. 맞다.

"와우!"

이런 좋은 게 두 개나 나오다니!

이번엔 성검을 내린 챔피언이 둘이기라도 했나?

나는 기존에 들고 있던 [가죽끈]에 다른 가죽끈 두 개를 합쳐 보았다.

그러자 [가죽끈]들이 서로 막 뒤엉키더니 합쳐졌다.

[여신을 비웃는 자의 가죽끈++] 단일 대상으로부터 입은 모든 피해를 무효화 후 저장할 수 있다. 이렇게 저장된 피해를 지정한 대상에게 전이시킬 수 있다.

다섯 개까지 동시에 활성화시킬 수 있으며, 한 번 활성화된 가죽끈은 24시간 후 재사용할 수 있다.

그리고 이렇게 변했다.

"엇?!"

이렇게 될 걸 예상하고 한 짓은 아니었는데, 어떻게 이렇게 됐네?

옛날 [가죽끈] 시절 옵션은 단일 대상에게 입은 상처를 해당 가해자에게 즉각 전이시키는 사양이었다.

그런데 [가죽끈++]이 되면서 받은 피해 저장이 가능해지고 반사 대상에 지정 옵션이 들어가면서 쓰기 더 편해졌다.

종로에서 뺨 맞고 한강에서 뺨 때리는 게 가능해졌다는 이야기다.

게다가 사용 후에 가차 없이 끊어져 버렸고, 하루에 한 줄씩만 회복됐던 게 이제는 24시간 후에 다섯 줄 전부 재사용할 수 있게 바뀌었다.

마지막으로 '상처'에서 '피해'로 표기가 바뀌며 상태 이상까지 저장 가능하다는 사실이 밝혀졌다.

그러니까 이걸 [모발 부적++]처럼 쓸 수 있다는 소리다.

"야, 좋네."

물론 [모발 부적++]과 달리 단일 대상에 의한 피해 한정이라, 유상태처럼 일부러 자기한테 상태 이상을 잔뜩 걸고 전이시키는 식의 활용은 불가능하다.

타인이 상태 이상을 입힌 게 아니라 그냥 내가 졸릴 때는 여전히 유상태를 찾아가야 한다는 것도 큰 차이점이다.

그럼에도 불구하고 이 성검이 앞으로 유용하게 쓰이리라는 사실 자체는 부정할 수가 없다.

"리자드맨 한 번만 더 나왔으면 좋겠네!"

그때도 [가죽끈] 주면 또 합쳐서 업그레이드시킬 수 있을 테니까.

[가죽끈★]이 되면 대체 무슨 옵션이 붙을까?

아주 기대가 크다.

*　　　　*　　　　*

[클리어 크리스털]이 너무 순식간에 모였다.

이게 다 [세계에게 사랑받는] 능력 때문이다!

"아니, 빨리 모여서 나쁠 건 없지만."

어차피 시간 꽉 채워서 클리어 수락 버튼을 누를 테니 빨리 모이든 늦게 모이든 상관없었다.

고작 미궁 금화 몇 개 더 얻겠다고 굳이 기여도를 높일 생각도 없었고.

따라서 이번에도 나는 일반 기술 단련으로 시간을 보냈다.

그 이전에 세계를 돌며 [비밀 교환++]을 한 바퀴 쭉 돌리는 것을 잊지는 않았지만, 솔직히 별 기대는 할 수 없었고 실제로 그리 소득은 없었다.

시시한 던전 몇 개를 발견하긴 했지만, 경험치는커녕 먹을 게 하도 없어서 그냥 손대지 않고 다른 모험가에게 넘겼을 정도였으니.

그보단 바다에 가서 다른 곳에서는 단련하기 어려운 기술들을 챙기는 편이 훨씬 나았다.

32층이 되며 층계가 넓어져 대양으로의 항해가 가능해진 덕에 새로 올릴 수 있게 된 기술도 많아졌다.

[항해] 기술이나 [조선] 기술 같은 것 말이다.

최근에는 [파도타기] 기술에 푹 빠져 있었다.

특히 일부러 바다에 최고 출력의 [비이이이임!!!!]을 쏘고 파도를 타면 그 맛이 짜릿하기 짝이 없었다.

익숙해진 다음에는 파도를 타면서 [비이이이임!!!!]을 쏘기도 했다.

이 과정에서 인어… 가 아니라 트리톤 종족과 많이 친해지기도 했다.

원래 바다 깊은 곳에서 결계 치고 살던 친구들인데, 어느새 해안까지 올라와 양서류마냥 바다와 바닷가를 오가며 살게 되었다.

이렇게 된 이유는 내게도 있었다.

물속에서는 생선구이가 맛이 없다나?

하긴 물속에서 암만 불 피워 구워봤자 제대로 구워질 리가 없다.

구워진 걸 물속에 들고 들어가도 마찬가지고.

그런데 내가 200년 전에 잔뜩 대접한 생선구이가 맛있다며 수면 위로 올라온 걸 보면 참 뭐라 해야 할지……

아무튼 낮에는 [파도타기]를 즐기고 밤에는 요리와 술을 즐기며 노는 게 나쁘지는 않았다.

배우기도 많이 배웠고.

노는 시간을 제외한 모든 시간을 기술 단련에서 쏟아부은 결과, 기본 능력치를 모두 200 달성하는 쾌거를 이룩했다.

그리고 이렇게 기본 능력치가 오르자 [혈기] 또한 200을 찍었고, [혈기] 200 능력을 얻을 수 있게 되었다.

[시산혈해]: 지정한 아군 전체에게 [시산혈해] 강화 효과를 적용한다. 해당 강화 효과가 적용된 아군은 잃은 생명력에 비례한 전투력 증가 효과를 얻는다.

처음으로 얻은 200 능력 치고는 좀 수수한가?

하지만 경험상 [혈기] 관련 능력은 능력 설명이 수수할수록 강력했다.

"흠."

나는 내 다리 하나를 잘라 내고 [시산혈해]를 사용해 보았다.

그러자 전투력이 70% 정도 상승했다는 것을 알 수 있었다.

"흐음?"

생각보다 그리 굉장하진 않은데… 나는 [뼈★]를 꺼내 다리를 다시 붙였다.

그럼에도 전투력 보너스는 깎이지 않았다.

"이건 당연하고."

나는 다시 내 다리를 잘라 보았다. 그러자 전투력 보너스가 140%가 되었다.

"이거… 미쳤네."

그냥 미친 게 아니라 완전 미쳤다.

회복 수단을 마련해 놓고 이 능력을 적용하면 전투력이 풍선처럼 마구 부푼다는 소리 아닌가?

게다가 내 아군은 대부분 인간이다. 그것도 그냥 인간이 아니라 [인간+]이다.

즉, [인간의 끈기]와 [극한 상황의 괴력] 효과도 같이 받으면……

"이겼다."

나는 당장 싸울 상대가 없음에도 불구하고 일단 승리 선언부터 했다.

그럴 만한 능력이었으니까.

"이거 다른 200 능력들도 기대되는데?"

사실 미배분 능력치를 배분하면 지금이라도 확인할 수 있지만, 나는 굳이 그렇게까지 하진 않았다.

대신 [파도타기]를 당분간 쉬고 [연금술]에 매진해 볼 생각이었다.

역시 스펙업이 제일 재밌어! 최고야!!

$$*　　　　*　　　　*$$

결과.

"아오, 진짜."

나는 실패했다.

[신비 195]

[연금술] 1랭크가 모자라서 여기 멈추다니!

아니, 계산은 맞았다.

이 정도면 딱 두 랭크 올리고 [신비] 200 찍겠지? 하는 계산 말이다.

하지만 [연금술 10] 랭크 보너스가 [신비] 능력치가 아닌, [황금연금물질 제조]가 주어지고 말았다.

원래는 능력치보다 이게 더 좋은 게 맞긴 하다만, 지금은 아니었다.

이거 아니야!

[신비] 내놔!

"하… 그냥 미배분 능력치를 투자할까?"

아냐, 그러면 왠지 진 것 같은 기분이 들 것이다.

"쓰읍!"

나는 내면의 갈등에 괴로워하다가, 곧 해탈했다.

"파도나 타자."

역시 뭐가 막혔을 때는 레저 활동이지!

레저 활동이 제일 재밌어! 최고야!!

*   *   *

4서퐂이 도시에서 올릴 법한 일반 기술의 단련을 다 끝났다기에, 나는 그들을 바닷가로 불렀다.

바다에서만 단련할 수 있는 일반 기술을 전수해 주고, 뭐 시간 남으면 같이 놀 수도 있고.

후자 쪽에 좀 비중이 실린 건 기분 탓이겠지?

"저, 선생님."

그런데 나를 보자마자, 이수아가 이런 말을 했다.

"새카맣게 타셨네요. 처음에는 못 알아볼 뻔했어요."

엥? 뭐?

나는 그동안 신경도 안 썼던 외모가 갑자기 신경 쓰였다.

오랜만에 양철 거울을 꺼내 얼굴을 봤더니, 거울 안에는 못 보던 사람이 있었다.

…인종이 바뀌었는데?

적어도 한국인처럼은 보이지 않았다.

아니, [불꽃 초월]이 살 타는 것도 안 막아 주다니!

그보다 [체력]이 200인데 햇살에 저항도 못 해?

실망이 매우 컸다.

"끄응."

나는 머리를 긁었다.

그러자 머리에서 소금이 막 떨어졌다.

…어, 내가 그동안 좀 막 살기는 했구나.

머리카락도 소금을 너무 많이 먹어서 푸석푸석하는 게, 조금만 더 이대로 방치하면 머리카락이 부러질 것 같았다.

하, 이거 지금이라도 알아서 다행이네.

"알려줘서 고맙다."

나는 이수아에게 고마움을 표시했다.

4서폿에게 여기서 올릴 수 있는 기술 리스트를 공유해 준 나는 곧장 오두막에 틀어박혔다.

"[연금술]로 화장품을 만들 수 있었지, 아마?"

이제부터 나는 미백 화장품과 헤어 케어 제품을 만들어 볼 생각이었다.

이런 걸 만들면 제국이나 연방에 가면 귀족들에게 비싸게 팔리겠지?

돈도 좋지만, 일단은 먼저 내가 쓸 걸 만들어야겠다.

            *   *   *

결과.

빠밤빠밤!

[이철호]는 [연금술 11]을 달성했다!

[이철호]는 [신비] 200을 달성했다!

"이게… 이렇게 된다고?"

필요는 발명의 어머니라더니, 발명이 아닌 [연금술]의 어머니가 되어 버렸다.

그냥 나 쓰려고 미백 화장품 몇 종과 헤어 케어 제품 몇 종을 만드는 김에 비비 크림과 헤어 세팅 제품까지 만들고 흥이 나서 주름 개선제와 탈모 방지제까지 만들었을 뿐인데……

"이, 이거! 파세요! 저한테! 제발!!"

"타, 타타타, 탈모 방지제라고요?!"

이수아와 유상태가 내게 달려들 듯했다.

아니, 수아 너는 네 고유 능력 쓰면 피부가 원래 상태로 재생되지 않았니?

유상태 선생님도 [탈모] 따위 뽑아서 고칠 수 있는 거 아니셨어요?

내 물음에 대한 대답은 이랬다.

"그거랑 이거랑은 다르죠!"

"…뭐가 다른데?"

내 되물음에는 둘 다 대답하지 못했다.

대답할 순 없어도 뭐가 다르긴 다른 모양이었다.

"그, 그래."

나는 내가 생산한 [황금 연금 물질] 두 종을 판매했다.

그러자 눈치를 보던 김이선과 김명멸도 스스슥 다가오더니 내게 간절한 시선을 보냈다.

둘 다 잘 보니, 바닷가에서의 생활이 길었던 탓인지 피부가 건강하게 타 있었다.

솔직히 지금이 보기에는 좋았으나 각자 생각은 또 다르겠지.

내가 한 번 타 봐서 안다.

나는 넓은 마음으로 미백 제품을 넘겨주었다.

그러나 내가 잘못 짚은 모양이었다.

김이선은 군소리 없이 내게서 미백 화장품을 받아 갔지만, 김명멸은 머뭇거리다 내게 이런 말을 했다.

"아뇨, 저… 제게도 탈모 방지제를 팔아 주시면 안 되겠습니까?"

…아이고, 멸망아!

*   *   *

[신비] 200 능력은 이것이었다.

[신비한 세계]: 지정한 영역에 [신비한 세계]를 전개한다. 소모한 [신비]와 비례하여 지정할 수 있는 영역의 넓이와 지속 시간이 정해진다.

[신비한 세계] 안에서는 [신비] 소모가 0이 된다.

이것 또한 어마어마한 능력이었다.

"무한 [빔 인간]··· 이라고?"

나는 말을 잃었다.

하지만 실제로 사용해 보니 그렇게 쉽지는 않았다.

[빔 인간]은 제어하기 어려운 능력이다.

0.01초 만에 저 너머까지 단번에 날아가 버리는 능력이니 말이다.

그리고 [신비한 세계]로 지정할 수 있는 영역은 그렇게까지 넓지 않았다.

'세계'라는 것치곤 너무 좁지 않은지?

물론 지속 시간을 한계까지 줄이면 ㎞ 단위까지 범위를 늘릴 수 있다만, 이러면 [신비한 세계]를 쓰는 의미가 없다.

실제로는 한 걸음 범위를 지정하고 지속 시간을 길게 잡아 [비이이이임!!!!]을 무한 연사하는 고정 포대로서의 역할을 수행하는 게 가장 현실적이었다.

물론 이 정도만 돼도 대단한 거긴 했다.

무한 [빔 인간]이 아쉬울 뿐.

아, 무한 [빔 인간]이 되고 싶었는데!

나는 끙끙댔다.

계속해서 고민했다.

그리고 드디어 나는 답을 찾아냈다.

"가만, [세계]를 길쭉하게 잡으면 되지 않을까?"

나는 내 몸이 통과할 수 있을 너비로만 잡고, [신비한 세계]의 직선거리를 아주 길쭉하게 잡았다.

이렇게 잡고 나니 지속시간은 0.05초.

[빔 인간]을 다섯 번은 쓸 수 있는 시간이다.

"[빔 인간]의 약점은 쓰고 나서 [신비] 고갈로 빈틈이 생기는 거니, 그냥 갔다가 돌아올 수만 있어도 이득이야."

솔직히 말해 두 번만 쓸 수 있어도 된다!

그러나 이것도 마음대로 되진 않았다.

직선거리만 쭉 늘리는 데에도 한계가 있었기 때문이다.

"발상은 좋았는데……."

이렇게 무한 [빔 인간]의 꿈은 스러지고 마는가!

아니, 아니다!

"수련한다."

나는 [빔 인간]의 이동 거리를 의도적으로 줄이는 훈련을 시작했다.

쉽지 않은 일이었다.

[신비한 세계]든 [빔 인간]이든, 둘 다 사용할 때마다 [신비]를 다

써 버리는데 쉬울 리가 없다.

또 한 번 시도할 때마다 [신비]를 채워야 하다 보니 반복 숙달
이 어려울 수밖에 없었다.

32층에 남은 시간이 많은 것이 다행일 뿐.

그렇게 1년이 흘렀다.

4장
—
제33층

"…됐다!"

나는 드디어 [신비한 세계]의 범위 안에서만 [빔 인간]으로 왕복하는 데에 성공했다.

그러나 아직 성공한 것은 1회 왕복뿐, 2회 왕복을 사용하려면 더 연습해야 했다.

목표는 3회 왕복!

[빔 인간] 용으로 조정한 [신비한 세계]의 지속 시간은 0.05초.

단순 계산으로는 5회만 사용할 수 있지만, 최대한 딜레이를 줄여서 [신비한 세계]가 끝나기 직전에 [빔 인간]을 한 번 더 쓰는 게 목표였다.

"내가… 내가 빔이다!"

별로 혹독하지 않은, 하루에 딱 한 번의 연습이 다시 시작되었다!

"…아무 것도 안 했는데 끝나 버렸네."

32층에 허락된 시간이 어느새 끝나 간다.

나는 석양을 바라보며 허탈하게 중얼거렸다.

"아무것도 안 하긴요!"

그런데 내 혼잣말에 대꾸가 돌아왔다.

"배를 몇 척을 만들었고, 바다 항해를 어디까지 갔다 왔는데!"

이수아였다.

어쩌선지 화가 난 것 같다.

"소금 끓이는 건 좀 힘들더군요. 장작도 많이 필요했고, 온도 조절도 그렇고……."

이어서 말한 건 김명멸이다.

그렇지, [제염]이 좀 힘들긴 하지.

"아니, 나는 아무 불만 없는데? 다들 바다낚시 재미있지 않았나?"

유상태의 목소리는 유들유들했다.

"……."

김이선은 조용했다.

평소와 다른 점이라면 그 침묵이 별로 무섭게 느껴지지 않는다는 점이었다.

오히려 그 표정에 대단히 깊은 만족감이 떠올라 있었다.

"뭐야, 이선이 너! 너는 왜 아무 말도 안 해?! 아, 선생님이랑 으읍! 읍!!"

어, 김이선이 [민첩]을 언제 저렇게까지 올렸지?

물 흐르듯 움직여 이수아의 입을 막는 움직임을 보고 있노라
니 감탄밖에 나오지 않는다.

하긴 일반 기술을 그렇게 올려 댔으니 안 오르는 게 더 이상하
긴 하다.

"…어쨌든 이제 클리어 수락을 눌러야겠어."

32층에서 나는 31층의 반 정도밖에 클리어 퀘스트를 수행하지
않았다.

그럼에도 불구하고 내 수중에 모인 클리어 크리스털의 숫자는
31층 때의 배 이상이었다.

이게 다 [세계에게 사랑받는] 능력 덕이다.

하지만 이건 그저 내가 받는 크리스털의 양을 늘릴 뿐, 기여도
의 지분은 많이 높이지 못했다.

그야 열심히 하는 사람들이 더 많이 벌었을 테니 당연하다면
당연한 일이다.

이번에 얻은 내 기여도 비율은 불과 40%.

그리고 4서폿이 각자 10%, 8%, 7%, 5%였다.

김명멸, 김이선, 이수아, 유상태의 순서다.

그러니까 여기 모인 다섯 명의 지분만 모아도 70%나 되어버렸다.

…내가 4서폿을 너무 잘 키워 버린 것 같지?

"자, 그럼 누르자고."

"네, 선생님!"

그렇게 대답하면서 이수아는 내 곁에서 후다닥 떨어졌다.

"나랑… 같이 가고 싶지 않니?"

"네!"

내가 힘껏 마음의 상처를 크게 받은 연기를 펼쳤음에도 불구하고 이수아가 힘차게 외쳤다.

"저 다음 층에서는 놀 거예요, 파도타기를 즐기면서 놀 거라고요!"

"저는 같이 가고 싶어요."

이수아가 뭐라 뭐라 외치는 걸 끊고 김이선이 끼어들었다.

"응, 안 돼. 수아야, 데려가."

"아앗……!"

이번엔 김이선이 상처받은 연기를 펼쳤다.

열연이었다.

"그럼 누르자고들."

꾹.

＊　　　　＊　　　　＊

─ 32층 클리어!

─ 클리어 크리스털 정산 중입니다…….

─ 32층 클리어 등급: S

─ 32층 클리어 공통 보상이 지급됩니다…

─ 레벨 업!

─ 레벨 업!

─ 레벨 업!

- 레벨 업!
- 레벨 +2 보상이 지급되었습니다.
- 클리어 기여도 보상 산정 중입니다…….
- [이철호]님의 기여도는 40%입니다.
- 기여도 보상은 미궁 금화 40개입니다.

"아잇! 너무 놀았네!"

[세계에게 사랑받는] 능력을 써도 4레벨 밖에 못 올리다니, 실망이 크다.

아니, 진짜로 크다.

[이철호]

레벨: 199

이게 뭐니, 이게.

200레벨까지 딱 1레벨이 모자라잖아.

내가 좀 놀았다고 해서 클리어 등급이 두 단계나 떨어질 줄이야.

이건 예상하지 못했다.

"좋아, 이번에는 좀 열심히 뛰어 봐야지."

나는 다짐했다.

＊　　　　＊　　　　＊

- 33층 클리어!
- 클리어 크리스털 정산 중입니다…….
- 33층 클리어 등급: SS
- 33층 클리어 공통 보상이 지급됩니다…….

― 레벨 업!

― 레벨 업!

― 레벨 업!

― 레벨 업!

― 레벨 업!

― 레벨 업!

― 레벨 +3 보상이 지급되었습니다.

― 클리어 기여도 보상 산정 중입니다…….

― [이철호]님의 기여도는 67%입니다.

― 기여도 보상은 미궁 금화 67개입니다.

나는 33층을 클리어했다.

33층에서 보낸 5년간을 회고하자면… 별거 없었다.

32층의 200년 후 시대였는데, 그럼에도 불구하고 솔직히 뭐가
많이 바뀌지는 않았다.

그냥 이씨 제국이 더 넓어졌더라.

내가 그렇게 전쟁을 막았는데… 모험가들이 32층 졸업하고 나
니까 바로 정복 전쟁 벌였다고 한다.

이 자식들!

…잘했어!

그 와중에 프연방은 제국의 위협에서 살아남았다.

살아남은 정도가 아니라 이씨 제국의 유일한 동맹급 세력으로
인정받았다.

뭐지? 내 탓인가?

아니, 내 덕이지.

그렇게 내 덕에 프연방의 영토는 오히려 더욱 넓어지기까지 했다.

아, 엘프와 드워프의 혼혈종족인 '호프스'의 인구 비율은 이전보다 조금 더 상승했더라.

그렇게 강력한 2강 국가가 대륙에 떡 하니 버티고 있는데 변방에 추가된 세력들이 뭘 어떻게 해 볼 건더기는 없었다.

그래서 내가 32층에서보다는 더 활약하긴 했지만, 그렇다고 또 결정적인 역할을 수행하지는 못했다.

워낙 태평성대였어서.

특이사항이 있다고 한다면, 이씨 제국 여기저기 흩어져 살던 모험가들 중에서 현지인과 결혼해서 애를 낳은 인원이 꽤 많이 생겼다는 점일까.

아니, 5년이면 헤어질 사이인데 결혼하고 애까지 낳는다고?

나로서는 이해가 가지 않는 일이지만, 그렇다고 내가 나서서 제지할 일까지는 아니었다.

사건 영역으로 접어들면 이야기가 다르겠는데 그런 것도 아니고 자기들끼리 나서서 '로맨스'를 즐긴다니 뭐라 할 수 있을 리가.

아, 프연방에 가서 엘프를 꼬시려고 시도한 인물들이 없는 건 아니었고 성공사례도 좀 있긴 했지만… 애까지 본 사례는 극히 드물었다.

판타지 소설 같은 거 보면 하프 엘프가 그렇게 흔하게 나오는데, 현실에선 그렇게 쉽게 나오는 게 아닌가 보지.

그건 그렇다 치고 현지세력이면 거의 무조건 모험가를 적대시하고 봤던 회귀 전의 인식이 뒤엎어지는 사례인지라 좀 신기하긴 하다.

특히 엘프들.

7층과 17층 때만 해도 나 말고 다른 모험가는 보자마자 당장 못 죽여 손까지 벌벌 떨었던 엘프들이 이렇게까지 바뀔 줄이야.

이것도 나 때문인가?

…에이, 아니겠지.

아무튼 이렇게 모험가들이 결혼해서 애 낳고 살 정도로 평화로운 시대였다 보니 클리어 등급을 높이는 건 어려웠다.

오히려 그럼에도 불구하고 SS랭크를 찍었다고 봐야 했다.

게다가 내 입장에선 별로 실망할 일도 아니었다.

"200레벨 찍었으면 됐지, 뭐."

정확히는 205레벨이 된 거지만, 200레벨이 워낙 상징적이다 보니.

그래서 200레벨을 찍고 얻은 것은 무어냐!

바로 종족 등급의 상승이다.

종족: [인간++]

등급이라고 해도 그냥 +가 하나 더 붙은 것뿐이고, 이걸로 새 능력을 얻은 것도 아니지만……

좋다. 만족한다.

왜냐?

[인간의 끈기+]: 생명력이 0이 되어도 당장 죽지 않고 움직일 수 있다. 이 상태에서 아무 행동도 하지 않고 있으면 아주 천천히 생명력을 회복한다. 단, 이렇게 회복하는 생명력은 1로 제한된다.

끈기가 터졌어도 회복할 수단이 없으면 그냥 죽어 버려야 했던 기존 능력과 달리, 이제 1씩이나마 회복할 수 있는 추가 능력이 주어졌다.

고작 1이라고 무시할 게 못 된다.

이것만으로 생존 가능성이 확 커지니까.

예전 같으면 [끈기] 발동시킨 후에 회복도 못한 채 정신을 잃고 쓰러지면?

죽는다.

하지만 [끈기+]는?

산다.

0과 1의 차이라도, 그게 죽음과 삶의 차이라면 크디 클 수밖에 없다.

[극한 상황의 괴력+]: 생명력이 1% 미만인 [빈사] 상태일 때, [근력]에 200%의 추가 보너스를 얻는다. 이 능력은 5분간 지속된다.

[빈사] 상태를 벗어나면 바로 [근력] 증가 효과가 사라졌던 이전과 달리, 이제는 5분간의 여유가 주어지기 때문에 더욱 전략적인 활용이 가능해졌다.

일부러 한 대 크게 얻어맞고 회복하면서 [괴력]을 활용하는 식의 운영을 생각해 볼 만하다.

이 변태적인 운영 방식은 내가 아니라 김민수가 생각해 낸 거다.

변태는 그놈이다!

[인간의 가능성+]: 생명력이 0이 되어 사망 판정을 받아도 희박한 확률로 부활할 가능성이 있다. 단, [즉사] 판정된 상태에선 발동하지 않는다.

부활 확률이 '매우 희박한'에서 '희박한'으로 상향됐다.

확률이 거의 두 배 가까이 상승했지만, 딱히 체감은 안 될 것이다.

이걸 체감할 수 있을 정도라면 이미 죽어 버린 상태가 아닐까?

아무튼 새로 얻은 능력 모두 생존과 전투력에 큰 도움을 주는 상향을 얻었으니 만족할 만도 했다.

더불어 고유 능력도 등급이 올랐다.

[불변의 정신+++]: 외부의 정신적 상태 이상 발생 시도에 대해 훨씬 더 완벽하게 저항할 수 있다. 이 효과는 모험가가 살아 있을 때만 유효하다.

[불변의 정신+++]은 뭐 여전하다.

설명상으로는 '더욱더'가 '훨씬 더'로 바뀐 게 전부니 당연하겠지.

그러나 ++가 됐을 때의 든든함을 기억하고 있는 나로서는 도저히 불만을 털어놓을 수가 없다.

이 능력으로 목숨을 건졌던 게 몇 번인데 불만을 품겠는가.

+++가 됐으니 훨씬 든든해졌다는 걸로 결론을 내리도록 하자.

[비밀 교환+++]: 비밀의 냄새를 맡을 수 있다. 비밀을 지닌 대상에게서 원하는 비밀을 하나 알아낼 수 있다. 그 대가로 본인의 비밀 하나를 상대에게 지불해야 한다. (미리 지불한 비밀로도 교환은 성립한다.)

[비밀 교환+++]의 경우는 대격변 수준이다.

기존에는 먼저 내 비밀을 말하고, 교환 가능 아이콘이 뜨면 비밀을 알아내는 식이었다.

그러나 +++가 되면서 일단 비밀부터 알아내고 그 후에 내 비밀을 알려 줘도 되게 바뀌었다.

아, 물론 기존의 아이콘도 여전히 유효하다.

확인차 인벤토리에서 [행운의 여신] 성상을 꺼내 보니 아이콘 네 개 잘 떠 있더라고.

새로 아이콘을 생성할 수 있는지에 대해서도 확인이 끝났다.

아주 좋다!

아, 그리고 [행운] 200 능력도 새로 얻었다.

이건 그냥 이번에 클리어 등급 보상으로 205레벨 찍으면서 미배분 능력치를 투자한 것으로 얻었을 뿐이라 솔직히 별로 감흥이 생기지는 않았다.

않았으나…….

[운명 조작]: 행운을 소모하여 확률을 보정한다.

성능에는 관심이 있었다.

"하… 이거 써 봐야 감이 잡힐 거 같은데 마침 [행운]을 다 써 버렸네."

[로우 드워프★]가 된 김에 또 [욕망 구현]과 [청동 동전★★★]의 콤보를 활용해 새 장비를 만들었기 때문에 [행운]이 똑 떨어져 버렸다.

아, 뭐 만드느라 이렇게 됐냐고?

[반중력 로켓 추진식 슈퍼 보드]다.

32층의 바다에서 한창 [파도타기]를 하고 났더니 파도가 없던 곳에서도 서핑을 하고 싶어지더라고.

그래서 만들었다.

반중력, 그러니까 중력을 무시하는 기능 이거 하나를 넣기 위해 어마어마한 [욕망]을 소모해야 했다.

이걸 만드느라 [건틀릿]과 [부츠]도 팔아 버려야 했으나 후회는 없다.

정확히는 후회할 이유가 없었다.

왜냐면 [슈퍼 보드]의 성능이 대단히 만족스러웠기 때문이다.

일단 하늘에 뜨는 데에 부스터를 전혀, 조금도 소모하지 않는다는 점이 워낙 컸다.

고도 상승도 마찬가지다. 그냥 보드 위에 앉아서 부스터를 살짝만 켜면 그걸로 끝이다.

중력보다 더 강력한 추진력을 내기 위해 노력할 필요가 없다는 것이 이렇게 쾌적할 줄이야!

그 덕에 원래는 부스터 배터리 들어가야 할 부분에 대신 다양한 기능을 설치할 수 있었다.

완전 자동 비행이 그중 대표적인 거였다.

목적지 위치만 찍어 놓고 보드 위에 누워 있으면 도착한다.

안 그래도 세계가 넓어져서 돌아다니기 피곤해졌는데, 이 기능 하나로 얼마나 편해졌는지 모른다.

거기다 크기 변환 기능도 추가했다.

가장 작게는 평범한 스케이트보드 정도 크기에서 열 명 정도는 같이 누워서 갈 수 있는 크기까지도 부풀릴 수 있다.

옛날에 처음 [살아 있는 욕망] 얻었을 때나 써먹던 자동 방어 기능도 붙여 놔서, 내게 오는 공격을 바로바로 막아 주기까지 한다.

마지막으로 손잡이를 달아 놔서 무기처럼 휘두를 수도 있다. 이럴 때는 보드에 날이 생긴다.

반중력 기능을 끄고 휘두르면 중량 병기로써의 역할도 다 하기 때문에 내 [근력]을 그대로 반영한 강력한 공격이 가능하다.

물론 [전쟁검★★]보다야 못하지만, 그건 비교 대상을 잘못 고른 거고.

[건틀릿]과 [부츠]는 팔았어도 [제트윙]과 [백팩]은 남겨 뒀기 때문에 추진력을 더할 수도 있고, 추진력을 다 끄고 바람을 타서 활공도 가능하다.

물론 활공 자체는 [제트윙]으로도 가능하긴 했지만, 보드로 타는 건 또 나름의 맛이 있으니까.

사실 이게 원래 제작 목적이기도 했고.

33층에서 보낸 시간에 만족해 버린 게 이 슈퍼 보드의 완성 덕을 보지 않았다고는 할 수 없었다.

이걸 단번에 완성한 것도 아니고, 오랫동안 써 보면서 하나씩 기능을 추가해 가며 만들었으니까.

완성했을 때의 충족감은 이루 말할 수 없을 정도였다.

음, 역시 이거 만드느라 [행운] 다 바꿔먹은 건 전혀 후회가 안 된다.

[행운] 200 능력이야 다음에 시험 운행하면 되지.

그보다 중요한 게 또 따로 있기도 하고 말이다.

5장
—
제34층

"후… 그래서 여긴 또 어디야?"

여기는 34층이다.

그건 알고 있다.

문제는 딱 그것만 알고 있다는 점이다.

여기가 34층 세계의 어디쯤인지 전혀 모르겠다.

주변을 둘러봐도 감이 잡히지 않았다.

"일단 좀 올라가 볼까?"

높은 데서 보면 힌트가 좀 나올까 싶어, 나는 [슈퍼 보드]에 올라 고도를 높였다.

층계야 계속 바뀌긴 했어도, 나는 이 대륙에만 15년 가까이 있었다.

어지간하면 고도 좀 높여서 지형 보면 여기가 어딘지 다 알 수 있게 될 정도로 내공이 쌓였다.

물론 층계가 확장되면서 새로 열리게 된 곳은 모르지만…….

"…모르겠는데?"

그렇다면 여기가 그 확장된 곳인가 보군!

나는 그렇게 섣불리 결론을 내렸다.

일단, 내 섣부른 결론이 그리 틀린 것은 아니었다.

아니, 정답이었다.

단, 80% 정도만.

20%는 내가 아는 곳이었는데, 그럼에도 불구하고 내가 알아보지 못한 이유는 간단했다.

지각 변동.

화산과 지진으로 인해, 주변의 지형이 완전히 바뀌어 버린 탓이었다.

그런데 그 천재지변으로 인해 바뀐 것은 지형뿐만이 아니었다.

먼저, 이씨 루트에리아 제국이 두 조각 났다.

동 이씨 루트에리아 제국과 서 이씨 루트에리아 제국으로 나뉘어, 두 명의 황제가 각 제국을 다스렸다.

그러나 이 또한 길지 않았다.

동쪽에서 찾아온 이민족이 서 이씨 루트에리아 제국을 멸망시키고, 오토비아 제국을 세워 버렸기 때문이었다.

왜 동제국만 살아남고 서제국은 망했냐고 묻지 말아 줬으면 좋겠다.

나도 모르니까.

뭐, 동제국이 잘 막았겠지.

이런 추측만이 가능할 뿐이다.

이런 생각은 사실 할 필요가 없었다.

왜냐하면 오토비아 제국이 곧 멸망했기 때문이다.

그것도 외적의 침입으로 멸망한 게 아니라, 자기들끼리 찢어져 싸우다가 멸망했단다.

아들이 여섯이면 여섯 모두에게 땅을 나눠 주는 게 오토비아 제국 초대 황제의 유훈이었다나?

그래서 후손들이 그 유훈을 쓸데없이 잘 지킨 결과, 제국은 수십, 수백 조각으로 찢어졌다.

수백 개의 군주령으로 이뤄진 오토비아 왕국의 탄생이었다.

그것도 왕이 여럿인, 정확히는 자신이 왕이라 주장하는 놈들이 여럿인 기이한 왕국이었다.

이렇게 개판이어도 되는 걸까?

이 정도면 그냥 동 이 씨 루트에리아 제국에서 쳐들어와 재흡수도 가능할 것 같은데?

그러나 그것은 동제국에서 무슨 일이 일어났는지 몰랐을 때나 할 수 있는 이야기였다.

결론부터 말하자면 그럴 일은 없었다.

왜냐하면 동제국도 망했으니까.

사실 완전히 망하지는 않았다.

하지만 수도 하나만 남기고 주변을 다 털려서 도시 국가처럼 된 거면 그게 망한 거 아닐까?

"왜 이렇게 된 겁니까?"

[…잠깐 한눈을 팔았거든.]

[아름다운 로맨스]가 변명하듯 말했다.

"아니, 그게……."

[우리는 잘나갔어. 지나치게 잘나갔지.]

본인이 말하기에도 무리한 변명인 걸 알았는지, [로맨스] 성좌는 이어 말했다.

[지난 600년간, 나와 그대의 루트에리아 제국은 문자 그대로 꽃처럼 피었네.]

"…제 제국은 아닙니다만."

[어쨌든 그대가 보우했지.]

뭐, 그건 그렇지.

[하지만 아름다운 꽃이 피면 군이 꺾으려는 놈들이 꼭 나타나기 마련이지. 그것도 여럿이.]

성좌씩이나 되어서 이민족의 침략을 저렇게 쓸데없이 문학적으로 비유한 것은 아니리라. 나는 잠자코 이어질 변명을 기다렸다.

[지난 200년간, 그놈의 [색채]가 몇 번이나 떨어졌는지 아는가?]

그렇게 나온 변명은 예상외의 것이었다.

아니, 이걸 그냥 변명이라 치부할 수가 있나?

직접 [색채]를 겪어 본 내 입장상, 결코 그럴 수 없다.

"…정말입니까?"

[내가 왜 군이 거짓을 말하겠는가?]

사실 [아름다운 로맨스]는 거짓말을 하고도 남을 성좌긴 했지만, [색채]는 변명으로 꺼내기엔 너무 중대한 존재였다.

[제국의 화려한 색을 빨아먹기 위해 [우주에서 온 색채]가 몇 번이고 운석을 떨어뜨렸네.]

게다가 [아름다운 로맨스]는 [우주에서 온 색채], 그 침략자의 이름을 정확하게 말했다.

27층에서 [색채]가 담긴 운석이 떨어지는 광경을 목격한 적이 있는 나는 무겁게 고개를 끄덕였다.

"…그래서 신경을 못 쓰셨군요."

[말하고 보니 변명이지만, 그래, 그마저도 제대로 막지 못해 화산이고 지진이고 해일이고 난리가 났네만.]

내가 알아볼 수 없을 정도로 지형이 뒤틀린 게 [색채]가 떨어진 탓이었나?

하긴, 그럴 만도 하지.

[색채]에게 색을 빼앗긴 것만으로 바위가 부스러지고 지반이 무너졌다면 당연히 자연재해가 잇달아 발생할 수밖에 없다.

어휴, 난리도 아니었겠군.

하지만 한 가지, 신경 쓰이는 점이 남아 있다.

"…그런데 [피투성이 피바라기]는 어디 갔습니까?"

이씨 루트에리아 제국은 [로맨스] 성좌만의 것이 아니다.

[피투성이 피바라기] 성좌가 공동 투자 한 상품이다.

꽤나 강력한 축에 속할 성좌인 [피투성이 피바라기]가 제국의 쇠락을 그냥 눈 뜨고 보기만 했다?

이건 그냥 넘어갈 수 있는 사안이 아니었다.

[몰랐나? 서쪽 제국… 지금은 오토비아 왕국이랬나? 그게 놈의 것이야.]

아, 그게?

[그곳에선 지금도 끊임없는 전쟁이 벌어지고 있으니 아주 흡족

하겠지.]

하긴 서로 왕이라고 주장하는 놈들이 말로만 그러고 있을 리가 만무하다.

자기 말고 다 죽이면 왕이 될 텐데, 왜 안 죽이려고 하겠는가?

게다가 시련이랍시고 내게 몇 번씩이나 어려운 전투를 강요했던 [피투성이 피바라기]의 성정이라면, 자신의 제국을 수백 개로 찢어 놓고 전쟁을 강요할 법도 했다.

하이고……

문제는 그 전쟁에 휘말릴 사람들이었다.

평범한 시민들도 시민들이지만, 모험가인 내 입장에선 당연히 같은 모험가가 더 눈에 밟혔다.

지금쯤 전쟁 퀘스트 몇 개쯤 받아서 용병을 뛰고 있을지도 모르겠군.

게다가 모험가 중 적지 않은 수가 지난 33층에서 결혼해서 애까지 봤다.

돈이나 퀘스트가 아니라 다른 이유, 그러니까 혈육의 정 때문에 전쟁에 휘말렸을 가능성도 배제할 수 없다.

그들끼리 싸워 죽어 나가기 전에 뭔가 수를 쓰긴 써야 한다.

그런데 어떻게, 무슨 수를 써야 이 골치 아픈 사태를 해결할 수 있을까?

생각만 해도 머리가 아파진다.

*   *   *

[이철호]: 공지 사항입니다. 여러분도 혼란이 많으실 것으로 이해합니다. 다만 한 가지만 지켜 주셨으면 합니다.

[이철호]: 전쟁 참가 금지는 상황이 상황이니만큼 일단 무효로 돌리겠습니다.

[이철호]: 단, 모험가 사이의 분쟁은 최대한 피해 주시기 바랍니다.

[이철호]: 퀘스트 수락 시에 적 진영에 모험가가 포함되어 있지 않아야 한다는 것을 확실히 해 주십시오.

[이철호]: 물론 이 조건을 받아들이지 않을 군주가 있을 수 있겠습니다만, 그럴 땐 제게 알려 주십시오. 필요하다면 제가 개입하겠습니다.

일단 내가 조치한 건 스위스 용병식의 원칙을 세우는 것이었다.

그렇다고 진짜 스위스 용병처럼 고용주를 위해 목숨을 바치라느니, 명예를 중요하게 여기라느니 하는 건 다 빼고 딱 하나만 남겼다.

동족상잔만은 피하자.

이게 얼마나 효과가 있을까?

말뿐이라면 그리 효과가 크진 않으리라.

아니, 아예 없겠지.

하지만 나는 최대한 효과를 끌어올릴 생각이었다.

계속해서 개입하고, 난입하고, [칙령]을 흩뿌리면서.

최대한 많은 모험가를 살려서 미궁을 진행하기 위해서는 그래야만 했으니까.

"이번에는 클리어 등급을 그리 높일 수 없겠군."

상관없다.

클리어 등급 SSS를 받고 레벨 +10을 보상으로 받아도 어차피 레벨 한계 때문에 다 받지도 못하니까.

이번에는 S만 받으면 된다.

그런 생각으로 임하자.

* * *

상황이 이렇게 됐으니만큼 내 주요 활동 지역은 자연히 오토비아 왕국이 됐다.

온전한 이씨 제국 시절에 이쪽 지역은 그냥 변방이었는데 말이지.

"나다! 내가 왔다!"

"젠장! 이철호 폐하께서 오셨다!"

"폐하! 만수무강하소서!!"

쿵!

내가 하늘에서 낙하해 오자마자 양 진영의 용병들이 호들갑을 떨어대었다.

승기를 잡았던 쪽은 욕설 아닌 욕설을, 질 뻔했던 쪽은 환호하며 내게 절을 하고 있었다.

아, 이철호 폐하?

내가 왕들의 전횡을 다 막고 다니다 보니, 왕보다 높으신 분이랍시고 황제라 떠드는 거였다.

하긴 오토비아 왕국에만 십수 명씩 되는 왕들보다야 내가 더 높긴 하겠지.

동네 이장 같은 놈들이 왕왕거리며 짖고 다니니 하찮게 여겨지지 않을 수가 없었다.

"이거 이대로는 끝이 없겠군."

왕들은 내 말을 잘 듣지 않았다.

모험가들은 강력한 용병이었고, 승리를 보장받기 위해서는 반드시 영입해야 했다.

그래서 그들은 적 진영에 모험가가 없다고 거짓말을 하거나 모험가의 후손을 인질로 잡아서 협박하는 등, 무슨 수를 써서든 고용하려 했다.

그 결과, 내가 직접 나서지 않으면 사태가 해결되지 않는 일이 잦아졌다.

야근만 벌써 몇 번인지!

"뭐라도 수를 내야겠어."

그리고 그 수는 이미 생각해 둔 게 있었다.

나는 그냥 전장에 떨어져 [칙령]만 선포하고 다닌 게 아니다.

모험가들에게도 사정을 들었지만, 그 외의 사람들, 그러니까 시민들이나 병사들을 상대로도 정보 수집에 열을 올렸다.

그렇게 열을 올린 목적은 하나였다.

이 왕국에서 난립하는 무수한 왕 중에 누가 가장 왕좌에 앉기에 적합한가를 알아보기 위함이었다.

내가 왕이 된다는 건 처음부터 선택지에 존재하지 않았다.

층계에 5년만 머물고 갈 모험가가 왕이 되어 봤자 아무 의미도 없기 때문이다.

그래서 현지인을 왕으로 내세워야 했다.

왕으로 삼을 기준은 혈통이나 명예, 세력의 크기나 병사의 정예도 따위가 아니었다. 얼마나 내 말을 잘 듣고 모험가들을 존중해 주었는가, 이것 하나였다.

그 외에는 인성도 봤다. 아무리 내가 괴뢰 왕을 세워도 군심과 민심을 사지 못하면 결국 쿠데타로 목이 떨어질 테니까.

200년 후에도 이 대륙에서 활동해야 하는 것이 모험가들 입장이니만큼, 왕국을 오래 안정적으로 다스릴 인물이 좋았다.

그래서 내가 고른 인물이 바로 이 사람이었다.

이솔롱.

이씨 루트에리아 제국의 황실 혈통 중 먼 방계로, 성은 이씨에 이름이 솔롱이었다.

뽑고 보니 혈통이 좋은 것 같지만 사실 그런 것도 아니었다.

오토비아 왕국의 왕들은 대부분 이씨였으니까.

지들이 멸망시킨 이씨 루트에리아 제국의 혈손이라는 게 지배 명분으로 강하게 작용하는 탓에, 몇몇 왕이 자기 성씨를 갈아 타기까지 한 결과였다.

하지만 이솔롱은 진짜 황실 혈통이었다.

[잘 골랐다.]

[피투성이 피바라기]가 보증했거든.

*   *   *

[피투성이 피바라기]가 다시 튀어나온 건 내가 주도해서 '오토비아의 왕'을 뽑겠다고 결심했을 때의 일이었다.

[무한한 전쟁, 끝없는 살육, 피가 강처럼 흘러 그치지 않고 시체가 산처럼 쌓이는 광경.]

만약 청소년, 그러니까 외모 기준 이수아 나이대의 소년이 이런 말을 했다면 측은하게 바라봐줬을 테지만.

상대는 성좌였다.

안타깝게도.

[아주 오랫동안 즐겼다. 200년 동안이나 말이지.]

그러셨군요.

[하지만 그것이 내 힘을 지속적으로 깎아 먹었다는 것만큼은 인정할 수밖에 없군.]

"…예?"

그게 성좌로서 힘을 쌓기 위해 한 짓인 줄 알았더니, 그것도 아니었다고?

"전쟁을 주관하는 성좌 아니셨습니까?"

[잘 추측해 냈군. 맞다.]

아니, 추측이라기보다는 그냥 [아름다운 로맨스]가 대놓고 말해 주던데.

하지만 나는 여기서 [로맨스]의 이름을 꺼내지는 않았다.

"그런데 왜……."

[전쟁이 일어남으로써 얻은 힘보다 전쟁으로 인해 신도들이 죽어 나감으로써 생긴 손실이 더 커졌거든.]

진짜 문자 그대로 너무 즐기셨군요.

나는 생각만 하고 말은 하지 않았다.

[내 유희를 방해하려는 ■■를 막는 데에도 낭비가 심했다만.]

그럼에도 내 시선에서 불경한 비난의 의도가 느껴졌는지, 이런 변명이 이어지긴 했다.

[아무튼 그래서, 이제 힘을 좀 쌓아야겠다.]

"그러시군요."

[물론 공짜는 아니다. 값을 치르도록 하지.]

"예, 고객님."

어서오십쇼!

*　　　*　　　*

[피투성이 피바라기]가 내게 내린 퀘스트는 [클리어 퀘스트]가 아닌 [성좌 퀘스트]였다.

보상은 [전쟁검★★★].

내 [전쟁검★★]을 강화해 주겠다는 뜻이겠지.

내가 이걸 ★★인 채로 좀 오래 쓰긴 했다.

그래도 이만한 무기가 없어서 계속 쓰긴 했는데, 슬슬 강화시켜 줄 때도 되긴 됐지.

해서 나는 [피투성이 피바라기]의 [성좌 퀘스트]를 흔쾌히 받았다.

퀘스트의 내용은 통일 오토비아 왕국의 성립.

별로 어려울 것 같지 않았다.

그렇게 퀘스트를 받고 일에 착수한 지 약 1년이 지난 어느 날.

"됐다."

이솔롱의 이씨 오토비아 왕국이 수없이 난립하던 왕들을 모조리 쓰러뜨리고 드디어 왕국 전체의 패권을 쥐었다.

아니, 생각보다는 어려웠다.

공지 사항을 날려 오토비아 지역에 활동하는 모든 모험가를 내 휘하에 넣었음에도 어려운 부분이 생길 줄은 솔직히 예상하지 못했다.

왕국 일통이라는 게 군사력만으로 되는 건 아니고, 그보다는 정치력과 수완이 훨씬 더 중요했다.

다행히 이솔롱이라는 양반이 그 부분을 잘 채워 줘서 1년밖에 안 걸렸던 거지, 아니었으면 지금까지도 수없는 배신과 반란에 시달렸을 수도 있다.

다만 그 대가로 기존 주요 세력의 왕들에게는 공작 작위를 주고, 그 미만의 왕들에겐 백작 작위를 주는 식의 봉건제를 채용할 수밖에 없었던 건 아쉬웠다.

[아니, 이게 좋아. 이래야 영지전이 일어나지.]

말하는 것을 들어 보면 [피투성이 피바라기]는 아직도 정신을 못 차린 것 같지만, 나는 그냥 놔두기로 했다.

성좌한테 정신 교육을? 내가? 왜?

그런 것보다 나는 보상만 받으면 그만이다.

6장
—
제35층

[피투성이 피바라기]로부터 받은 보상은 이것이었다.

[피투성이 피바라기의 전쟁검★★★]: 전쟁검을 다루는 동안 전투력이 [혈기]만큼 상승하며, [혈기]를 소모하는 능력의 최대 출력이 100%만큼 상승한다.

[혈기]를 소모해 [피바람]을 일으킬 수 있다.

승리를 거두면 소모한 [혈기]가 완전히 회복된다.

"오!"

[혈기]를 소모하는 능력의 최대 출력이 2배 뻥?!

"이건 정말 참을 수가 없군!"

나는 곧장 그 자리에서 일어나 [혈투창]을 최대 출력으로 쏴 봤다.

펑! 퍼퍼퍼펑!!

그러자 기존보다 두 배 분량의 [혈기]를 정직하게 소모하면서 [혈투창]의 위력이 폭발적으로 증가했다.

순간 화력을 끌어올리는 능력은 언제나 옳다.

나는 매우 흡족했다.

"감사합니다, [피투성이 피바라기] 님."

이런 걸 또 받을 수 있다면 오토비아 왕국이 다시 수백 조각, 수천 조각으로 쪼개져도 괜찮을 것 같다는 인성 상실한 생각이 떠오를 정도였다.

[역시 너는 내 하수인으로 적합한 인재다.]

그리고 이러한 내 인성을 꿰뚫어 보기라도 한듯, [피투성이 피바라기]는 매우 흡족한 목소리로 이런 소릴 지껄이고 있었다.

부정하고 싶은데, 부정할 근거가 없네?

*　　　　　*　　　　　*

그 이듬해, 나는 동 이씨 루트에리아 제국의 강역을 상당 부분 수복시켰다.

당연히 공짜는 아니었다.

[클리어 크리스틸]을 한계까지 뜯어낸 것은 당연하고, [아름다운 로맨스] 성좌의 성검까지 받아 냈으니까.

아, [아름다운 로맨스] 성좌의 성검은 이거였다.

[아름다운 로맨스의 스탠딩 마이크★]: 스탠딩 마이크를 사용하는 동안 [매력] 100% 보너스. 이 보너스는 능력치 한계의 영향을 받지 않는다.

음… 이걸 어디다 쓰지?

뭐, 살다 보면 쓸 일도 있겠지.

나는 불경한 생각을 하며 받은 성검을 인벤토리 안에 밀어 넣었다.

"감사합니다."

[별로 감사한 기색이 아닌데?]

아니, 어떻게 알았지?

[이러니 남자들이란. 그러나 네게 사랑하는 이가 생겼을 때, 너는 그 마이크의 힘에 매료되지 않을 수 없을 것이다.]

…그러긴 할 것 같습니다만, 그게 지금은 아니죠?

*   *   *

동 이씨 루트에리아 제국에서의 일을 마친 후, 나는 프연방에 들렀다.

[왔나.]

[고대 드워프 광부]가 나를 반겼다.

…반긴 거 맞나?

[우리는 오랜만이라 느낀다만, 네 기준에선 별로 오랜만이 아니겠지.]

기분 탓인지 모르겠지만, [고대 엘프 사냥꾼]의 말투에 나긋나긋함이 좀 줄어든 것 같기도 하다.

"잘 지내셨습니까?"

[아, 그래. 조금 피곤하긴 하지만.]

그 말과는 달리, [고대 드워프 광부]의 목소리에는 짙은 피로감이 느껴졌다.

역시 [색채]의 운석을 막느라 그런 거겠지.

[우리는 별일 없이 잘 지낸다.]

[고대 엘프 사냥꾼]이 이어서 말했다.

…목소리만 들으면 별일 있는 것 같은데?

그러나 직접 발을 옮겨 둘러보니, 프연방은 200년 전, 그러니까 33층에서 봤을 때와 그리 많은 차이가 있지는 않았다.

호프스의 비율이 조금 더 늘어나 이제 그 인구 비율이 드워프와 맞먹게 된 것은 있었지만, 이씨 제국처럼 대격변이 일어나거나 하지는 않았다.

역시 이쪽은 변화가 적다.

아무래도 엘프와 드워프의 수명이 길어서 그런 거겠지?

아무리 그래도 그렇지, 처음 만난 지 400년이나 지났는데 5황 3제 중에 한 명도 안 바뀐 거 실화냐?

그나마 호프스의 수명이 조금 짧아서 1왕의 얼굴은 바뀌었더라.

그 1왕이 나를 보자마자 이렇게 말했다.

"오, 전설 속의 우가가 우가우를 뵙습니다!"

오늘 처음 보는 거지만, 나는 네가 싫어졌다.

뭐, 그건 그거고 이건 이거지.

종족 지도자들과는 적당히 인사를 나눈 후, 나는 성좌가 주는 퀘스트를 수행해 [클리어 크리스털]을 딱 100개만 받아 낸 뒤 떠났다.

…이쪽에선 성검 못 뜯어낸 게 좀 아쉽긴 하네.

그런 인성 터진 생각이 들긴 했지만, 생각 정도야 할 수는 있는 거 아닌가?

나는 당당해지기로 했다.

＊　　　　＊　　　　＊

— 34층 클리어!
— 클리어 크리스털 정산 중입니다…….
— 34층 클리어 등급: SS
— 34층 클리어 공통 보상이 지급됩니다…….
— 레벨 업!
— 레벨 업!
— 레벨…….
— 레벨 +3 보상이 지급되었습니다.
— 레벨 한계에 걸려, 경험치 보상으로 대체됩니다.
— 클리어 기여도 보상 산정 중입니다…….
— [이철호]님의 기여도는 77%입니다.
— 기여도 보상은 미궁 금화 77개입니다.

＊　　　　＊　　　　＊

나는 210레벨이 됐다.

그렇다고 해서 뭐가 그렇게 많이 바뀌지는 않았다. 일단 34층에선 33층보다야 바쁘게 돌아다니기도 했고, 올릴 만한 기본 기술도 다 올려놓기도 했고.

그냥 레벨만 올랐달까.

아, 행운도 올려 두긴 했다.

"그러고 보니 [운명 조작] 능력을 실험해 본다고 했는데 이것도 못 했네."

뭐, 35층에서 하면 되겠지.

[욕망] 장비도 새로 마련한 게 없다.

그냥 [슈퍼 보드]에 배터리 몇 개 더 달아서 운용 시간을 연장하고 최대 출력을 올렸을 뿐.

그래서 [욕망]에도 꽤 여유가 있다. [욕망 구현]으로 구현할 만한 욕망이 없는 것도 이유이긴 하지만…….

30층대에 올라온 이후, 그동안 강적을 만난 적도, 넘어서지 못할 고난에 직면한 적도 없었으니 이렇다 할 욕망이 생기지 않는 것도 당연하긴 했다.

뭐, 굳이 목숨 안 걸어도 클리어 등급만 챙기면 레벨이 따박따박 오르는데 굳이 강적을 찾아다닐 이유도 없지.

앞으로도 이대로만 갔으면 좋겠다.

나는 그런 생각을 품고, 지금 막 도착한 35층을 둘러보았다.

"…하아……."

그리고 긴 한숨을 내쉬었다.

타오르는 불길, 무너진 건물들, 사람들의 피와 죽음, 그리고 약탈당하는 이들의 울부짖음.

전쟁 통이었다.

"아, 귀찮게."

내가 느낀 감정은 충격이나 공포가 아니라 지겨움에서 오는 스트레스에 가까웠다.

역시 핵이라도 개발돼서 전쟁을 벌이려는 늙은이들 머리 위에 죽음이 겨눠지기 전까지는 전쟁이 없어질 것 같지 않다.

그렇다면 어쩔 수 없지.

내가 핵이 되어 주는 수밖에.

*   *   *

반가운 손님을 모셨습니다.

"와! 오크!"

"크, 꾸룩?!"

[위대한 오크 투사] 성좌가 보유하는 오크 종족이 35층에 등장했다.

되게 반갑네.

"마침 제가 [뼈★]에 별 하나만 더 달아 주고 싶었던 참이거든요."

[[뼈★]가 뭐냐! [위대한 오크 투사의 대퇴부 뼈★]라고 확실하게 말해라!]

"네, 그 [뼈★]요."

[떠그럴 놈!]

리자드맨의 [여신을 비웃는 자]와는 달리, 오크를 이끄는 [위대한 오크 투사]는 날 보자마자 바로 층계를 떠나거나 하지는 않았다.

오히려 내게 협력을 요구했다.

[성좌 퀘스트: 오크의 대륙 정착을 도와라!]

[오크도 살 권리가 있다! 정착을 돕는다면 원하는 보상을 주겠다!]

[보상: [뼈★]의 업그레이드]

뭐야, 자기도 [뼈★]라고 말할 거면서.

하지만 나는 굳이 따지고 들진 않았다.

"알겠습니다. 돕겠습니다."

이제부터 동업자가 될 텐데 굳이 심기 거스를 이유가 없지.

[좋다!]

내가 이 퀘스트를 받아들인 이유는 간단하다.

오크의 정착을 도우면 오크 종족도 [클리어 퀘스트]를 발행할 수 있게 될 테니까.

게다가 내게 우호적인 종족을 하나쯤 늘려 두는 것도 나쁘지 않았다.

리자드맨과 달리 오크는 사람을 자기 애완동물에게 먹이고 다니진 않으니까.

좀 전쟁광이긴 하지만, 그래도 일단 말이 통한다는 건 중요하다.

그리고 내가 적절히 우호도를 쌓고 은혜를 입혀 두면 관계성의 진전도 기대할 수 있겠지.

게다가 오크만이 가진 새로운 일반 기술을 배울 수 있을지도 모른다!

진심은 어떻냐고 묻는다면 이런 걸 다 떠나서 [뼈★] 업그레이드에 혹한 게 사실이긴 했지만, 나는 내심 내 동기에 대해 열심히 치장했다.

어쨌든 내가 도움을 주던 엘프나 드워프와 적대시하던 종족인 건 맞으니까, 꺼림칙함을 극복하기 위해선 포장을 좀 하긴 해야 했다.

아무튼 그 결과.

[고맙다!]

나는 [뼈★]를 [뼈★★]로 업그레이드할 수 있게 되었다.

[위대한 오크 투사의 대퇴부 뼈★★]: 적에게서 피해를 입었을 경우, [명예]를 소모하여 피해를 무효화 할 수 있다. 이렇게 소모된 [명예]는 시간이 지남에 따라 회복된다.

무엇이 바뀌었는지 알겠는가?

'천천히 회복된다'가 '시간이 지남에 따라 회복된다'로 바뀌었다.

즉, 소모된 [명예]의 회복되는 속도가 빨라졌다는 뜻이다!

시험 삼아 팔을 자르고 [뼈★★]를 사용해 봤더니, 대략 절반의 시간 만에 [명예]가 회복됨을 알 수 있었다.

그런데 더욱 놀라운 점은 따로 있다.

능력 설명에는 표기가 되어 있지 않았지만, 팔 하나 자르고 회복할 때 드는 [명예]의 양이 10에서 7로 무려 30%나 경감되어 있었다!

새로운 효과 하나 추가를 바랐던 내 입장에서 볼 때 이 변경점은 처음엔 좀 미묘한 느낌이었지만, 시험 가동을 마친 후엔 대만족으로 바뀌었다.

안 그래도 [혈기] 200 능력으로 [시산혈해]를 얻었는데, 이걸 더욱 효율적으로 활용할 수 있는 능력을 얻은 셈이니 만족 안 할 수가 없지.

"저야말로 감사합니다."

그러니 나도 [전설적인 오크 투사] 성좌에게 깊이 감사할 수 있었다.

옛일 따위 뭐가 중요하겠는가?

성검의 성능이 최고다!

* * *

대충 오크 정착을 마저 돕고 클리어 크리스털을 모은 후, 나는 오크의 세력을 떠났다.

사실 클리어 크리스털이 다 모이지 않았어도 떠나야 했을 거다.

왜냐하면 빅 이벤트가 일어났거든.

[김명멸: 저, 선생님? 큰일 났습니다.]

200년 전, 이씨 제국이 둘로 쪼개지고 그 중 서제국은 수천 개로 갈기갈기 찢겨나갈 때도 멀쩡했던 프연방에서 사건이 터졌다.

그것은 바로…….

[이수아: 엘프 성좌랑 드워프 성좌가 부부 싸움 한대요!]

그런 큰일을 그렇게 선생님한테 고자질하는 모범생처럼 말할 건 없잖니?

　　　　*　　　　　*　　　　　*

　사실 200년 전에도 그럴 기미가 아주 약간 보이긴 했다.

　34층에서 두 부부의 모습이 예전 같진 않았거든.

　성좌 주제에 이상하게 황혼 부부 같은 모습을 연출하던데, 어이가 없긴 하더라.

　그리고 그 뒤로도 200년간 냉전을 하던 두 부부는 마침내 전면전으로 돌아섰다고 한다.

　하필이면 모험가들이 내려온 이 때에.

　왜 이렇게 타이밍이 좋은 걸까?

　유력한 가설이 하나 있긴 했다.

　"이거 우리더러 말려 달라고 이러는 거 같지?"

　"원래 싸움이란 게 말릴 사람 있으면 더 격렬해지긴 하죠."

　하…….

　나는 깊은 한숨을 토해 내었다.

　그리고 곧 반성했다.

　왜냐하면 한숨을 내쉴 정도로 답답한 일이 아니기 때문이다.

　이걸 해결하고 받을 보상을 생각해 보자.

　와, 갑자기 의욕이 솟구치는걸?

　"하아……."

　아무리 그래도 그렇지, 성좌 간의 부부 싸움이라니.

　이걸 어떻게 해결하지?

　[행운의 여신이 해결 방법은 간단하다고 말합니다.]

"아니, 여신님?!"

나는 깜짝 놀랐다.

"여신님이 그걸 아신다고요?!"

[고대 엘프 사냥꾼과 약간 교류가 있었던 걸 제외하면 다른 성좌들과 한 마디도 나누질 않아서… 아니, [고대 엘프 사냥꾼]이 [고대 드워프 광부]와 결혼한 다음에는 또 한 마디도 안 해서 좀 걱정까지 했었는데…….

[행운의 여신]이 부부싸움의 해결 방법을 안다고?

"사실 유부녀셨습니까?"

[행운의 여신이 아니라고 합니다.]

"그, 그럼… 혹시……."

이혼녀?

[행운의 여신이 화를 내며 아니라고 합니다.]

"아, 아니시군요."

[행운의 여신이 기쁘냐고 묻습니다.]

"…예? 그게 갑자기 무슨."

[행운의 여신이 해결 방법은 안 물어보냐고 묻습니다.]

"아, 그죠. 해결 방법이 뭡니까?"

[행운의 여신이 [운명 조작]으로 부부 싸움이 일어날 확률을 조작하면 된다고 합니다.]

[운명 조작].

[행운] 200 능력으로, 여태까지 단 한 번도 써 본 적이 없었다.

그런데 그 능력으로 이 사태를 해결할 수 있다고?

"…그러면 안 되죠."

솔직히 혹하긴 한다.

하지만 이 방법에는 결정적인 문제가 있었다.

"보상을 못 받잖아요."

[운명 조작]으로 성좌 간의 부부 싸움을 '없었던 일'로 되돌려 버리면, 두 성좌가 내게 고맙다고 보상을 줄까?

나는 아니라고 본다.

[행운의 여신이 납득합니다.]

[행운의 여신]도 같은 결론에 이른 모양이다.

그런데 [운명 조작]이 생각했던 것보다 훨씬 좋은 능력이긴 했구나.

성좌 간의 부부 싸움을 없애 버릴 정도라니.

기껏해야 치명타 안 터진 걸 터지게 만들 때 쓰는 능력이라고 생각했는데.

하긴 [행운] 200 능력이 그 정도면 안 되겠지.

"어디까지나 참고 삼아 묻는 겁니다만, [운명 조작]으로 성좌의 부부 싸움을 없던 걸로 돌리려면 [행운]은 얼마나 필요합니까?"

[행운의 여신이 500 정도라고 합니다.]

"어… 턱없이 모자란데요?"

내가 지금 210레벨이니까, [행운]은 210이다.

[인장] 덕에 한계가 늘어나서 5 더 올릴 수 있긴 하지만, 그래 봐야 무슨 소용이겠는가? 언 발에 오줌 누기지.

[행운의 여신은 [청동 동전★★★]을 갈아 가며 지불하면 된다고 합니다.]

아, 그러면 되는구나!

하하하……

"제 재산이 그렇게 탐나셨습니까?"

[행운의 여신이 아니라곤 할 수 없다고 대답합니다.]

뻔뻔한 성좌!

"…다른 방법은 없습니까?"

[행운의 여신은 두 성좌로부터 퀘스트를 받아서 해결하다 보면 어떻게 되지 않겠냐고 되묻습니다.]

아, 모르시는구나.

역시.

*   *   *

[행운의 여신]을 속으로 놀리긴 했지만, 속으로만 놀린 것에는 이유가 있다.

달리 방법이 있냐고 되물으면, 나도 여신이 말한 그 방법밖에 없다고 생각하기 때문이다.

"역시 여신님이십니다."

나는 머릿속에서 생각한 것과는 정반대의 의미로 '역시'라는 단어를 입 밖에 냈다.

[행운의 여신이 흡족해합니다!]

쉽구만.

그런데 이걸로 문제가 전부 해결된 게 아니다.

"어느 쪽을 먼저 찾아가죠?"

[고대 엘프 사냥꾼]을 먼저 찾아가면 [고대 드워프 광부]가 불쾌해할 거고, 반대로 하면 반대쪽이 화를 낼 것 같다.

그러면…….

아, 호프스!

나는 엘프와 드워프, 둘 사이의 혼혈인 호프스를 먼저 찾아가기로 했다.

비록 성좌의 퀘스트를 받을 순 없겠지만 그래도 뭔가 힌트라도 얻고자.

혹은 시간을 끌어 정보를 얻으면서 엘프든 드워프든 어느 쪽인가가 내게 움직일 명분을 주면 그 명분대로 움직이면 된다.

즉, 변명거리가 생기기까지 기다린다는, 매우 수동적인 태도를 취하기로 한 거다.

좀 비겁하지만 성좌의 분노를 사는 것보다는 낫겠지 싶다.

[행운의 여신이 좀 비겁하지만 현명한 방법이라고 합니다!]

"비, 안 비겁 안 하거든요!"

나는 나도 모르게 변명하고 말았다.

[그건 비겁하다는 뜻이냐며 행운의 여신이 되묻습니다.]

그치만… 비겁한 거 맞으니까……!

*　　　　　*　　　　　*

그래서 호프스의 땅에 찾아가자, 예상치도 못한 일이 벌어지고 있었다.

"죽여라! 다 죽여라!"

"이 땅은 이제 호프스의 것이다!"

음… 어…….

아, 지금 무슨 일이 일어나고 있는지 먼저 알아야 할 것 같다.

다행히 커뮤니티에 가서 물어봤더니 4서폿이 이 지역에서 활동 중이라고 한다.

[이철호]: 여기 왜 이래?

[김명멸]: 그, 이걸 뭐라고 말씀드려야 할지…….

내 질문에 명멸이는 제대로 대답하지 못했지만, 이수아는 달랐다.

[이수아]: 부부 싸움 중인 부모에게 질린 아이가 부모를 무력으로 제압하고 있는 광경이에요!

어, 우, 야…….

[김명멸]: 그게, 그게 아니라… 그…….

[이수아]: 뭐야, 맞잖아!

[김명멸]: …맞는 것, 같습니다. 큭……!

김명멸이 뭔가 다른 식으로 설명해 보려고 노력해 봤지만 그 노력은 허사로 돌아가고 말았다.

참으로 안타까운 일이다.

아무튼 그렇다.

호프스가 엘프와 드워프 군대를 제압하고 있었다.

그래, 제압. 제압이다.

일부러 죽이려고 하는 게 아닐 거야.

제압하다 보니 죽는 사람도 나오는 거지?

그렇지? 그래, 열심히 하자.

아무튼 두 종족과 혼혈 종족의 삼파전은 혼혈 종족의 압도적인 우세로 귀결되고 있었다.

[내 아이들! 내 아이들을 살려 줘!]

[도움을 바라지는 않겠다! 하나… 도와줘!]

그리고 이 참혹한 전장에서 나는 [고대 엘프 사냥꾼]과 [고대 드워프 광부]의 비명을 들을 수 있었다.

"…아니, 뭣들 하는 거예요? 성좌들이?"

[그, 그치만! 내 아이들도 소중하지만! 저 아이들을 내 손으로 죽일 수는……!]

아니, 엘프 종족 어머니란 분이 호프스를 못 죽여서 이러고 계신 겁니까?

[대답을 거부한다!]

그거, 대답한 거나 마찬가지란 거 알고 계시죠?

나는 굳이 [고대 드워프 광부]를 코너에 몰지 않았다.

그러기엔 상황이 너무 참혹하다.

각기 상대의 종족을 죽이는 데에는 별 저항감이 없으면서, 하필 두 종족의 혼혈만은 죽일 수 없는 성좌들이라니.

사실 부부 싸움 같은 건 처음부터 일어나지도 않았던 것 아닐까?

"퀘스트를 주시죠."

그건 그거고, 보상은 받아야지.

＊   ＊   ＊

두 성좌에게서 [종족 퀘스트]를 받은 나는 곧장 전장에 난입해서 [칙령]부터 질렀다.

"[싸움, 멈춰]!"

지난 800년간 전가의 보도나 다름없던 내 [위엄] 100 능력은 이번에도 어김없이 그 위명을 헛되이 하지 않았다.

"킹 오브 호프스, 로딘의 아들 라딘은 어디 있느냐?"

나는 일단 호프스의 리더부터 불렀다.

그러나 이런 나의 부름에 대답한 것은 전혀 다른 인물이었다.

"죽었습니다."

그리고 그 대답 또한 의외의 것이었다.

"…벌써?"

엘프와 드워프의 혼혈이라면 수명이 최소한 200년은 넘을 것이라 예상했는데, 그렇지도 못했던 모양이다.

"그 능력, 그 외견. 틀림없는 이철호 님이시로군요. 처음 뵙겠습니다."

대신 새로운 킹, 아니 퀸으로 보이는 호프스 여성이 앞으로 나서서 고개를 깊이 숙였다.

"저는 '퀸 오브 호프스'인 이엘든입니다."

아, 퀸이 맞구나.

그런데 너는 왜 또 이씨니?

나는 묻고 싶었지만 묻지 않았다. 돌아올 대답이 너무나도 뻔하고 또 뻔했기 때문이다.

보나마나 또 나 때문이겠지!

예, 예. 또 제 잘못입니다요!

"한 가지 부탁을 청해도 되겠습니까?"

퀘스트가 아니라 부탁? 나는 내심 실망하면서 고개를 끄덕였다.

그러나 그 부탁이라는 게 이거였다.

"이철호 님, 부디 저희 호프스의 성좌가 되어 주십시오."

흐엑?

*   *   *

요는 이랬다.

" '아빠도 엄마도 싫으니 삼촌이 우리 아빠가 되어 줘!' 뭐 이런 거 아니겠어요?"

어… 대신 요약해 줘서 고맙다, 수아야.

나는 지금 4서폿과 함께 오두막에 머물러 있었다.

엘프나 드워프, 어느 한쪽의 궁전에 가는 건 아직 시기가 이른데다, 호프스의 세력에 가는 것도 좀 꺼려졌기 때문이다.

그래서 몇 시간 전까지 전쟁터였던 곳에 오두막을 세웠다.

아, [비겁하고 비열한 살인마의 톱+++]의 능력으로 만들어 낸 오두막을 말하는 거다.

"그런데 모험가도 성좌가 될 수 있어요?"

이수아는 조금 전에 퀸 오브 호프스, 이엘든이 내게 던진 제안에 흥미가 돋았는지 눈을 반짝거리며 물었다.

"응, 있어."

나는 고개를 끄덕여 주었다.

"와, 진짜요?"

이수아의 눈동자에 반짝임이 더해졌다.

"대신 성좌를 몇 명 죽여야 해."

[성좌의 파편]이 필요하니까.

그것도 아주 많이.

"아, 안 되겠네요!"

포기가 빨라서 좋네.

"그럼 저 호프스는 대체 뭘 믿고……."

"그야 우리 선생님 믿고 저러는 거겠지. 쟤들 우리 선생님을 거의 신 보듯 하던데."

김명멸과 유상태의 대화가 들렸다.

"안 되죠? 오빠."

"당연하지."

어쩌 조금 불안해하는 김이선의 목소리에, 나는 코웃음마저 치며 대답했다.

"될 수도 없을 뿐더러, 될 생각도 없어."

지금 갖고 있는 [성좌의 파편] 7개로 아주 잠깐 임시로 성좌가 되는 게 가능하긴 하나, 임시는 어디까지나 임시일 뿐이다.

게다가 종족의 성좌가 되면 그 종족과 명운을 함께 해야 한다.

이 말이 뜻하는 바는 곧 미궁의 모험을 포기하고 이 층계에 머물러 살아야 한다는 것을 의미한다.

호프스에게 아주 약간의 애착이 있긴 하지만, 내 모든 것을 집어던져 가면서까지 저들의 선 넘은 소망을 들어줄 이유가 없었다.

"그럼 어떻게 하실 건데요?"

"글쎄."

퀘스트를 깨야 하긴 하겠는데, 어떻게 깨야 할지 모르겠다.

그냥 악당이 있어서, 그 놈을 때려잡아서 해결되면 편하련
만.

"흠, 그냥 호프스를 깨 버릴까?"

아이를 회초리로 다스리는 건 가정 교육에 안 좋다지만, 애초
에 내 애도 아닌데 뭘.

부작용이 크게 남을 테지만 쉽고 빠른 방법에 마음이 기울기
시작하는 깊은 밤.

"꺄아아아악!"

갑작스러운 비명 소리가 울려 퍼졌다.

"뭐지? 기습인가?"

나에게 기습을 건 것은 아닐 테지만, 여긴 엘프, 드워프, 호프
스가 모인 곳이다.

[칙명]의 효과가 꺼진 틈을 타, 야습을 걸 가능성은 0%라 할
수 없었다.

김명멸이 눈치 빠르게 일어나서 오두막 바깥으로 나갔다.

그리고 곧장 다시 들어왔다.

"그, 오크입니다?"

아, 오크구나.

어, 오크?

오크가 갑자기 왜 나와?

        *   *   *

"아, 죄송합니다. 계신 줄 모르고 그만."

오크 챔피언이 송구하다는 듯 고개를 꾸벅거렸다.

"…그래, 내가 이쪽으로 올 거라 미리 말 안 하기는 했지."

설마 거기서 여기까지 내려올 줄은 몰랐으니.

참고로 오크의 주둔지는 저 북쪽 끝에 있다.

35층 들어 새로 열린 지역이라, 왕국이든 제국이든 연방이든
부딪힐 일이 없다고 봤었다.

그런데 여기 있네?

"예… 프연방이라고 하셨죠."

그래, 혹시나 싶어서 언급을 해 두긴 했었다.

어지간하면 내가 이 층을 떠나기 전까지는 왕국이나 제국, 연
방을 치지 말아 달라고 말이다.

셋 모두 모험가들이 많이 활동하는 지역이니 당연한 부탁이라
할 수 있겠다.

"그런데 이 정체불명의 제3세력은 프연방하고 적대하고 있는
것 같아서 쳐도 되는 줄 알았지 뭡니까?"

아, 그렇지.

호프스는 왕국도 제국도 연방도 아니지.

맞네.

나는 고개를 주억거릴 수밖에 없었다.

"그래서 씁, 이렇게 됐습니다. 일부러 그런 건 아닙니다만, 아

니, 일부러 그런 거긴 한데. 모르고 한 거죠. 예."

적으로 상대했을 때는 무식하고 야만적이라는 인상의 오크였지만, 오크의 정착을 도우며 지내보니 이미지가 조금 달라졌다.

이놈들은 무식하고 야만적이라는 이미지를 대외적으로 흩뿌리며 이용하는 놈들이다.

그러니까 챔피언이란 놈이 이렇게 달변이지.

저 혀 돌아가는 거 봐라.

특히 지 성좌한테 변명할 때 달변이더라.

얼마나 변명을 해 댔는지 변명 스킬을 마스터 찍은 모양이다.

그거야 뭐 여하튼.

"아무튼 죽은 사람은 없으니 다행이로군."

죽은 사람이 안 나온 건 기적이고 뭐고가 아니다.

애초에 오크 놈들이 호프스를 잡아다 노예로 갖다 팔려고 습격한 거라 일부러 안 죽인 것에 불과했다.

호프스가 좀 위협적이고 그랬으면 힘으로 제압하느라 몇 명 죽고 그랬을 텐데, 워낙 힘에 차이가 크다 보니 일부러 안 죽일 수도 있었던 모양이다.

[저, 저! 오크 놈들 다 죽여 버려!!]

[전멸! 전멸시켜! 전멸! 전멸!]

아까부터 [고대 엘프 사냥꾼]과 [고대 드워프 광부]가 시끄러웠다.

둘 다 평소에 볼 수 없는 반응을 보여 주는 건 좋은데······.

[죽여! 죽여! 죽여!]

[전멸! 즉멸! 확멸!]

아니, 좋지 않다.

너무 시끄럽네.

*　　　　　　*　　　　　　*

"…살려 주셔서 감사합니다, 이철호 님."

퀸 오브 호프스, 이엘든이 떨리는 목소리로 내게 말했다.

그동안 엘프와 드워프를 일방적으로 두들겨 패던 패기는 간 곳 없다.

애초에 호프스가 그럴 수 있었던 것도 엘프나 드워프보다 강했기 때문이 아니다.

두 성좌가 호프스에 대한 공격을 금했기 때문일 뿐.

한데 정작 호프스들은 그 사실조차 몰랐던 것 같다.

오크들에게 좀 얻어맞고 묶여서 끌려갈 뻔했다고 바들바들 떨고 있는 게 음… 안쓰럽긴 하다만.

"이참에 정식으로 대답하지. 너희의 성좌가 되는 건 거절한다."

나는 낮에 이엘든에게서 받았던 제안을 정식으로 거절해 주었다.

"어, 예?"

"너희에게는 돌아갈 집이 있지 않으냐?"

내 시선이 엘프와 드워프를 향하자, 이엘든이 부르르 떨었다.

"그, 그치만……."

"너는 모르겠지만 저 오크는 너희 아버지와 어머니가 힘을 합쳐 싸워도 쉬이 물리칠 수 없는 상대였다."

나는 이엘든이 헛소리를 하기 전에 빠르게 차단했다.

"게다가 지금은 네 두 부모가 서로 싸워 힘을 소진한 것으로도 모자라 네 공격까지 받아 크게 꺾인 상태지."

"······!"

이엘든의 동공이 크게 확장되었다.

알아차린 모양이다.

사실 반쯤은 뻥이지만, 나는 계속해서 거짓말을 늘어놓았다.

"오크의 세력은 강대하다. 내가 보고 왔으니 더 잘 알지. 지금 오크가 내게 예의를 갖추는 것은 내게 사소한 은혜를 입었기 때문일 뿐, 나를 두려워해서가 아니다."

"그, 그러면······!"

"그래, 약탈을 한두 번 막을 수는 있어도 전쟁을 막지는 못한다. 하물며 지금 상태로 전쟁이 일어나면 흠, 장담하지 못하겠군."

그 뒤에 일어날 일에 대해서는 굳이 상상할 필요조차 없으리라.

이미 경험한 바 있으므로.

바로 몇 분 전까지 구타당하고 제압당하고 납치당할 뻔하지 않았던가?

"나는 모험가고, 이 세계에는 불과 몇 년 머물고 도로 떠날 존재다. 나나 다른 모험가의 힘을 빌리지 않고서 호프스가 시대의 파도 앞에서 견딜 수 있을까? 조금 회의적이로군."

평소보다 딱딱한 목소리로 이런 말을 늘어놓자, 이엘든의 얼굴이 하얗게 굳었다.

좋아, 잘 먹었다.

나는 혀를 몇 번 대놓고 쯧쯧 차 보이고는 오두막으로 다시 돌아왔다.

"아니, 이게 다 작전이라니까요?"

그리고 아까부터 시끄러웠던 [사냥꾼] 성좌와 [광부] 성좌에게 변명을 늘어놓아야 했다.

*　　　　　*　　　　　*

그 날 밤.

[고대 엘프 사냥꾼] 성좌와 [고대 드워프 광부] 성좌는 중간에 나를 끼운 채로 밤새도록 이야기를 나누었다.

전체적으로 내가 나설 일은 많지 않았다.

오크가 이 세계에 들어왔고, 그 세력은 강대하기에, 엘프, 드워프, 호프스가 서로 싸워서는 오크에게 대항할 수 없다는 사실에 공감했기 때문이다.

결국 두 성좌는 부부 싸움을 멈추기로 합의했다.

이건 내 생각이지만, 퀸 오브 호프스인 이엘든이 나에게 성좌가 되어 주지 않겠냐는 제안을 던진 것도 약간이나마 영향을 미쳤으리라.

"그런데 애초에 왜 부부 싸움을 하게 된 겁니까?"

[그게…….]

[고대 드워프 광부]는 대답을 꺼렸지만, [고대 엘프 사냥꾼]은 냉담한 목소리로 대답했다.

　[그이가 자꾸 화장실 뚜껑을 올린 채로 다녀서.]

　[……]

　"……"

　생활감 넘치는 이유셨군요.

7장
—
제36층 (1)

　다음 날 아침, 이엘든까지 휴전에 합의하고 프연방에 재합류하 겠다는 의사를 밝혀, 원인은 사소했지만 여파는 사소하지 않았던 가족 싸움이 끝났다.

　그리고 나도 사전에 받아 두었던 [고대 엘프 사냥꾼]과 [고대 드워프 광부]의 [성좌 퀘스트]를 완수하고 그 보상을 받아 냈 다.

　둘 다 호프스의 화를 풀고 다시 집으로 돌려보내 달라는 퀘스 트였다.

　소 뒷걸음치다 쥐 잡은 격이긴 했지만, 아무튼 완수는 완수 다.

　받을 건 받아야지.

　[고대 엘프 사냥꾼의 활과 화살★]: 시위를 당긴 상태에서 사용

한 [신비한 화살]의 위력, 명중률, 관통력이 500% 증가한다. 시위를 놓으면 [신비]를 소모하며 위력이 1000% 증가한 [신비한 화살]을 발사할 수 있다.

[사냥꾼] 성좌는 그 이름에 어울리게 [활과 화살★]을 주었다.

지금 와서 이게 왜 성검(劍)이냐고 할 사람은 없다고 믿는다.

아무튼 활인 만큼 양손을 다 써야 하지만, 그만큼 효과가 좋다.

비록 그 효과가 [신비한 화살]에 한정되긴 하지만, 500%면 [빔!]보다 [신비] 효율이 좋아진다.

이전에 받은 [신비한 활의 축복]도 있겠다, 이제 굳이 [빔!]을 쏠 일은 없을 것 같다.

고위력의 [신비한 화살]을 드르르륵 연사하고 다니면 그만이니 말이다.

물론 안 쓰게 된 건 [빔!]일 뿐, [비이이이임!!!!]을 쏠 일은 아직 많이 남았다.

단번에 높은 출력이 필요한 경우엔 저쪽을 쓰게 되겠지.

시위를 놓고 1000%의 [신비한 화살]을 쏠 수 있다지만 그래봤자 [화살은 화살일 뿐, [비이이이임!!!!]을 이기지는 못하니까.

1000%짜리는 그냥 마무리 일격 정도로나 사용하게 될 것이다.

[고대 드워프 광부의 곡괭이★]: 곡괭이를 사용해 땅을 깊이 파고들수록 원하는 광물을 얻을 가능성이 증가하며 [욕망]의 회복

속도가 빨라진다.

[광부] 성좌는 성검임에도 성검 같지 않은, 그러니까 전투에 그리 적합하지 않은 걸 줬다.

하지만 [욕망] 회복 속도 증가만으로 이미 사기다.

원하는 광물 수급도 [채광]이나 [금속 가공] 등의 일반 기술 단련에 도움을 줄 것이다.

이것 자체가 능력치 보너스 패키지나 다름없는 셈이다.

게다가 비싼 광물이나 보석 등을 캐다 [청동 동전★★★]으로 바꿔 먹을 수도 있다.

솔직히 말해서 [활과 화살★]보다도 마음에 드는 성검이었다.

하지만 이런 걸 내색하면 다시 부부싸움이 시작될지도 모르니 표정 관리를 좀 해야겠지.

[뭐야, 마음에 안 드냐?]

그런데 [고대 드워프 광부]는 또 이런 내 표정에 삐친 건지 삐죽이 목소리를 냈다.

…이게 다 널 위한 겁니다, [광부] 성좌님.

*   *   *

그렇게 프연방에서의 갈등을 봉합한 나는 다시 오크 진영으로 날아갔다.

아직 받아먹을 게 있었기 때문이다.

전쟁 났다고 해서 도중에 급하게 불려온 거였지.

아무튼 받아먹을 것은 바로 일반 기술이었다.

오크들은 돼지치기와 닭치기의 달인이었다.

일반 기술명으로 말하자면 [양돈]과 [양계]다.

켄타우로스들에게서 [목축]을 배우긴 했지만, 기본적으로 방목에 기반한 기술인지라 돼지와 닭을 치는 기술은 포함되어 있지 않았다.

두 기술 다 배우지 않아도, [목축] 기술로 어떻게 때워 먹을 수 있긴 하지만…….

내가 일반 기술의 랭크를 올리는 이유는 실제로 돼지와 닭을 잘 키우기 위해서가 아니라 어디까지나 능력치를 얻기 위함이다.

새 기술이 있다면 배워서 랭크를 올리고 능력치를 받아먹는 게 미궁 모험가로서 올바른 자세 아니겠는가?

그래서… 올렸다.

그런데!

[황금 영계]

[황금 달걀]

[황금 삼겹살]

눈이 부시다!

단순 [목축] 기술로는 절대 얻을 수 없는 황금의 영역에 이르자, [양돈]과 [양계] 기술은 내게 그야말로 식재료의 황금향이 됐다.

"흑, 흐윽! 살아 있길 잘했어!"

나는 [황금 삼겹살]을 구워 [황금 소금]에 찍어 먹으며 눈물을 줄줄 흘렸다.

단순히 소금과 삼겹살의 조합임에도 이렇게 미친 맛을 낼 수 있다니!

"흑흑, 흑흑!"

김치 먹고 싶다!!

*   *   *

― 35층 클리어!

― 클리어 크리스털 정산 중입니다…….

― 35층 클리어 등급: S

― 35층 클리어 공통 보상이 지급됩니다…….

― 레벨 업!

― 레벨 업!

― 레벨 업!

― 레벨 업!

― 레벨 +2 보상이 지급되었습니다.

― 클리어 기여도 보상 산정 중입니다…….

― [이철호]님의 기여도는 40%입니다.

― 기여도 보상은 미궁 금화 40개입니다.

*   *   *

35층의 클리어 기여도가 낮았던 특별한 이유는… 있다.

올릴 일반 기술이 갑자기 너무 많아졌기 때문이다.

[양돈], [양계], [채광], [금속 가공]에… 마지막으로 결정적인 게 있었다.

그것은 바로 농사였다.

쌀농사!

하얀 쌀밥!

천하지대본!

한 번 시도에 3~4개월은 기본으로 들여야 하는 쌀농사는 쉬이 시도할 수 있는 게 아니었다.

게다가 이 시대에 비료가 있나, 농약이 있나.

그러나 [황금 삼겹살]을 볏짚에 구워 먹으면 얼마나 맛있을까 하는 생각이 끊이질 않았다.

농사를 망쳐도 볏짚은 나오잖는가?

그렇다면 해 볼 만하다.

그런 생각으로 시작한 농사였다.

아니, [농사]였다.

당연하다면 당연한 이야기지만, [농사]도 일반 기술이었다.

한 번 시도에 시간이 오래 걸려서 그런지, 아주 랭크도 드럽게 안 오르더라.

결국 마지막 해의 수확에서까지 [황금 쌀]을 얻는 데 실패하고 말았다.

일단 볏짚이야 많이 얻긴 했는데… 이걸 얻고 보니 이런 생각이 들더라고.

[황금 볏짚]으로 구운 [황금 삼겹살]은 얼마나 맛있을까?

그래서 36층에서도 농사를 지어 볼 생각이었다.

맞다. 과거형이다.

…저것만 없으면 그래도 해 볼 만했는데.

나는 색을 잃고 회색빛으로 물든 대지를 바라보며 허탈함이
잠겼다.

"…■■."

맹세컨대 회귀 전에는 이런 적이 없었다.

하지만 회귀 전의 이야기가 지금 얼마나 의미가 있겠는가?

이미 모든 것은 틀어졌고, 미래는 내가 직접 개척해 나가야 했다.

"운석이 몇 개나 떨어진 거야?"

성좌들은 이거 안 막고 뭘 한 거고?

[슈퍼 보드]를 타고 하늘을 날아봐도, 회색빛 대지가 끝없이 이
어진 것만 같았다.

일단 여기가 어딘지 알아야 했다.

더 넓은 시야를 위해 나는 더욱 고도를 높였다.

"!"

그 직후, 나는 시선을 느꼈다.

"하늘? ……!"

운석이 날아오고 있었다.

나를 향해서, 똑바로.

"이런!"

그냥 [슈퍼 보드]를 돌려 막아 낼까 하던 나는 태세를 바꿨
다.

저 운석이 보통 운석이 아니리란 직감이 번뜩 들었기 때문이
다.

그래, 나는 저런 운석을 본 적이 있다.

25층에서 봤던 운석.

그때는 멀리서 떨어지는 것만 봤지만, 그 운석이 떨어지고 난 후의 일은 아직도 기억에 생생히 남아있다.

"[우주에서 온 색채]!"

나는 [슈퍼 보드]에 가속을 더해 회피를 시도했다.

그러자 운석은 호밍 미사일처럼 궤도를 부자연스럽게 꺾어 나를 쫓아왔다.

"그럼 그렇지!"

어쩌지? 어떻게 해야 하지?

"아!"

나는 곧 답을 발견해 냈다.

"[비이이이임!!!!]"

내가 [신비한 명상]을 펼칠 때마다 습격해 온 ■■은 마치 뭔가 강렬한 에너지에 폭사당하기라도 한 듯 너덜너덜해져 있었다.

그것은 왜일까?

[신비한 명상] 중의 기억은 남아 있지 않고, 명상 후에도 보통 제정신이 아닌지라 확답은 할 수 없지만, 추측 정도야 얼마든지 가능하다.

"■■에는 [신비]가 통한다!"

이것이 내 결론이었다.

그리고 내가 이끌어 낸 답은 정답에 가까웠다.

치지지직.

운석이 타들어 가는 소리가 들렸다.

조금씩이나마.

[신비]가 답이라는 내 생각이 틀린 것만은 아니라는 사실이 밝

혀지는 순간이었다.

"쳇!"

그러나 화력이 부족하다.

내가 전력을 다해 뿜어낸 [빔]은 운석의 표면을 약간 태우는 데 그쳤다.

더 강력한 화력이 필요하다.

[폭주]?

아니다. 그걸론 안 된다.

훨씬 더 강력한……!

쾅!

[슈퍼 보드]가 지면에 내리꽂혔다.

교통사고 같은 건 아니다. 고의였으니.

급정거에 집중력 따위 쓰고 싶지 않았던 탓에 그냥 땅에 들이박은 것뿐이었다.

땅속에 발을 박고 정지한 나는 그대로 능력을 펼쳤다.

"[신비한 세계]!"

내가 낼 수 있는 최고 화력의 능력!

"[내가 빔이다!]"

[빔 인간]을 사용하기 위해.

*　　　　　*　　　　　*

정신을 차리고 보니 나는 땅바닥에 쓰레기봉투처럼 나뒹굴고 있었다.

그리고 레벨이 올라 있었다.

"?"

나는 고개를 갸웃거렸다.

정신을 잃기 직전의 기억이 없다.

더 생각해보니 그 전의 기억도 없다.

마지막 기억은 "내가 빔이다!"라고 외친 것까지.

상태 메시지에는 내가 뭘 처치했다느니, 이런 것도 없이 그냥 레벨 업만 다섯 개 떠 있을 뿐이었다.

"도움이 안 되는군."

그런데 그때였다.

[히든 퀘스트: [우주에서 온 색채] 저지]

[미궁에 외부 세력의 위협이 다가오고 있습니다. 몇몇 위협은 실질적인 위험이 되어 미궁을 파괴하고 있죠. 당신은 그 위험을 성공적으로 저지해 냈습니다.]

[퀘스트 성공 보상: 성좌의 파편 다섯 개]

마치 미궁이 내 혼잣말에 반응이라도 하듯 퀘스트창이 떠올랐다.

그런데… [성좌의 파편]?

이게 왜 여기서 나와?

"뭐, 주는 거야 받겠지만."

나는 퀘스트 완수 버튼을 눌러 보상을 수령했다.

[세계에게 사랑받는] 능력은 여기서도 여지없이 작용해, 보상으로 받은 파편의 숫자를 두 배로 늘려 주었다.

이걸로 [성좌의 파편]이 17개가 됐군.

"후……"

생각 외로 별로 기쁘진 않았다.

레벨이 오른 것도, [히든 퀘스트]를 깬 것도.

"…일단 좀 더 볼까?"

나는 다시 [슈퍼 보드]를 타고 하늘로 솟구쳤다.

그리고 명멸이에게 [텔레파시]를 보냈다.

[이철호]: 명멸아, 괜찮냐?

마음이 무거웠다.

그래, 나야 괜찮다.

하지만 다른 사람들은?

과연 괜찮을까?

도저히 긍정적인 생각이 들지 않는다.

대답이 돌아오지 않을 수도 있다는 생각에, 내 눈꼬리가 잠시 떨렸다.

[김명멸]: 아, 선생님. 저는, 저희는 괜찮습니다. 걱정하지 않으셔도 됩니다.

나는 안도의 한숨을 내쉬었다.

[텔레파시]에 한숨이 안 실려서 다행이다.

표정도 안 보여서 다행이다.

[이철호]: 그렇군.

나라고 편애를 안 할까?

한다.

이제껏 해 왔고, 앞으로도 그럴 것이다.

다른 모험가들의 사정에 앞서, 4서폿이 안전하다는 말을 듣고 나는 안심해 버리고 말았다.

그렇다고 그냥 이대로 방심할 수야 없지.

[이철호]: 그곳에는 '색깔'이 있나?

[김명멸]: 그렇습니다. 그런데 그 말씀은… 설마 지금 계신 곳에는 '색깔'이 없는 겁니까?

[이철호]: 그래, 맞아.

나는 34층에서 [아름다운 로맨스]와 나눈 대화를 기억해 냈다.

힘을 써서 운석을 막아 내고 있다고 했지.

성좌가 힘을 발휘하는 지역에선 [우주에서 온 색채]가 마수를 뻗지 못한 모양이다.

층계 전체가 위험하지 않다는 사실을 알아낸 것만으로도 마음이 꽤 놓인다.

명멸이와 정보 교환을 조금 더한 후, 나는 뒤늦게나마 커뮤니티 창을 열고 공지를 올렸다.

[이철호]: 주의 경보입니다. 운석에 주의하시고, 색깔이 빠진 곳에 가지 마십시오. 가급적이면 성좌가 지키는 지역에서 벗어나지 마십시오.

얼마나 많은 사람이 [색채]에 휘말렸을지, 솔직히 감도 잡히지 않는다.

모험가들이 배치된 이후 운석이 떨어지지 않았다면 그저 주변의 색깔이 이상하다는 생각만 하고 그 자리에서 물러나 살았을지도 모른다.

그러나 과연 그럴까?

나는 나를 노리고 똑바로 날아오는 운석의 궤적을 기억한다.

'놈'이 나를 딱 노리고 운석을 떨어뜨렸다면 차라리 다행이겠지만, 그럴 가능성은 높지 않았다.

운석이 떨어질 당시의 첫 궤도와 날 발견하고 휘어진 궤적이 근거였다.

성좌가 방어하지 않은 지역에 무작위로 떨어뜨리면서, 색깔이 있는 존재가 보이면 습격한다고 보는 게 옳으리라.

내가 날 쫓던 그 운석을 용케 부수긴 했지만, 그것도 있는 [신비]를 다 쏟아부은 결과물이었다.

지금 운석이 떨어지면 또 부수지는 못한다는 소리다.

나도 이런데, 다른 사람들은 어떨까?

[이철호]: 다시 한번 알려드립니다. 위험 지역, 즉 색이 빠진 곳에 계신 분은 조속히 대피하시고, 안전 지역에 계신 분은 당분간 지역 이동을 삼가하여 주십시오.

이 [공지]가 얼마나 효과가 있을지는 모르겠다.

위험 지역에 떨어진 사람들은 이미 늦었을 가능성이 컸다.

매우 크다 못해 거대했다.

그럼에도 커뮤니티 점수를 낭비해 가며 [공지]를 올리는 것은 그저 내 마음의 위안만을 위해서였다.

"후……."

한숨이 무겁다.

*   *   *

"오."

드디어 색깔이 있는 풍경이 보였다.

여기는 아직 [우주에서 온 색채]에게 당하지 않은 모양이다.

푸르른 초원이 펼쳐져 있었고… 푸르른 초원이 한도 끝도 없이 펼쳐져 있었다.

"모르는 곳이로군."

나는 한숨을 참은 채 [망원]을 켜고 주변을 돌아보았다.

그리고 곧 움직이는 생명체를 발견할 수 있었다.

말이었다.

말 치고는 어째 팔이 두 개나 더 달리고, 뭔가 좀 이상하긴 한데…….

"아니, 저건 켄타우로스로군."

■■ 영향으로 뒤틀린 생명체가 아니라 평범한 켄타우로스였다.

　　　　*　　　　　*　　　　　*

켄타우로스 종족과는 27층에서 본 이후 처음 만나는 거였다.

"그래도 사람 보니 좀 기분이 나아지긴 하네."

켄타우로스가… 사람인가?

생각하고 보니 이상하네.

뭐, 아무튼 말 통하고 그럼 됐지.

대충이나마 생각을 정리한 나는 켄타우로스를 향해 다가갔다.

[이런!]

그때, 성좌의 목소리가 들렸다.

[이런 곳에서 다시 보게 되다니!]

[태생부터 강한 자]… 줄여서 [강자] 성좌였다.

아, 하긴. 이 성좌가 켄타우로스의 주인 성좌였으니 당연하다
면 당연한가.

"다시 뵙게 되어 영광입니다."

[그래.]

[강자] 성좌가 말했다.

[퀘스트를 받게.]

그러고 보니 이런 성좌였지.

*　　　　*　　　　*

[태생부터 강한 자] 성좌를 통해 나는 이 층계가 어떻게 돌아가
고 있는지 대충 알게 되었다.

차원의 벽 부근에선 [우주에서 온 색채]가 [색채]가 섞인 운석
을 마구 떨어뜨리고 있다고 한다.

물론 [아름다운 로맨스]가 증언했듯 이전에도 일어나고 있던 일
이었으나, [태생부터 강한 자]의 말에 따르면 최근 더 심해졌다고
한다.

성좌들은 결코 놀고 있는 게 아니었다.

그저 여력이 없어 중요하지 않은 지역은 버리고 중요한 지역만
지키느라 이렇게 된 모양이다.

그리고 내가 [슈퍼 보드]를 타고 날아온 곳이 그 버려진 지역이

었고.

이런 식으로 버려진 지역은 기본적으로 층계의 외곽 지역이라고 한다.

[그래서 상대적으로 외곽 지역에 자리 잡은 내 아이들이 조금 고생하고 있지.]

[태생부터 강한 자는 웃음 섞인 목소리로 말했다.

[뭐, 그 덕에 이렇게 드넓은 초원을 독점하게 됐으니 전화위복이라고 해야 하려나?]

27층에선 몰랐는데, [강자] 성좌는 대단히 긍정적인 성격의 소유자인가 보다.

"그래서 이런 퀘스트를 주신 거로군요?"

[성좌 퀘스트: 위험 지역 정찰]

[켄타우로스 종족이 새로운 목초지를 찾을 시기다. 그 전에 '그것'의 침식이 진행되고 있는 지형과 침식 속도를 미리 관찰해 줬으면 한다.]

[보상: [폭주] +10]

[그래, 이미 떨어진 운석은 어쩔 수 없으니까.]

보상이 좀 짠 듯하지만, 하늘을 날아다니는 내게는 그리 어려운 퀘스트라고 할 수 없었다.

"다녀오겠습니다."

[부탁한다.]

부탁한다? [강자] 성좌가? 나한테?

27층에서 경험했던 거랑 너무 다른데?

아무래도 요즘 많이 힘든가 보다.

이러면 보상 더 내놓으라고 진상 부리기도 애매해지는데.

쓱, 일단 다녀와서 생각하자.

*   *   *

켄타우로스의 모든 새 목초지 후보 지역을 정찰한 결과, 별다른 특이 사항은 관측되지 않았다.

정찰 결과를 보고하자, [강자] 성좌가 이상한 듯 중얼거렸다.

[몇 시간 전에 분명히 운석 하나가 차원의 벽을 부수고 들어온 게 관측됐었는데⋯ 아직 침식이 일어나지 않은 것뿐인가? 아닐 텐데⋯⋯.]

나는 성좌가 무슨 말을 하는지 알아차렸다.

"몇 시간 전에 날아든 운석이라면 제가 부쉈습니다."

몇 시간 전, 그리고 이 부근에 떨어질 궤도의 운석이라면 내가 [신비한 세계]와 [빈 인간]의 콤보로 부순 게 맞다.

사실 기억은 잘 안 나지만, 히든 퀘스트가 깨졌으니 내가 부순 게 맞겠지.

[오, 그래? 어떻게?]

나는 바른대로 말했다.

"[신비한 세계]를 길쭉하게 늘려서 펼치고 그 범위 안에서 [빈 인간]을 연타했습니다."

[⋯신비한 세계는 뭐고, 빈 인간은 뭔데?]

나는 설명했다.

사실 잘 설명이 안 됐다.

이걸 뭐라고 설명한단 말인가?

[아, [신비]! 그렇군! 그 힘이라면 확실히 미궁 바깥의 놈에게도 잘 통하겠지!]

그런데 성좌가 괜히 성좌가 아닌지, 내 개떡같은 설명도 찰떡같이 잘 알아들은 모양이다.

[대단하군! 발상도 대단하지만, 실제로 해낸 게 더 대단해! 확실히 그거라면 운석도 부술 수 있겠어!]

놀랍게도 [강자] 성좌는 진심으로 감탄하는 듯했다.

[그 정도까지 해 줬는데 고작 이 정도 보상으로 입 닦고 넘어갈 순 없겠어.]

[강자] 성좌는 퀘스트 보상을 [말발굽★★] 업그레이드로 바꾸어 주었다.

[태생부터 강한 자의 말발굽★★]: [폭주] 능력치의 제어가 손쉬워지며, [폭주] 능력치만큼 이동 속도, 돌격 위력, 킥 위력이 증가한다. [폭주] 능력치를 소모하여 보너스를 세 배로 얻을 수 있다.

활성화 능력이 새로 생겼는데, 이걸 사용하면 [폭주] 능력치가 줄어들면서 온몸이 새빨개지고, 동시에 이동 속도가 3배 빨라진다!

아, 물론 돌격 위력과 킥 위력도 강해진다.

"감사합니다."

[뭘, 네 덕에 운석을 처리할 힘을 아낄 수 있었다. 그 아낀 분량을 네게 조금 나누어 준 것뿐이다.]

말은 저렇게 하지만 '조금'이 아니겠지.

하지만 나는 [강자] 성좌의 허세를 그냥 모르는 척하기로 했다.

*   *   *

평소라면 켄타우로스 지역에 좀 더 머물며 일반 기술을 갈고 닦았을 나지만, 지금은 그러고 있을 때가 아니었다.

36층의 상태를 확인하는 게 먼저였으니까.

그래서 일단 급한 불은 꺼진 것으로 보이는 켄타우로스 지역을 뒤로 하고, 나는 바로 세계 일주에 나섰다.

"제국은 괜찮고, 왕국도 괜찮… 네?"

일단 가장 먼저 들른 이씨 제국은 별 탈이 없었고, 왕국은… 음, 뭐 봉건 군주들끼리 끊임없이 영지전을 벌여 대는 게 진짜 괜찮냐는 생각이 들긴 하지만, 그래도 이 정도면 괜찮은 축에 속하긴 했다.

사실 34층의 왕국 성립 전에 났었던 난리를 떠올리면, 룰과 매너를 지키며 영지전을 벌이는 지금이 당연히 훨씬 낫다.

"성좌들이 지키는 지역은 정말로 괜찮군."

[강자] 성좌 말대로 성좌들이 [색채]의 운석을 잘 막아낸 모양인지 성좌 영역에서는 세계 외곽처럼 색이 빠지거나 세기말적인 아포칼립스가 일어나거나 하지는 않았다.

이 정도면 운석에 희생당한 이들이 생각했던 것보다는 많지 않겠다는 생각에 무거웠던 마음이 조금 가벼워지기는 했다.

그래도 많이 죽었겠지.

죽은 사람이 없을 수야 없다.

어휴.

나는 마저 세계를 돌았다.

프연방도 괜찮고, 오크 카간국도 괜찮았다.

비록 양 세력 간에 큰 전쟁을 치르는 중이기는 했지만.

"[싸움, 멈춰!]"

놀랍게도 오크 진영에도 인간 모험가들이 섞여 있어서, 전쟁에 개입하지 않을 수가 없었다.

[크흐, 왔느냐?]

[위대한 오크 투사]의 목소리가 먼저 들린 건 다소 의외였다.

[오오, 왔어! 왔구나!]

[네놈을 기다린 적은 없다!]

뒤이어 [고대 엘프 사냥꾼]과 [고대 드워프 광부]의 목소리도 들려왔다.

혹시 부부싸움이 또 일어났을까 했지만, 그런 일은 없었던 모양이다.

하긴 오크랑 전쟁 중인데 한가롭게 내전이나 벌이고 있을 수는 없었겠지.

[그래, 휴전에 응한다. 이 정도 먹었으면 만족할 만하지.]

더 의외였던 건 [위대한 오크 투사]가 휴전 조약에 만족스럽게 응했던 거였다.

오크 세력이 한창 밀어붙이는 중이었고 영토를 많이 빼앗은 것은 사실이었으나 오히려 그렇기에 욕심을 더 부릴 거라고 생각했는데.

[나를 전쟁광으로 보는가? 아니지! 나는 오히려 상인에 가깝다.]

성좌명에 투사를 붙여 놓고 할 소린가, 그게?

[포로들을 팔겠다. 적당한 가격을 제시하도록.]

[위대한 오크 투사]는 [고대 엘프 사냥꾼]과 [고대 드워프 광부]
앞에서 이렇게 뻗댔다.

…어, 상인 맞나?

나는 잠깐 헷갈렸지만, 곧 제정신을 되찾고 고개를 저었다.

이 싸움을 멈추느라 시간 낭비가 너무 심했다.

"이것까지 제가 중재할 필요는 없겠죠?"

[그래, 우리가 알아서 하겠다.]

[퀘스트를 요구할 줄 알았더니 그러진 않는군!]

[고대 드워프 광부]의 말에 솔직히 약간 뜨끔했지만, 나는 겉으
로는 내색하지 않았다.

아, 그러고 싶었던 마음은 굴뚝 같은데 아직 세상을 다 안 돌
아봤다고.

                *   *   *

다시 [슈퍼 보드]를 띄운 나는 남쪽의 바다로 향했다.

트리톤 세력이 멀쩡한지 확인하기 위해서였다.

사실 괜찮을 거라고 짐작하고 간 거여서 마음을 많이 놓은 상
태였다.

"아옳옳옳옳!"

결론부터 말하자면 트리톤 세력은 괜찮지 않았다.

뭐여, 저게!

*　　　　*　　　　*

어인이다! 어인이 나타났다!

어인은 물고기 인간이다.

인간 물고기인 인어, 그러니까 트리톤과는 다르다.

트리톤은 하반신이 물고기인 인간이지만, 어인은 상반신이 물고기인 인간이다.

솔직히 말하자면 어인이 인어보다는 인간 부분이 더 많았다.

어인의 상반신이 물고기라고는 해도, 팔은 멀쩡히 붙어 있으니까.

그런데 왜 사람에겐 어인이 더 기괴하게 보이는 걸까?

그건 저놈들이 괴물이라서 그렇다!

"야잇! 곽시마디아!"

―내 이름을 욕처럼 내뱉는 건 그만둬! 야잇! 저게 뭐야?!

내 소환 명령에 뛰어나온 물의 정령, 곽시마디아가 어인들을 보고 기겁해서 물줄기부터 날렸다.

촤악! 촤악!

"아옳옳옳옳!"

"아옳옳옳옳!"

그런데 어인들이 곽시마디아의 강렬한 수류 공격을 쉽게 피해 냈다!

그것도 기괴하게 상반신만을 움직이는 기분 나쁜 동작으로!

―주인! 쟤네 기분 나빠!

"동감이야. 나도 그래."

저것들, 아무래도 종족 특성으로 수류 초월 같은 거라도 갖고 있나 보다. 정말 그런 게 있는지는 모르겠지만 뭐 그런 건 별로 중요하지 않고.

아무튼 고위 정령인 팍시마디아의 공격조차 안 통하는 걸 보니 다른 공격 방식을 동원해야 할 것 같다.

"돌아가라, 팍시마디아."

―고마워, 주인!

평소엔 정령 구슬 안에 갇혀 있기 싫어하던 주제에 이럴 때만 좋아하네!

심술 나는데 다시 꺼낼까?

"[심판]!"

좌르릉!

물 속성은 번개 속성에 약하다! 이거 상식!

그래서 나는 번개를 발사하는 [위엄] 능력을 사용했다.

"아옳옳옳옳!"

그런데 상식이 무너져 내렸다.

어인 하나가 삼지창 하나를 바닥에 박자, 그 삼지창에 [심판]의 번개가 유도되더니 흩어져 버리는게 아닌가?

물론 바다를 타고 지글지글 흐르는 전류는 여전히 어인들을 감전시키고 있었으나, 내가 기대했던 장면은 그런 게 아니었다.

게다가 감전 자체를 몇 초 당하지도 않은 어인들이 내게 삼지창을 던져 대기 시작했다.

그 투창 공격 자체는 별로 위협적이지 않았으나, 모르는 공격을 맞아서 좋을 게 없다.

나는 [슈퍼 보드]를 써서 하늘로 휙 날아올라 공격을 피하며
외쳤다.

"[애호가]님! 이거 뭡니까?"

그러나 [애호가] 성좌의 대답은 돌아오지 않았다.

뭐지? 여기가 아닌가? 설마 트리톤족이 다 죽어 버린 건가?

아무리 그래도 성좌가 있는데… 설마 [말과 돌고래 애호가]에
게 변고라도 일어난 걸까?

잠깐 넋을 놓았던 나는 쉽게 포기하지 못하고 주변의 탐사에
나섰다.

저 혐오스러운 어인들이 없는 곳을 위주로.

*   *   *

탐사 결과.

트리톤들이 원래 살고 있던 트리톤해의 드넓은 해안은 저 정체
불명의 어인들에게 빼앗긴 상태였다.

원래 물속에 살고 있었을 터인 트리톤들은 물고기 꼬리를 인
간 다리로 변형시켜서까지 아예 육지로 올라와 있었다.

그곳이 여기다.

원래 트리톤 종족과 인간 종족 사이를 가로막고 있던 거대한
산맥의 산정 호수.

호수는 꽤 컸지만, 긴 해안선을 아우르고 있던 트리톤 종족의
원래 영역에 비하면 하잘것없었다.

그래서 그런지 호수의 인구 밀도는 어마어마했다.

[오오, 용사여!]

내가 새로운 트리톤족의 영역에 들어가자마자 [말과 돌고래 애호가] 입에서 나온 말이 용사였다.

그것도 성좌 입에서 이런 말이 나오다니, 상황이 어렵긴 어려운 모양이다.

"아니, 저것들 뭡니까?"

나는 트리톤해 해안에서 보고 온 어인들 이야기를 꺼냈다.

[그것들을 먼저 보고 온 건가? 그러면 설명이 빠르겠군.]

내가 어인이라 가리킨 것들은 실제로는 물고기도, 인간도 아니라는 듯했다.

[그것들은 [깊은 곳에서 온 것]의 일부다.]

웅? 일부?

"하수인이나 뭐 그런 게 아니라요?"

[그래, 인간인 네가 이해하기 쉽게 말하자면 머리카락이나 손톱 같은 거라고 할 수 있겠지.]

"…사람 머리카락이나 손톱은 살아서 돌아다니지 않습니다만."

[비유하자면 그렇다는 뜻이다. 사실은 인간의 머리카락과 손톱도 따로 움직이게 만드는 방법이 있긴 하다만.]

하긴 여긴 미궁이다.

그런 방법 하나둘쯤은 있어도 이상하지 않다.

알고 싶지 않지만.

[각 개체는 하찮은 것들이지만 기묘하게 본체의 능력을 일부씩 갖고 있지. 그것들과 싸워 봤다고 했지? 상대하기 귀찮았을

테지.]

"그렇더군요. 어떻게 상대해야 합니까?"

[그것들을 완전히 처치하려면 [신비]의 힘이 필요하다. [신비]의 힘으로 본체와 객체의 연결을 끊으면 하찮은 손톱만이 남게 될 것이다.]

오, 여기서 또 [신비]?

"혹시 그것들, [우주에서 온 색채]와 비슷한 놈들입니까?"

다소 충동적으로 한 질문을 들은 [애호가] 성좌는 기겁했다.

[그 불길한 이름을 니가 어떻게 알지? 설마 상대한 적이 있는 건가?]

"뭐, 본체를 상대한 적은 없습니다만. 운석은 한 번 상대해 봤습니다."

[그런데도 살아서 여기까지 왔다고? 역시 그대는 용사로다!]

그렇게 놀랄 일인가?

하긴 놀랄 일 맞지.

나도 어떻게 잡았는지 잘 기억나지 않을 정도니까.

[안타깝게도 내 아이들은 [신비]를 사용하는 데에 그리 능하지 않다. 그래서 [깊]을 몰아내기는커녕 이런 곳까지 밀려왔지.]

응? [깊]?

"[깊]이 뭡니까? 혹시 [깊은 곳에서 온 것]을 말씀하시는 겁니까?"

[맞다. 눈치가 빠르군.]

아니, 눈치고 자시고… 아니다.

"제게 임무를 주시려는 거로군요."

[역시 눈치가 빠르군. 그렇다, 퀘스트다. 받아 주겠는가?]

*　　　*　　　*

[성좌 퀘스트: 트리톤 종족의 영해 수복]

[이름만 들어도 알겠지만, 트리톤 해역은 본래 내 아이들, 트리톤족의 것이다. 그러나 어느 날 갑자기 튀어나온 [깊은 곳에서 온 것]의 일부가 수없이 불어나더니 내 아이들을 죽이고 우리 고유의 영토를 점령해버렸다. 놈들을 쓰러뜨리고 영토 회복에 힘을 보태 주길 바란다!]

[수락시: [말과 돌고래 애호가]의 성검]

오, 그냥 수락만 해도 성검을 준다고?

내가 허풍 떤 거면 어쩌려고 이런 퀘스트를?

하지만 나는 허풍 떤 게 아니기 때문에 당당하게 퀘스트를 받았다.

[말과 돌고래 애호가의 안장]: 탑승 시 탑승물의 이동 속도/돌격 위력/킥 공격력 증가.

그런데 성검이… 안장?

게다가 옵션이… 어디서 많이 본 것 같은데?

나는 인벤토리 안에 잘 넣어두었던 [말발굽★★]을 꺼내 보았다.

그리고 나는 깨달음을 얻었다.

아, 지금 와서 성검이랍시고 안장 주는 정도로 놀랄 게 아니구나.

발굽도 받았는데 무슨.

아무튼 [안장]의 능력은 ★ 달기 전 [말발굽]과 유사하지만, 딱 하나 차이가 있다면 '탑승 시 탑승물의'이라는 조건이 추가된 거였다.

뭐 말이라도 한 필 구해다 타야 하나?

[돌고래를 탈 때 쓰면 좋다.]

…말이 아니라 돌고래요?

아, [말과 돌고래 애호가] 성좌였지.

저 말은 무시하고 역시 그냥 말이나 구해다 타는 게 맞을 거 같다.

성검의 성능이 좀 아쉽긴 하지만, 그건 내가 ★ 달린 성검을 너무 많이 얻어서겠지.

그렇다고 이걸 되돌려줄 것도 아니고 말이다.

[그대로 쓰긴 좀 애매하다만, 공을 세우면 성검의 등급을 올려줄 것이다.]

그런데 내 표정이 성좌에게 읽히기라도 한 건지, 갑자기 이런 말이 나왔다.

"최선을 다하도록 하겠습니다."

아니, 정말로 의욕이 확 치솟네.

나는 최선을 다할 것이다.

★ 세 개 다는 그 날까지.

*   *   *

[애호가]의 말대로, [신비]는 '깊은 곳에서 온 것]의 일부', 줄

여서 [깊]을 상대하기에 놀라울 정도로 효과적이었다.

운석을 상대할 때처럼 [빈 인간]까지 쓸 필요도 없었다.

그저 [신비한 폭발]로 본체와의 연결만 끊는 데에 성공하면, [깊]들은 그저 바닥에 흩어진 머리카락 같은 걸로 변해 버렸으니.

아, 그렇다고 진짜로 머리카락이 된 건 아니다.

이건 비유다.

그저 [신비한 화살] 하나로 충분히 쓰러뜨릴 수 있는, 내 머리카락만도 못한 놈들이 됐다는 의미다.

물론 지금의 내 [신비한 화살]은 [고대 엘프 사냥꾼의 활과 화살★]에 [신비한 활의 축복]이 더해져서 처음 얻었을 때의 그것과는 성능 차이가 좀 심하긴 하다만.

쿵, 쿵, 쿵!

드르르르륵!

[깊]들 사이로 [신비한 폭발]이 연이어 터지고, 그 뒤를 이어 날아든 [신비한 화살]이 무력해진 [깊]들을 꿰뚫었다.

"아윯윯윯윯!"

"아윯윯윯윯!"

동족들이 짚단처럼 쓰러져 죽어 가는 데도, 살아남은 [깊]은 아무런 두려움도 못 느끼듯 계속해서 나를 향해 몰려왔다.

그러나 사람의 머리카락 수에도 한계가 있듯, [깊]들도 무한하지만은 않았던 모양이다.

어느새 나는 두 개의 해안선을 수복했다.

[좋아! 잘했다! 잘 해내고 있어!]

아직 수복해야 하는 지역이 훨씬 더 넓었지만, 어쨌든 적들을 밀어내고 있다는 점 때문에 [애호가] 성좌는 크게 흥분했다.

[연계 퀘스트: 웨스트 코스트를 수복하라!]

[나의, 내 아이들의 땅을 수복하라!]

[수락시: [말과 돌고래 애호가의 안장+++]

얼마나 흥분했는지는 퀘스트의 내용만 보더라도 명백했다.

하지만 앞으로도 지금까지처럼 수월하게 수복할 수 있을 거라고는 생각하기 힘들었다.

[비이이이임!!!]으로 쓸어버리는 것이 더 쉽고 편함에도 불구하고 그러지 않았던 이유가 있었다.

언제 [깊은 곳에서 온 것] 본체가 나올지 모른다는 생각이 내게 여력을 남기게 하고 있었다.

[좋았어! 이걸로 웨스트 코스트도 수복했어! 참 잘했다! 이제 웨스트—사우스 코스트를 수복하러 가자고!!!]

그런 내 긴장감을 아는지 모르는지, [애호가] 성좌는 또 한 번의 성공에 더욱 고무된 기색이었다.

그리고 고무된 것은 성좌뿐만이 아니었다.

"감사합니다, 영웅님!"

"뭐든 말씀해 주십시오! 따르겠습니다!"

"목숨이라도 바치겠습니다!!"

기존에 트리톤들이 나를 그저 같이 노는 삼촌 같은 사람이었던 것처럼 대했다면, 지금은 문자 그대로 영웅님으로 대하고 있었다.

뭐, 나로선 이쪽이 더 익숙하긴 하다.

제국이나 왕국의 인간들도, 프연방의 엘프, 드워프, 호프스도 나를 이런 식으로 대하긴 하니까.

하지만 익숙하다는 게 항상 좋다는 뜻은 아니다.

"…친구 하나를 잃은 느낌이로군."

명확히 하자면 친구가 아니라 조카였지만, 그리고 잃은 건 하나가 아니라 한 종족이었지만… 그거야 뭐 어쨌든.

편하게 같이 놀 수 있는 상대가 줄어 버린 건 조금 아쉬웠다.

[말과 돌고래 애호가의 안장★]: 탑승 시 탑승물의 이동 속도/돌격 위력/킥 공격력이 [위엄] 능력치에 비례해 증가한다.

하지만 그건 그거고 이건 이거지!

웨스트—사우스 코스트 수복 퀘스트 수락 보상으로 받은 [안장★]의 성능은 참으로 마음에 들었다.

이제 탈 것만 구하면 되겠네.

그런데 탈 것을 어떻게 구하지?

나는 잠깐 고민했지만, 그 고민이 길지는 않았다.

[살아 있는 욕망]으로 기계 말을 만들고 타면 되지 않을까, 하는 기획이 곧 머릿속에 떠오른 덕이다.

물론 [슈퍼 보드]를 [욕망]으로 환급받아야겠지만, 그게 뭐 큰 문제랴?

＊　　　＊　　　＊

[좋았어! 이걸로 웨스트—사우스 코스트도 우리 땅이다! 다음은 사우스—사우스웨스트 코스트야!]

아니, 안 나오십니까? [깊은 곳에서 온 것] 님?

계속 이러시면 제가 이 해안선 다 먹어 버립니다?

물론 그게 나한테 좋긴 했다.

어쨌든 퀘스트가 계속 나오고 있고, 보상도 받아 챙기고 있으니까.

[말과 돌고래 애호가의 고삐]: 탑승 시 탑승물의 전투력 증가.

이건 [애호가] 성좌의 성배였다.

성배가… 고삐?

이런 지적을 하기엔 너무 늦었다는 생각이 슬슬 들기도 한다.

말발굽이 성검으로 나왔을 때 이미 끝장을 본 게 아니었을까?

좌우지간 이 [고삐]는 사우스 웨스트 코스트 수복 퀘스트 수락 보상으로 나온 거였다.

아무래도 바로 [안장★★]을 주긴 좀 부담스러웠나 보지.

하지만 별 불만은 없다.

아직 수복할 해안선은 많았고, 남은 퀘스트도 많았으니까.

그리고 그것은 곧 받을 보상 또한 많이 남았음을 뜻한다.

성검과 성배, 둘 다 ★★★ 만드는 데에 그리 오래 걸릴 것 같지도 않았다.

이대로만 간다면.

그래, 이대로만 간다면 그랬겠지.

*　　　*　　　*

—크르르르르르……!

안 나오냐고 직접 말한 것도 아닌데, 그냥 머릿속으로 생각만 했는데 나와 버렸다!

마치 [웜 신]을 연상케 하는 거대한 괴수가!

저게… 저것이……!

[남해 대괴수다!]

아, 저게 [깊은 곳에서 온 것]인 건 아닌가 보네.

다행인가? 잘 모르겠다.

거대한 문어 대가리에 거북이 등딱지가 붙어 있고 다리는 여섯 개에 두 개의 거대 집게발을 지닌, 뭔가 물고기를 제외한 바다 생물을 뒤섞어 놓은 것 같은 외견이었다.

한마디로 요약하자면 강해 보였다.

그것도 엄청.

"하, 싸우기 싫은데……."

레벨도 한계까지 꽉 채워 올려놔서 저거 잡는다고 레벨이 오르는 것도 아니다.

그런데 꼭 저거랑 싸워야 하나?

하지만 나는 이미 퀘스트를 수락하고 수락 보상을 받아 버렸다.

이쯤 해서 손절 치기엔 받아먹은 게 너무 많은데, 어떻게 해야 하려나?

그런데 그때였다.

[성좌 퀘스트: 남해 대괴수 처치]

[남해 대괴수, [크라켄 신]이 나타났다! 놈은 [깊은 곳에서 온 것]의 영향을 받아 기괴하게 변이한 것 같다! 놈의 목숨을 끊고

트리톤족을 구원하라!]

[처치시 보상: [말과 돌고래 애호가의 안장★★]]

갑자기 의욕이 끓어올랐다.

나, 싸운다!

보상, 받는다!

*　　　　*　　　　*

[크라켄 신]

크라켄은 거대 오징어 아니었냐는 생각이 먼저 떠올랐지만, 미궁이 저걸 크라켄이라고 하는데 내가 뭘 어쩌겠는가.

아무튼 저 괴물 또한 [웜 신]처럼 신역(神域)에 이른 신급 몬스터인 것 같다.

퀘스트 보상을 보고 의욕에 가득 차 나서긴 했지만, 냉정하게 생각하면 쉬이 쓰러뜨리기 어려운 상대였다.

나는 이미 같은 신급 몬스터, 즉 [웜 신]을 쓰러뜨린 적이 있긴 하다.

하지만 그때는 [고대 엘프 사냥꾼]의 도움을 받아 주변 환경을 숲으로 만든 덕을 봤다.

바다에서 바다 생물을 상대하는 건 그것과는 차원이 다를 터였다.

훨씬 더 어려울 것이 빤한 상황.

물론 나도 그때보다 더 성장하긴 했지만, 그렇다고 여유를 부릴 입장은 못 됐다.

강화할 것은 강화하고, 준비할 것은 준비해야 그나마 승산이 보일 것이다.

"…[지식]만 빼고 나머지는 다 올려야겠군."

이런 곳에서 [신비한 명상]을 취하면 해안선의 환경에도 영향을 미치게 될 테니까.

아니, 그뿐만이 아니다.

저 [크라켄 신]의 주인인 [깊은 곳에서 온 것]이 ■■와 관련이 있을 것이 뻔한 상황.

이럴 때 수상한 방법으로 [지식]을 올려도 될 것인지 의문이 들었다.

그냥 미배분 능력치로 쭉 올리면 안 되나?

그러면 뭐 문제 될 거 없지 않을까?

…싶긴 하지만, 혹시나 하는 생각이 또 드는 게 문제다.

"올려도 됩니까?"

그래서 나는 [애호가] 성좌에게 물어봤다.

[잘 모르겠는데? 그래도 그냥 올리지 말지?]

그랬더니 돌아온 답이 이거였다.

음, 그렇군. 역시 올리지 말자.

나는 이렇게 결론을 내리고 다른 수단의 강화부터 꾀하기로 했다.

그 전에 먼저.

"[크라켄 신]이라는 놈은 어떤 놈입니까?"

정보부터 얻어야겠다.

[웜 신]은 회귀 전 모험가의 공략 영상이라도 봤지만, [크라켄

신]에 대한 정보가 너무 부족했다.

[좋아, 알려 주지.]

다행히 [애호가] 성좌는 흔쾌히 내게 브리핑을 해 주었다.

그리고 그 브리핑을 들은 나는 파워 업 플랜을 어떻게 잡을지 결정했다.

*   *   *

일단 기본 능력치부터 쭉쭉 끌어올리자.

이건 기본이다.

[이철호]

레벨: 220

기본 능력치: [근력 225] [체력 225] [민첩 225] [솜씨 225]

이로써 [혈기]가 225가 되었고, [지식]은 여전히 175라 자연히 [야성]은 200이 되었다.

그럼 당연히 따라와야 할 게 있지?

[야성] 200 능력이다!

[신화적인 야만 영웅의 영혼 강령]: 신장 +150%, 체중 +150%, 전투력 +150%. 단, 자아 침식의 위험이 큼.

"오!"

새롭게 얻은 능력의 설명을 읽은 나는 감탄사를 터트렸다.

그렇지, 전설 다음은 신화지.

알고 있었어!

그리고 [야만] 능력의 좋은 점이라면 역시 강령 후 사용할 수 있게 되는 능력의 풍성함이다.

이번에도 이러한 능력들이 빠짐없이 따라왔다.

그럼 능력들의 세부 사항을 확인해볼까?

[신화적인 야만 영웅의 육체]: 신장 +150%, 체중 +150%, 전투력 +150%. 단, 자아 침식의 위험이 큼.

와, 덩치를 불리는 보너스가 전설 때에 비해 두 배로 불어났다!

게다가 능력치 보정이 [근력]과 [체력]에서 전투력으로 변경되었다.

즉, 기존엔 보너스를 못 받던 [민첩]과 [솜씨]에도 영향을 미치게 됐다는 뜻이다!

[신화적인 야만 영웅의 기술]: 모든 양손 무기를 한 손으로 다룰 수 있게 되며, 모든 근접 무기 사용에 추가 보너스를 얻는다. 맨손 전투에 큰 폭의 보너스를 얻는다.

능력 설명은 바뀐 게 없다.

하지만 실제론 다르겠지.

이젠 익숙해졌다.

[신화적인 야만 영웅의 호령]: 전방 원뿔 범위에 번개 숨결을 방사하고, 일정 시간 동안 아군에게 전투력 보너스를 부여한다. [야성]을 소모하여 1회 더 추가로 사용할 수 있다.

[신화적인 야만 영웅의 호통]: 전방 원뿔 범위에 번개 숨결을 방사하고, 일정 시간 동안 적군에게 전투력 페널티를 부여한다. [야성]을 소모하여 1회 더 추가로 사용할 수 있다.

[호령]과 [호통]에는 '[야성]을 소모하여 1회 더 추가로 사용할

수 있다' 라는 한 줄이 붙었다.

중복으로 쓸 수 있게 된 건 좋은데, 효율이 어떨지 모르겠네.

이럴 땐 한 번 써 보고 감을 잡으면 된다.

나는 바로 [신화적인 야만 영웅의 영혼 강령] 능력을 사용해 보았다.

부왁! …하는 소리가 실제로 들리지는 않았다.

하지만 내 심상에선 그런 소리가 환청처럼 울려 퍼질 정도로 나는 거대해졌다.

와, 거인이네. 거인.

+150%라곤 해도 실제론 2.5배니, 5미터짜리 거인이 된 게 맞다.

―[불변의 정신+++]이 상태 이상 [자아 침식]에 저항합니다.

―저항 성공!

음, [불변의 정신+++]도 잘 작동한다.

+++를 달기 전이었다면 좀 위험했을까?

거기까진 모르겠다.

아무튼 능력이나 계속 체크해 보자.

나는 적당히 주먹을 뻗어보았다.

"훅훅!"

[기술]은 내 생각대로 [전설]일 때에 비하면 훨씬 부드럽게 나갔다.

FHD 해상도만 봐도 충분히 만족스럽다고 생각했는데, 4K를 처음 경험해 봤을 때의 느낌이라고 해야 할까?

"오라!"

[호령]과 [호통]은 생각했던 것보다 어마어마했다.

번개 숨결이 무슨 드래곤 브레스처럼 나가더라.

위력도 거의 [심판]급이었다.

그래도 추가 사용에 [야성] 50%를 소모하는 건 좀 그랬다.

뭐, 이만큼 쓰면 이 정도 위력 정도는 나와 줘야지, 하는 느낌이랄까.

다만 아쉬웠던 건 입고 있는 옷이나 차고 있는 장비까지 거대화되지는 않는다는 거였다.

하긴 야성 능력이니… 기대도 안 했다.

알몸으로 싸울 순 없으니, [욕망 구현]으로 팬티나 만들어야 하나?

*   *   *

그래, 맞다. [욕망].

생각난 김에 [욕망]도 200으로 올리자.

그러자 새로운 능력이 나타났다.

[욕망 대출]: 욕망을 대출한다. 갚지 않으면 복리 이자가 붙는다.

[욕망] 200 능력이었다.

"오."

[욕망 대출]은 능력 설명 그대로 [욕망]을 빌려 쓸 수 있는 능력이지만, 일수 10%라는 어마어마한 복리 이자를 자랑한다.

하지만 내게는 그저 [욕망]의 최대치를 늘려 주는 좋은 능력에 불과했다.

[욕망 대출]로 만든 [욕망] 아이템을 [청동 동전★★★] 능력으

로 팔아 버린 후 다시 두 개 산 다음, 원본은 [욕망 반환]!

이렇게 되돌려 받은 [욕망]으로 대출받은 빚을 갚으면 땡이니까.

게다가 첫날은 이자가 없다. 빌렸다가 바로 갚으면 이자를 안 내도 된다는 소리다!

지구 문명이 남아 있을 때라면 신용을 떨어뜨리려는 3금융권 의 함정이라는 생각부터 들었겠지.

하지만 여기 시스템은 기본적으로 미궁 독점이라 그런 식의 함 정도 아닐 것이다.

"이 정도면 전신 슈트도 만들 수 있겠네."

과연 200 능력이다. 매우 만족스럽다.

다만 대출 한도가 정해져 있는 게 조금 아쉬울 따름이다.

대출 한도는 [욕망] 능력치의 100%로 조금 짰다.

하긴 능력 설명 보자마자 꼼수가 바로 떠오를 정도의 능력인 데, 한도를 밑도 끝도 없이 풀어놓을 수는 없었겠지.

뭐, 그래도 당장 동원할 수 있는 [욕망]이 400으로 늘었다.

이 정도면 만족할 만하지.

부족해지면 25도 마저 올리면 되고.

이걸로 뭘 만들지는 다른 능력치의 200 능력도 보고 결정해야 겠다.

나는 다시 상태창을 켜고 다음 대상을 물색했다.

일단 [폭주]가 가장 먼저 눈에 들어왔다.

"이건 225까지 올리자."

[웜 신]과 싸울 때 크게 활약한 능력치니만큼 올릴 가치가 있다.

[대폭주]: [폭주]의 소모가 커지나 효과를 배가시킨다. 단, 통제

가 더욱 어려워진다. 이 능력은 켜고 끌 수 있다.

그리고 [폭주] 200 능력으로 아주 좋은 게 나왔다.

[폭주]의 소모가 2배로 빨라지는 대신, 효과도 2배로 커지는 패시브 능력이다.

아니, 켜고 끌 수 있으니 토글형 능력이라고 해야 하려나.

최고 화력은 높을수록 좋은 게 이 바닥이라, 이걸 안 좋다고 할 수가 없지.

그 대가로 제어 능력이 떨어졌지만, 일단 [말발굽★★]도 별 하나를 더 받아 둔 터라 생각보다는 할 만했다.

이제 남은 건 [위엄]과 [매력]인데… 이것들을 과연 올려야 할까? 전투에는 별로 도움이 안 될 것 같은데?

"…일단 [위엄]은 올리자."

좀 애매하긴 하지만 그래도 [심판]의 번개 위력을 올리는 데에 공헌할 수는 있으니까.

그래서 딱 200까지만 올려 보자고 판단했다.

그러한 내 판단은 옳았다.

[벼락 강림]: 벼락 그 자체가 되어 원하는 위치에 떨어진다. 떨어진 위치의 일정 반경에 [위엄]과 비례한 번개 피해를 입힌다.

번개 마법이 하나 더 늘어난 건 별로 큰 의의를 지니지 않는다.

이 능력의 진짜 의의는 순간 이동이다. 문자 그대로인 '순간' 이동.

원하는 좌표를 고르고 [벼락 강림]을 사용하면 내 몸이 곧장 그 좌표의 상공으로 순간 이동 하고, 해당 좌표로 내려꽂히는 식의 메커니즘이었다.

비록 유효 거리에 제한이 있다고는 하나, [위엄]이 남아 있는 한 언제든 사용할 수 있는 회피 능력이 생긴 것이나 다름없었다.

이 능력의 등장은 내 생존 능력을 기하급수적으로 상승시켜 주었다.

이제까지 순간 이동에만 초점을 맞췄지만, 사실 위력도 대단하다.

같은 선상에 놓고 비교하긴 조금 애매하나, 대충 [폭주]+[전쟁 검★★★]+[혈투창]과 비견될 정도다.

광역 피해를 입힐 수 있는 능력인 걸 감안하면 차고 넘치는 수준이라 할 수 있으리라.

다만 한 가지 단점을 말하라면 이 능력의 [위엄] 소모가 장난이 아니라는 점이었다.

1회 사용에 [위엄]을 100이나 잡아먹기 때문에 지금 시점에선 2번밖에 쓰지 못한다.

뭐, 그래도 이게 어딘가?

나는 만족했다.

[위엄]에 미배분 능력치 25를 마저 투입해 225를 만든 나는 다시금 고민에 잠겼다.

[매력]을 올릴까, 말까?

"에이, 올리자."

어차피 31층부터 지금까지 일반 기술 단련을 열심히 한 터라 미배분 능력치가 좀 많이 남는 데다, 나중에 후회하는 것보다는 지금 후회하는 게 낫다.

그래서 나는 그냥 [매력]에도 능력치를 투자했다.

그 결과.

[세계에게 편애받는]: [매력]을 소모한다. 무적이 된다.

이게 뭐야?!

[매력] 200 능력으로 무적기?

미궁이 미쳐 버린 건가?

아, 미궁에서 말하는 무적이 뭐냐면 모든 직접적인 공격과 간접적인 공격을 무효화시키는 것을 뜻한다.

모든 능력의 대상으로 지정되지 않으며, 광역 공격으로 휩쓸어도 무적이 걸려 있으면 아무 피해도 입지 않는다.

그야말로 무적 그 자체.

"이겼다……!"

나는 나도 모르게 이렇게 중얼거리고 말았다.

"아니지, 섣부르게 판단할 일이 아니야."

아직 시험 가동도 안 해 본 능력으로 벌써 이겼으니 하면 안된다.

그래서 시험 가동을 해 본 결과.

"무적 발동에 [매력] 200에, 1초 유지당 20?!"

225를 다 박아도 1.25초 무적이 다라고?

이건 좀 심하지 않나?

그렇게 생각한 적도 있었다.

[아름다운 로맨스의 스탠딩 마이크★]가 없었다면 그랬겠지!

이 성검은 [매력]을 +100% 해 준다.

즉, 이 성검을 들고 있는 동안 내 [매력]은 450이 된다.

무적을 발동하고도 [매력]이 250이나 남는다.

따라서 무적을 유지할 수 있는 시간은… 무려 12.5초!

"[아름다운 로맨스]가 나중에라도 이 성검의 가치를 깨닫게 될 거라고 하더니만, 이런 의미였군!"

훌륭한 복선 회수였다.

나는 혼자 감탄했다.

*   *   *

이걸로 [지식]을 제외한 모든 능력치가 200을 넘겼고, 지금 얻을 수 있는 능력치 200 능력은 모두 얻었다.

이제 남은 파워 업 수단은 [욕망]으로 무얼 만드느냐와 미궁 금화로 뭘 살 거냐 정도가 남아 있다.

그러다 문득, 나는 아주 당연한 사실을 깨달았다.

"아, 그렇지. 여긴 나 혼자가 아니었지."

29층 9번방과는 달리, 36층에는 다른 사람들이 있었다.

특히 4서폿이 있었다.

물론 그들의 서포트를 받으면 경험치를 나눠 줘야 한다.

하지만 그건 그리 큰 문제가 아니었다.

"뭐, 레벨도 한계까지 올려놨는데 경험치쯤이야 좀 나눠 줘도 상관없지."

한계 레벨에 도달한 지금, 여기서 더 경험치를 먹어 봐야 버려지기나 할 뿐이다.

[이철호]: 어르신, 괜찮으십니까?

[유상태]: 아, 선생님. 명멸이에게 이야기를 들으셨겠습니다만

저희는 모두 괜찮습니다.

나는 여기 이야기를 했다.

[유상태]: 오, 선생님께 도움을 드릴 수 있다면 당연히 가야죠!

다행히 여기까지 오는 길은 비교적 안전했다.

원래라면 위험했을 왕국과 해안을 가로막은 산맥을 [애호가] 성좌가 점령하고 보호한 덕이었다.

물론 군데군데 위험 지역이 남아 있었지만 지금의 4서폿이라면 별문제가 되지는 않을 것이다.

그렇게 약하게 키운 모험가들이 아니다.

나는 그런 생각을 했다.

하지만 내 생각이 틀렸다.

텔레파시가 오가고 약 5분 정도 후.

[유상태]: 선생님, 지정하신 장소에 도착했습니다. 소환해 주시면 감사하겠습니다.

엥? 벌써 왔다고?

나는 커뮤니티 기능을 이용해 4명을 콜 했다.

진짜로 콜이 유효한 거리까지 왔는지, 콜은 정상적으로 작동했으며 내 앞에 네 명의 모습이 슈슈숙 나타나게 해 줬다.

"저희 왔어요, 오빠."

김이선이 종종걸음으로 앞에 나서서 내게 말했다.

나는 이선이에게 고개를 한 번 끄덕여 주고 유상태 어르신께 말했다.

"이렇게 빨리 오실 줄은 몰랐는데요."

"아는 모험가 집단 몇몇과 계를 만들어서요, 필요할 때는 서로 콜을 해 주기로 협약을 맺었습니다."

그러니까 제국에 있던 4서폿을 왕국에 있던 모험가가 콜 해 주고, 왕국 서부에서 또 콜 해 주고, 이런 식으로 점프를 반복해 여기까지 온 모양이다.

그렇게 걸린 시간이 불과 5분.

놀라울 정도다.

"…그거 편리해 보이는군요."

"이게 얼마나 비싼데요? 선생님 호출이 아니었으면 안 썼을 거예요!"

꼬맹이가 툴툴거렸다.

"아니, 불러 주신 걸 감사해야지. 경험치에, 퀘스트에, 종족 우호도까지 다 챙기는데 이걸 안 와?"

그런 꼬맹이의 머리를 김명멸이 꾸욱 누르며 타박하자, 꼬맹이는 그 자리에서 뿅 튀어오르며 화를 냈다.

"아, 누르지 말라고!"

음, 귀엽네.

31층에서부터 한 층당 5년씩, 벌써 25년의 세월이 흘렀다.

그런데도 꼬맹이는 여전히 꼬맹이일 뿐이었다.

외견은 물론이고, 성격까지도 여전히 귀여웠다.

"아, 웃으시네."

"역시 수아 괴롭히는 게 제일 반응이……"

"아, 괴롭히지 말라고!"

"크흠."

나는 헛기침을 했다.

"성좌를 소개시켜 드릴 테니 따라오시죠."

*   *   *

[애호가] 성좌와의 상담 결과, 4서폿에게는 사전에 이야기한 대로 내 지원 퀘스트가 주어졌다.

보상으로는 [위엄]을 받기로 되어 있나 보다.

그것도 꽤 많이.

"목숨도 안 걸고 이 정도면 너무 후한데요?"

싱글벙글한 이수아의 얼굴을 보아하니 내가 질 거라고는 추호도 생각 안 하는 것 같았다.

후… 그렇게 여유 있는 상대는 아닌데. 얘가 이렇게 말하니 또 묘한 허세가 생기려고 한다.

안 되지, 안 돼. 상대가 신급 몬스터인데, 당연히 전력을 다해야지.

나는 흐트러지려는 정신을 다잡았다.

아무튼 이번에는 받을 수 있는 버프는 다 받을 생각이다.

일단 김이선의 [급속 거대화++] 2중첩을 받고, 김명멸의 [작아져라!++]는 스탯 보너스만 받는다.

이수아의 [따스한 손길++]도 당연히 받을 테고, 유상태의 [모발 부적++]은 음… 필요해지면 후방으로 물러나서 받으면 되겠지.

그런데 이게 전부가 아니다.

넷 모두 30층에서 새로운 직업을 얻었고, 36층까지 오는 과정에서 25년을 구르며 일반 기술과 각 직업의 특별 기술을 단련했다.

그 결과, 넷 모두 해당 직업의 주 능력치를 충분히 향상시켰다.

지원에 적절한 새로운 능력을 얻을 수 있을 정도로 말이다.

그 지원 능력들을 확인한 나는 미궁 금화로는 무엇을 사고, [욕망]으로는 무엇을 만들지 결론을 내릴 수 있었다.

미궁 금화로는 당연히 [기사회생]을 하나 사고, 일단 [꿰뚫는 맛 드롭스]도 두 개 사고…….

[듀얼!★]… 은 저쪽에도 [깊]들이 나오고 나도 서포트를 받을 테니 살 필요가 없군.

또 [절대 명중] 등등은… 어차피 무적도 생겼고 순간 이동 회피기도 생겼겠다, 전투 중에 상점 창 열고 필요한 걸 바로바로 사도 된다.

그런 의미에서 [드롭스]도 미리 쟁여 둘 필요가 없군. 필요해지면 거리 벌리고 사서 빨면 그만이니까.

미리 사 두는 건 그냥 보험용 [기사회생] 하나와 전투 개시 직전에 빨 [꿰뚫는 맛 드롭스] 2개로 족할 것 같다.

자, 그럼 욕망 템을 기획하자.

먼저 거대화 상태에서도 '탑승' 할 수 있는 '탑승물' 이어야 하며, [안장★]을 얹을 수 있어야 하고, [말발굽★★]도 박아 넣을 수 있어야 했다.

그리고 두 성검의 위력을 제대로 발휘하기 위해 킥을 찰 수 있어야 했다.

그렇게 해서 만들어진 것이 [슈퍼 파워 아머]였다.

기본적으로는 여기저기에 부스터가 달린 갑옷 비스무리하지만, 크기 자체가 20m급이다.

뭐, 쉽게 말하면 인간형 로봇이다.

게다가 탑승물이라 안장을 얹어 탈 수도 있고, 다리가 달려 있어 킥도 가능했다.

무엇보다 로망이 있다.

"서, 서, 서, 선생님! 저 나중에 한 번만 태워 주시면 안 되겠습니까?"

사실은 나와 동년배인 유상태의 눈이 돌아가는 소리가 귀로 들릴 정도였다.

"싸움이 끝나고 나면 한 번 태워 드리겠습니다."

"오, 감사합니다. 우하하!"

그렇지, 우리 세대는 로봇 좋아하지.

"저, 저도 한 번만……!"

그런데 의외였던 건 김명멸도 반응한 거였다.

역시 사내아이는 자라도 사내아이라더니, 명멸이도 예외가 아닌 듯했다.

"그래, 너도."

나는 콧대가 높아지는 걸 느끼며 흔쾌히 고개를 끄덕였다.

반면 여성진들의 의견은 이런 남성진들의 반응과는 조금 달랐다.

"전 그런 오빠의 취미도 존중할 수 있어요."

김이선은 웃으면서 이렇게 말했고, 이수아는 아무 말도 하지 못했다.

"읍! 읍!"

말하지 못한 이유는 김이선이 입을 틀어막고 있어서였다.

왜 입을 틀어막고 있는지는 그리 궁금하지 않았다.

아, 역시 이선이가 수아보다 힘이 세구나!

내가 느낀 감상은 이게 전부였다.

*　　　　*　　　　*

[웜 신] 때도 그랬지만, [크라켄 신]도 사람에게 큰 관심이 없어서 다행이다.

만약 준비할 시간 없이 [크라켄 신]이 먼저 덮쳐 왔다면 죽을 수밖에 없었으리라.

일반 몬스터라면 그랬겠지. 태생부터 모험가에 대한 악의와 증오로 가득 찬 것들이니.

그러나 신급 몬스터는 신급답게 그저 해안선 하나를 차지하고 앉은 채 내게 시간을 내어 주었다.

그 덕에 나는 싸울 준비를 완전히 끝마친 채 도전할 수 있게 됐다.

그럼에도 내 승률이 그리 높아 보이지는 않았지만, 그래도 이번에는 적어도 죽을 가능성은 적었다.

무적과 순간 이동, 그리고 폐쇄되지 않은 환경 덕에 불리하면 도망칠 수 있다는 점이 큰 영향을 미치리라.

각 안 보이면 바로 튀어야지.

나는 내심 그런 생각을 품은 채, [크라켄 신]이 기다리는 해안선으로 나섰다.

"힘내세요, 오빠."

"이겨야 해요! 제 보상을 위해서라도!"

"파이팅입니다, 선생님!"

"무운을 빌겠습니다."

위부터 김이선, 이수아, 유상태, 김명멸의 순서였다.

이따가 돌아오면 이수아 꿀밤 한 대 때려야지.

지금 말고.

왜 지금은 안 되냐면, 나중에 또 버프를 받아야 할 수도 있기 때문이다.

일단 수아로부터는 [움직이지 않는 대성채] 버프를 받았다.

방어력이 크게 오르고 모든 피해에 대한 방어막을 제공하며, 한 자리에 버티고 서 있으면 모든 종류의 강제 이동 효과를 무효화한다.

능력 이름은 [움직이지 않는 대성채]지만, 움직여도 손해 보는 게 없거니와 버프 손실도 디버프 무효화 하나뿐이라는 게 크다.

그리고 당연히 [따스한 손길++]도 받았다.

여기에 성검 버프.

이수아의 성검은 버프 계열 능력을 지녀서 이것도 나중에 받을 예정이다.

그런데 이 녀석, 180레벨 찍자마자 성검에 ★을 붙였다고 한다.

아니, 보통 성검에 ★을 붙이려면 성좌의 축복을 받아야 하는데 대체 어떻게 받은 거지?

물어봤더니 이런 대답이 돌아왔다.

"선생님이랑 아는 사이라고 했더니 주던데요?"

"그, 그렇구나."

그렇다고 한다…….

그리고 다른 사람들의 버프도 계획해둔 대로 받았다.

이 버프들은 시간 끊길 때마다 여기 돌아와서 다시 받을 생각이었다.

[크라켄 신]과 얼마나 오래 싸울지는 모르겠지만, 뭐 만약이라는 게 있으니까.

마지막으로 입 안에 [꿰뚫는 맛 드롭스]를 던져 넣음으로써 모든 준비를 끝냈다.

이제 전장으로 향할 때다.

         *   *   *

쿠웅! 쿠웅!

100레벨을 넘어 150레벨을 찍은 김이선의 [급속 거대화++] 2중첩은 내 체중은 물론 입은 옷과 무기에 장비까지 거대화시켜 주었다.

그 덕에 지금 나는 매우 컸으며, 동시에 무거웠다.

탑승 중인 [슈퍼 파워 아머]도 거대화의 영향을 받았으니, 합치면 톤 단위의 중량이 되는 셈이다.

걸음을 옮길 때마다 지축이 울리는 것은 이 때문이다.

많은 부분에서 레벨과 능력치가 우선시되는 미궁의 환경이지만, 때때로 중량이 전투력으로 환산되는 경우가 있다.

그것은 바로…….

"[벼락 강림]!"

이런 식으로 공중에서부터 체중을 실어 킥을 날릴 때였다.

짜릉!

안 그래도 강력한 [위엄] 200 능력에 [안장★]과 [말발굽★★]의 킥 위력 증가가 더해진 필살의 일격!

그러나 이 위력으로도 [크라켄 신]을 한 방에서 죽여 없애는 건 무리였던 모양이다.

뭐, 예상대로긴 했다.

문제는 이 첫 공격으로 [크라켄 신]의 거북 등껍질에 금이라도 가게 만들려던 내 계획이 첫걸음부터 무너져 내렸다는 점이었다.

등껍질에 균열이 갔으면 그 균열 속으로 [폭주]를 건 [혈투창]을 박아 주려고 했건만, 실금조차 안 갈 줄이야…….

"역시 방어력 쪽인가 보군……."

[말과 돌고래 애호가] 성좌가 말하길, 이 녀석의 신역(神域)에 이른 능력은 방어력이라고 했다.

아무리 그래도 그렇지, [꿰뚫는 맛 드롭스] 2개로 방어 관통 100%를 찍었는데 흠집 하나도 안 나는 게 말이 되냐?

말이 된다.

신역에 이른 방어력은 100%를 초과한다던가?

그래서 방관 100%로도 방어력을 무시하는 게 불가능하다고…….

아니, 이게 진짜로 말이 되는 소린가 싶긴 하지만 어쩌겠는가? 여긴 미궁인데.

여기가 물리 법칙보다 미궁 법칙이 우선시되는 곳인 이상, 바깥의 논리로 따지고 들어 봐야 아무 소용 없다.

그래도 내 공격력이 29층 때보다는 훨씬 성장해서 이 정도 공격이면 등껍질 정도는 뚫을 줄 알았는데… 어림도 없었다.

푸학!

나는 [슈퍼 파워 아머]의 부스터를 작동시켜 하늘로 날아올랐다.

계획의 첫 단계부터 틀어졌다면 처음부터 다시 설계해야 했다.

이대로 이탈할 수 있다면 좋으련만.

안 되겠지?

아니나 다를까, 거북기 등딱지에 여기저기 붙은 따개비에서 징그러운 촉수들이 삐져나오더니 나를 향해 날아들기 시작했다.

"어우, 씨."

나는 본능적인 혐오감에 몸서리치며 [불꽃 폭발]을 크게 하나 만들어 던졌다.

타격을 입길 바라고 던진 게 아니고, 폭발의 기세에 몸을 실어 거리를 벌리기 위해서였다.

쾅!

이번에는 의도대로 됐다.

따개비의 상대적으로 연약한 촉수는 불길 앞에 구운 오징어 다리처럼 오그라들었다.

그리고 거리도 벌어졌고.

응, 그럼 의도대로 된 거지.

"키에에에엑!!"

그때, [크라켄 신]이 내가 이전까지 들은 전 없던 기괴한 비명을 내지르더니 거대한 집게발을 번개처럼 움직여 날 콱 쥐었다.

"큭!"

이 스피드라니!

생각했던 것보다도 훨씬 빠르다. 내가 반응할 수 없을 정도라는 건 미처 예상하지 못했다.

어쩔 수 없군. 아껴 두려고 했는데…….

[신화적인 야만 영웅의 영혼 강령]

이미 [급속 거대화++]를 중첩으로 적용받고 6배 이상 거대화된 상태에서 [신화적인 야만 영웅의 영혼 강령]을 쓰면 어떻게 되는 걸까?

그것은 이미 실험으로 증명된 바가 있었다.

결론부터 말하자면 곱셈 연산이었다.

내 원래 크기의 +150%가 아니라 버프 다 받은 상태에서의 +150%였다는 뜻이다.

이 정도까지 거대화되고 나니 [전쟁검★★★]은 장난감을 넘어 그냥 이쑤시개처럼 보인다.

그래서 나는 [굶주린 거대의 양날 도끼+++]를 꺼내들었다.

[요기] 점수를 가득 쌓아 둔 [굶주린 거대의 양날 도끼+++]는 내게 추가로 2.5배 거대화를 걸어 주었다.

결과, 신장 72m의 거인이 나타났다!

펑! 차자자자작!

거대화된 내 몸의 팽창을 견디지 못한 [슈퍼 파워 아머]가 그 자리에서 해체되면서, 전신 갑주의 형태에서 바지 형태로 바뀌었다.

이 기능 넣는 데도 [욕망]이 아주 많이 들었지.

이로써 방어력이 좀 많이 떨어졌지만 상관없다.

이제부터는 공격 타임이니까.

나를 잡고 있던 집게발이 내 급격한 거대화를 버티지 못하고 빠그작 소리를 내며 부서져 내린 것은 시작에 지나지 않는다.

쿠우우웅!

그저 발을 딛는 것만으로 해안가에는 작은 해일이 일어나 버렸고, 동시에 발생한 작은 지진이 이쪽을 향해 몰려오던 [깊]들을 그 자리에 나뒹굴게 했다.

역시 큰 게 최고야! 짜릿해!

[크라켄 신]이 멍한 눈으로 나를 올려다보는 게 재미있다.

이건 녀석의 시선이 상대적으로 낮은 곳에 있어서 그렇고, 실질적인 크기는 여전히 나보다 크다.

하지만 [크라켄 신]과 별 차이가 나지 않는다는 건 얼마나 멋진 일인가!

이 크기! 이 중량!

나는 이 상태에서 사용할 수 있는 가장 강력한 일격을 처 넣기로 결의했다. 그것은 당연히 중량을 살릴 수 있는 공격.

[대폭주]

[벼락 강림]

이번엔 풀파워다!

"죽어랏!"

쫘릉!!

          *   *   *

"와, 저거 봐라."

유상태가 무릎을 두들기며 웃었다.

"저게… 저분이 신이 아니면 뭐겠냐?"

[크라켄 신]의 모습을 두 눈으로 직접 보았을 때, 유상태는 그 자리에서 굳어 버리고 말았다.

저렇게 거대한 '몬스터'가 세상에 존재하리라고는 상상으로도 해 본 적이 없었으니까.

아니, 상상 속의 괴물 중에 저 정도로 거대한 게 있기는 했다.

유상태도 지구 문명 멸망 이전의 세대니, 그런 무턱대고 거대한 생명체가 등장하는 창작물을 보거나 읽은 적이 있다.

그러나 미궁에 들어와서 저런 거대 생명체와 맞서 싸워야 할지도 모른다는 상상은 정말로, 맹세코 단 한 번도 떠올린 적이 없다.

그렇기에 [크라켄 신]은 그 존재 자체만으로도 충격적이었다.

칼이 박히긴 하나? 주먹을 휘둘러 봐야 의미가 있을까?

그저 머리카락을 뽑아서 집어 던지는 것을 고유 능력으로 받은 그로선 저런 몬스터의 존재 자체가 절망에 가까웠다.

물론 그도 노력했다.

레벨을 올리고, 직업을 얻고, 성좌와 계약하고, 퀘스트를 깨고…….

과거에 비해, 그러니까 '선생님'과 만나기 전에 비해 어마어마하게 강해졌다.

고작 십수 미터 짜리 몬스터야 당연히 상대해본 적이 있다.

결과는 모두 그의 승리였고 말이다.

그러나… 수십 미터를 넘어 수백 미터까지 가는 적을 상대로는 대체 어떻게, 무슨 수를 동원해야 싸움이라는 게 성립할 수 있을까?

택틱을 떠올리기는커녕 이미지를 그릴 수조차 없었다.

최대한 동요를 숨기려고 해 보았지만, 그리 의미가 있는 행동은 아니었다.

[크라켄 신이 준 절망은 그만큼 컸다.

아니, 이쯤 되면 경외에 더 가까웠다.

사람이 괴물에게 경외라니!

유상태는 스스로가 믿기지 않았다.

그런 감정을 느낀 자신이 혐오스럽기까지 했다.

그러나 그것도 이제 과거의 이야기.

정확히는 불과 몇 시간 전의 이야기지만, 그것도 과거라면 과거다.

[크라켄 신과 시선을 마주하며 맞서 싸우는 이철호의 모습을 본 순간, 두려움은 어디론가 날아가고 없었다.

적이 '신급' 몬스터라고?

우리에겐 '신급' 모험가가 있다.

그 '신급' 모험가가 '신급' 몬스터의 등껍질을 산산조각 내는 광경을 보고도 계속 두려워할 수 있다면 그것도 그것 나름대로 대단한 일일 것이다.

경외?

그것은 당연히 '신급' 모험가에게 향해야 하는 감정이다.

괴물에게 경외 따윌 품는 사람이 어디 있겠는가?

몇 시간 전에는 있었을지 몰라도… 지금은 없다.

유상태는 그렇게 믿어 의심치 않았다.

"불경한 말씀 마십시오, 어르신."

옆에 있던 김명멸이 유상태의 혼잣말 같던 읊조림을 받아 대꾸했다.

"저분은 이미 신입니다."

김명멸의 눈동자가 반짝이고 있었다.

그 모습을 옆에서 본 유상태는 피식 웃었다.

"그렇지?"

안도의 웃음이었다.

같은 모험가를 신으로 섬긴다고 하는, 이런 식으로까지 미쳐버린 것이 나 혼자만이 아니었다는 것에서 오는 안도.

아니, 어쩌면 오히려 우리가 보이는 이런 반응이 정상적인 반응일지도 모르겠다는 동질감.

두 남자는 그러한 감정을 공유하고 있었다.

         *   *   *

[크라켄 신]은 내게 최대한 대항했다.

남은 집게발 하나와 촉수 여덟 개로 나를 옭아 끌어내려는 시도는 좋았다.

[움직이지 않는 성채] 버프가 없었더라면 그랬을 거란 의미였지만.

나는 그 자리에서 한 걸음도 움직이지 않은 채 버티며 [혈투사 혈시]를 열고 [혈투창]을 난사했다.

펑! 펑! 펑! 펑!

등갑의 깨진 부분을 노려 아까부터 계속 찔러 넣고 있건만, [혈투창]은 등갑으로 가려진 부드러운 거죽도 뚫지 못하고 있었다.

[전쟁검★★★]의 옵션으로 출력이 배가된 [혈투창]임에도 별 효용을 보지 못했다.

방어력 하나는 확실한 놈. 이놈의 겉가죽을 뚫는 데에도 꽤 고생할 듯했다.

그렇다면 하는 수 없군. 나는 아껴 두었던 능력을 하나 더 선보이기로 했다.

[대폭주]

[혈투창]

[폭주] 능력치가 급격하게 빨려 나가며 [혈투창]의 위력을 증폭시키는 것이 손끝에서부터 느껴졌다.

"좋아."

이를 드러낸 미소를 지어 보인 나는 곧장 한껏 팽창한 [혈투창]을 투척했다.

푸학! 펑!

그제야 [크라켄 신]의 겉가죽을 조금이나마 파고들어 피의 폭발이 본체에 들어가는 모양새다.

이렇게 해서도 온전한 유효타를 뽑아내지 못하고 있지만, 그래도 계속해서 피해를 누적시키고 있다는 점이 중요하다.

[대폭주]

[혈투창]

[대폭주]

[혈투창]

[대폭주]

[혈투창]……

나는 쉴 새 없이 같은 행동을 반복했다.

"어."

그러다 보니 어느새 [혈투사혈시]가 끝났다.

[폭주] 능력치도 어느새 아슬아슬하다.

확실히 [대폭주]가 소모하는 [폭주]의 양이 격심하다.

그럼 이쯤 마지막 일격을 준비해야겠다.

"[내가 빔이다.]"

[대폭주]

[빔 인간]

마지막 [폭주] 능력치를 싹싹 긁어서 써먹고, [신비]까지 바닥을 드러냈다.

게다가 나는 지금 한계까지 거대화된 상황.

[빔 인간]의 위력은 절대적일 것이 분명했다.

번쩍!

치지지지직!

"큭……!"

최후의 한 방, 회심의 일격으로 지른 능력임에도 불구하고, 내 [빔 인간]은 [크라켄 신]의 겉가죽을 까맣게 태우는 데에 그쳤다.

역시 신역이라고 해야 하나. 어마어마한 방어력이다.

[신비]를 전부 소모한 탓에 찾아온 두통에 시달리며, 나는 혀를 찼다.

하지만 전황이 절망적인 것은 아니었다.

"그래도 타기는 탄다, 이거지?"

거대화로 부순 집게발과 등갑은 아직 깨진 채였고, [혈투창]으로 같은 곳만 계속 때린 상처에서도 피가 줄줄 흐르고 있다.

최대 출력 [빔 인간]으로 까맣게 탄 겉가죽은 말할 것도 없다.

아무래도 [크라켄 신]에게는 초월적인 재생 능력이 존재하지 않는 모양이다.

그렇다면?

"이것만 반복하면 되겠네."

단시간 내 회복 불가능한 피해를 입힌 후 전선 이탈.

이것만 반복하면 결국 [크라켄 신]을 쓰러뜨릴 수 있으리라는 것이 바로 그 깨달음이었다.

문제는 어떻게 전선 이탈을 하느냐인데, 이것도 간단했다.

홀로 29층 9번 방에 던져졌던 [웜 신] 때와 달리, 지금 내게는 아군이 존재하니까.

[이철호]: 이선아, 콜 좀 해 줘.

그렇다, 커뮤니티 능력으로 콜 받으면 된다.

*　　　　*　　　　*

[김이선]: 네, 오빠.

김이선이 아주 흔쾌히 내 콜을 받았다.

왜 하필 김이선이냐면 제일 커뮤니티 점수가 높은 것이 녀석이었기 때문이다.

정확히는 내 뒤를 바짝 쫓는 2위였다.

'회귀자님 시리즈' 만으로 찍은 점수가 그 정도였다니, 놀라지 않을 수가 없다.

내 동영상 찍어서 찍은 2위라면 그 점수, 나한테도 지분이 있지 않을까?

이러한 내 의견에 이선이도 동의해서, 쾌히 나를 위해 점수를 써 주기로 합의했다.

슈슈슉.

그래서 한창 [크라켄] 신과 싸우던 나는 김이선의 콜을 받아, 4서 폿이 대기하던 산기슭으로 순식간에 전선 이탈을 할 수 있었다.

"어서 오세요, 선생님!"

그리고 꼬맹이가 나를 매우 환영했다.

얘가 이러는 이유?

나한테 치유나 강화 효과를 줄 때마다 자기 전투 기여도가 커지기 때문이다.

환영할 수밖에 없는 구조긴 했다.

"자, 여기 모여 주세요! 아, 다 모여 계셨네. 그대로 계세요! 성검 발동합니다! [유유자적한 신선 기사의 바둑알★]!"

차르르륵!

[바둑알★]이 바둑통 안에 떨어지는 소리가 운치 있다.

[유유자적한 신선 기사의 바둑알★]는 효과 범위 안에 있는 대

상의 시간을 7시간 빨리 가도록 감는, [유유자적한 신선 기사] 성좌의 성검이다.

대상은 눈 한 번 깜박이면 몸 상태가 일곱 시간 후의 그것이 되어 있음을 알아차릴 것이다.

그것도 푹 자고 일어난 것 같은 컨디션으로.

처음에는 이게 왜 성검이냐는 말도 나왔다고 한다.

+가 하나도 안 붙은 상태일 때는 감는 시간이 1시간도 채 안 됐었거든.

하지만 + 하나 붙고 2시간, ++로 4시간, +++로 6시간이 되더니, ★을 달고서는 7시간에 컨디션 완전 회복이 붙었다.

그 뒤로 우리는 잠을 잘 필요가 사라졌다.

★을 막 달았을 때는 유상태가 직업을 잃었다며 꺼이꺼이 우는 농담을 했을 정도였으니.

그런데 지금의 내게 있어서 컨디션 회복은 부가적인 효과에 불과했다.

중요한 것은 신체 시간 7시간이 지남으로써 자연히 회복된 능력치들.

즉, [위엄], [야성], [폭주], [혈기], [신비].

많기도 하네.

각기 회복 속도가 달라 적게는 1/3 회복된 것에서 100%로 완전히 충전된 것까지 다양하다.

덤으로 [욕망]과 [행운]도 미량 회복됐지만, 이쪽은 거의 의미가 없으므로 내버려 두자.

아, [슈퍼 파워 아머]를 한 번 환불했다가 다시 사는 것도 잊으면 안 된다.

24시간에 한 번씩 이 작업을 안 해 두면 [욕망 대출]로 빌렸던 [욕망]에 이자가 붙으니까.

그렇게 수순을 다 마친 나는 [톱+++]으로 [오두막]을 폈다.

이대로 7시간 더 놀 계획이다.

왜 7시간이냐고?

[바둑알★]의 재사용 대기시간이 7시간이거든.

다음에 돌아왔을 때 바로 받으려면 재사용 대기시간을 미리 보내놓는 것이 합리적이다.

그렇다고 그냥 아무것도 안 하면서 7시간을 보낼 생각은 없었다.

"자, 밥 먹자."

갓 만든 [황금 요리]로 식사해서 능력치도 끌어올려야지.

몸과 마음을 충분히 휴식시킨 후, 나는 다시 전투에 나섰다.

물론 그 전에 버프 한 번씩 쫙 몰아받는 건 잊지 않고.

"저만 할 일이 없어 아쉽군요. 흑흑……."

유상태가 장난스럽게 우는 표정을 지었지만, 기여도 지분을 많이 못 가져가는 것이 아쉽기는 할 것이다.

"데려가 드릴까요?"

"아뇨, 저 죽어요."

아무리 그래도 목숨이 더 중요하지.

"자, 그럼. 다녀오겠습니다."

이제부터 이걸 반복할 생각이다.

사흘이건 열흘이건 한 달이건.

[크라켄 신]이 죽을 때까지.

　　　　　*　　　　　　*　　　　　　*

내 계획은 뜻대로 되지 않았다.

처음에는 잘 풀렸고, 두 번째도 그런대로 잘 풀렸다.

그러나 세 번째부터는 달랐다.

오두막을 세웠던 산기슭으로 밀려오는 거대한 해일을 바라보며, 나는 씁쓸하게 고개를 저었다.

"이야기가 다르잖습니까, [애호가]님."

[크라켄 신]에게는 해일을 조종하는 힘이 없다.

정확히는 '원래'.

[아니, 아직까지는 예상 범위 안이네. 말하지 않았나? 놈이 [깊은 곳에서 온 것]의 힘을 받았다고.]

"…그랬었죠."

쏴아아아!

펑!

몇 분 전까지만 해도 나와 동료들이 머물던 곳이 어마어마한 해수량의 폭력에 파괴되다 못해 터졌다.

만약 저기 머물렀다면 삽시간에 해일에 휩쓸렸겠지. 그리고 해일 속은 놈의 권역이다.

[크라켄 신]. 아니, 그 배후에 도사린 [깊은 곳에서 온 것]의 권역.

다행히 동료들은 무사했다. 후방의 모험가에게 콜을 받아 뒤로 물러난 덕이다.

좀 심하게 멀리 보낸 게 아닌가 싶긴 했지만, 필요해지면 내가 콜해서 부르면 되니 아무 문제 없었다.

문제는 이쪽이지.

한 번 밀려왔던 해일이 빠져나가며 토사는 물론이고 나무와 바위까지 바다로 끌고 가는 모습이 무슨 자연재해 영화라도 보는 것 같다.

그리고 그 재해는 아직 끝나지 않았다.

아래를 지탱해 주던 기반을 잃은 산 중턱이 무너지며 곧 산사태가 일어나기 시작했다.

그리고 바다 쪽으로 빨려 들어갔던 해일은 다시금 거대한 파도를 형성하고 있었다.

간단히 말하자면, 조금 전의 해일이 다시 몰아친다는 소리다.

이번에는 바닷물뿐만이 아니라 온갖 부유물들이 포함된, 더욱 밀도 높은 질량의 해일이.

[…저거 그대로 두면 안 되겠다! 산이 무너지면……!]

산 정상의 호수도 위험하겠지. 그럼 호수의 트리톤들도 목숨을 부지하지 못할 거다.

나도 안다.

"바다의 성좌 아니셨습니까? 저거 못 막아요?"

[저 바닷물은 내 소관이 아니야! 심해에서 직접 끌어온 거라고!]

어떻게 들으면 공무원의 책임 회피처럼 들리는 대사지만, 목소리가 너무 처절했다.

하긴 저거 잘못하면 애들 다 날아가는데 그럴 만도 하지.

"지금 공격하겠습니다."

해일을 막을 수는 없다.

그렇다면 해일을 불러오는 놈을 막으면 된다.

간단한 논리였다.

그만큼 조잡한 함정이기도 했고.

아니, 함정의 구조야 조잡했지만 위력은 결코 그렇지가 않았다.

전고, 아니 신장만 72m인 나라도 저 해일에 휩쓸리고 무사할 수는 없으니까.

아니나 다를까, 내가 놈을 막기 위해 해안에 발을 들이자마자 해일이 내게 집중되어 쏟아져왔다.

물리적으로 저게 가능한가 싶은 장면이지만, 성좌가 개입한 거니 어쩔 수 없지.

나는 속수무책으로 해일에 휩쓸려야 했다.

정확히는 아무 조치도 취하지 않았다면 그렇다는 이야기였지만.

나는 [움직이지 않는 성채]를 받은 상태로 질척해진 뻘밭에 발을 박고 버티며 [세계에게 편애받는] 능력을 발동했다.

그러자 해일이 내게 집중되었음에도 불구하고 내 몸은 단 1mm도 움직이지 않았다.

타격을 받지 않은 건 뭐, 당연했다.

무적 상태였으니까.

"다 했냐?"

다시금 심해의 바닷물을 끌어모으는 [크라켄 신]의 모습을 [투시]로 바라보며, 나는 이를 드러내어 웃었다.

"그럼 이제 내 턴이로군!"

[대폭주]

[벼락 강림]

"죽어라!"

꽈르릉!

나 자신이 벼락이 되어 떨어졌다.

그러나 내가 타격한 것은 [크라켄 신]이 아니었다.

"!"

수없이 많은 [깊]들이 심해의 파도 속에 숨어 있다가 [벼락 강림]을 대신 받아 내고 있었다.

물론 [깊]들은 벼락을 맞고 그 자리에서 죽어 나갔다.

그러나 [위엄]을 100이나 투자한 [벼락 강림]을 저들이 대신 맞고 넘어간 것 자체가 내게는 큰 손해였다.

그리고 물속을 헤치고 [크라켄 신]의 따개비 촉수들이 나를 노리고 날아들기 시작했다.

물속이라 불꽃을 피워 낼 수 없다고 믿는 건가? 그건 착각이다!

[지식]의 불꽃은 산소가 없어도 타오르는데, 하물며 물 따위가 방해할 수 있을 리 만무한 것을……:

"!!"

그런데 정작 [불꽃 방사]를 질러 보니 따개비 촉수의 상태가 심상치 않았다.

물을 헤치고 뻗어 나간 불꽃을 피하기는커녕, 마치 혀를 날름거리듯 촉수를 움직여 불꽃을 옮기는 것 아닌가?

그 촉수에 닿을 때마다, 오히려 내 불꽃이 약해지고 있었다.

"쳇!"

무슨 일이 일어나고 있는지는 파악했다.

저것들은 내 불꽃 속의 [지식]을 핥아 먹고 있는 거였다.

물로 덮이기 전, 공기 중에서 불꽃에 닿았던 따개비 촉수가 오그라들었던 건 그저 함정이었던 걸까?

그렇지는 않을 것이다. 그저 심해의 기운을 받고 안 받고의 차이이리라.

그렇다고 한들, 왠지 말려드는 것 같은 더러운 기분이 없어지지는 않았다.

재빨리 불꽃을 거둔 나는 곧장 공격 방식을 바꿨다.

[신비의 세계]

[대폭주]

[빔 인간]

그릇된 [지식]의 존재가 [신비]에 약하다는 것은 이미 여러 번 실증된 바 있다.

[대폭주]를 걸고도 [빔 인간]으로 [크라켄 신]의 거죽을 뚫을 수 없음도 이미 확인했고.

그렇다면 [신비의 세계]를 펼치고 무한 [빔 인간]으로 지져 버리면 어떨까?

이 의문에 대한 정답지는 곧 제출될 것이다.

번쩍! 번쩍! 번쩍! 번쩍!

심해의 바닷물 속에 숨어 [벼락 강림]을 대신 받아 냈던 [깊]들도 [신비]의 힘 앞에서는 어림도 없었다.

그저 내가 지나가는 길의 궤적을 표시하듯 검게 탄 재로 화할 뿐이었다.

심해의 바닷물도 부글부글 끓어 없어지길 반복해, 어느새 주변을 뒤덮는 뜨거운 수증기로 뒤바뀌어 있었다.

[빔 인간]을 쓰면서 이렇게 오래 주변을 관찰할 수 있는 것은 처음이었다.

이럴 수 있는 이유는 내가 [신비] 입자의 속도로 질주하지 않고, [크라켄 신]의 피부에 막혀 제자리걸음을 하고 있기 때문이다.

그러나 그것도 여기까지였다.

번쩍!

나는 힘차게 앞을 뚫고 나아갔다.

이번 정거장은 [신비한 세계]의 바깥이었기에, [빔 인간] 열차의 종착역이라 할 수 있었다.

그 말인즉슨, 드디어 [크라켄 신]의 두꺼운 피부를 뚫고 나왔다는 의미이기도 했다.

"크윽!"

두통에 시달리며 머리를 흔들던 나는 이번이 오히려 더욱 큰 위기임을 곧 깨닫게 되었다.

주변은 온통 하얀 살점으로 뒤덮여 있었다.

조금 전까지는 [빔]에 의해 지져져 새까만 살점이었던 것들이기도 했다.

그렇다, 나는 [크라켄 신]의 체내로 침입한 거였다.

거북이 등껍질이나 겉가죽과 달리, 체내 세포의 재생은 [웜 신] 못지않게 빠른 듯했다.

내 주변이 갓 재생된 하얀 살점으로 빠르게 차오르고 있었으니 말이다.

이대로면 살 속에 파묻혀 죽게 생겼다.

뭐, 그래도 탈출 방법 하나 정도야 있다.

"이선아. 이선아?"

설명하겠다.

나는 분명히 [텔레파시]를 켜서 김이선을 부르고 있었는데, 왜 이걸 입으로 말하고 있는 거지?!

중간부터 설명이 아니라 의문으로 변질됐지만, 상황이 상황이다 보니 어쩔 수 없었다.

"여신님? 애호가님? 임금님?"

아무도 대답하지 않는다.

"와, 씨……."

나는 막 목구멍까지 차오르려는 쌍욕을 억지로 밀어 넣었다.

지금 필요한 건 에너지 낭비가 아니다.

냉철한 이성이다.

커뮤니티도 안 되고, 성좌와의 채널도 끊겼다, 라…….

"[깊은 곳에서 온 것] 놈, 이런 거까지 할 수 있었어?"

아무리 그래도 말투가 거칠어지는 것까지는 어쩔 수 없다.

하지만 다행히 능력은 발동한다.

10층 때처럼 능력까지 봉인됐더라면 아무 것도 할 수 있는 게 없었겠지만…….

그게 아니라면, 내게도 동원할 수 있는 수단이 남아 있다.

"야아압!"

그것은 당연히 최대한의 저항이다.

[혈투사혈시]

[대폭주]

[혈투창]

푸학! 펑!

온갖 능력의 지원을 받은 [혈투창]은 놈의 살 깊숙하게 박혀 피의 폭발을 일으켰다.

"!"

바깥과는 다르다.

지금 나는 놈의 속살 안에 파묻힌 상황.

거죽도 안 덮인 야들야들한… 속살.

이 말이 가리키는 바는 단 하나.

[혈투창]을 난사하기에 최적의 환경이다.

위기는 곧 기회라더니, 이럴 때 쓰는 말이었구나!

나는 새삼스러운 깨달음을 내버려 둔 채 능력의 발동에만 집중했다.

[대폭주]

[혈투창]

[대폭주]

[혈투창]

[대폭주]

[혈투창]…….

무아지경이 되어 능력을 발사하는 기계가 된지 얼마나 지났을까.

연신 일어난 피의 폭발 탓에 내 주변은 피바다가 되었으나, 몸을 가눌 공간이 있다는 것 자체가 상황이 매우 긍정적임을 가리키고 있었다.

게다가…….

두쿵! 두쿵! 두쿵!

어디선가 들리는 북 치는 듯한 소리.

저 소리가 무엇을 뜻하는지, 모를 리 없다.

"…놈의 심장."

정신 놓고 능력만 연타하는 건 여기까지다.

목표물이 정해졌다.

"목표를 센터에 놓고……."

[대폭주]

[혈투창]!

『강한 채로 회귀』 5권에 계속…